一絃琴

宮尾登美子［著］
陳寶蓮 譯

一絃琴

CONTENTS

第一部

一曲彈罷，旅行畫師龜岡卸下手指上的蘆管時，剛才一直以手背拭眼、把淚水抹到膝蓋上的五歲的苗，終於按捺不住，哭著奔到祖母袖的身旁。

「奶奶，快點賞賜那位師傅！」

直到今天，苗的眼中還不時浮現自己當時懇求祖母的模樣。

那時，座中響起低低的笑聲。平時禁止她在人前掉淚、說話中斷語尾的父親克巳，對她觸犯規矩也沒有斥責，只說：

「苗，妳誤會了，龜岡先生不是行旅四方的朝聖者，快為妳的無禮道歉！」

就連這段不算嚴厲的告誡，她都記得清清楚楚，可是後面的事，就像突然被抹消似的，記憶中斷。

五歲那年的記憶斑斑駁駁，在這種鮮明場景清楚刻在腦中的另一面，模糊淡忘的部分更多。但她依然記得，自從那夜以後，特別期待每年秋天必定來訪的龜岡到來，養成時常扯著祖母衣袖追問的習慣。

祖母每一次的回答都不同。

「這個啊，院子裡的柿子成熟時，他就會來了吧。」

「雁陣高高飛過天際的時候，就會出現吧。」

「夜裡屋簷露水滴落的時候，一定能見到他。」

祖母用不同的話語安撫她。後來，苗嘗試用自己的方法揣度，覺得屋頂的瓦發光時，是見到龜岡最正確的時間。

因為，一邊肩上揹著畫具和換洗衣物、另一邊揹著琴袋的龜岡，不知他是如何安排旅程的，但是來到澤村家，必定是仲秋月明時。隨著苗的記憶一年年確定，那番情景也漸漸清晰浮現。

澤村一家聆賞龜岡彈琴時，總是關燈熄火，在月光斜斜照進的客廳裡，陶醉在清澈的琴聲中。忽一抬眼，月光下，院中大樹後面豎室的黑瓦，像一片藍色的露水，泛著冷冷清光，烙印在苗的眼中。有時候，月光停在龜岡撥弄琴絃的手上，隨著手勢游動。於是，在苗的記憶裡，月光與龜岡、琴聲與滴著露水的瓦簷，都緊密黏在一起。

「這個琴的聲音傳不遠，秋初時節聆賞，聲音正好。」龜岡說。

一年到頭行旅天涯、寄宿四方的他，也知道澤村家人最愛聆賞這琴。

他的本業是畫師，在澤村家換下旅行裝束，白天都窩在主屋內廳幫這戶人家描畫紙門、匾額、掛軸的底圖，晚飯後便擱下畫筆，打開琴袋，拿出丈長不到四尺的輕便樂器。

苗五歲那年，初次聆聽琴曲時，一股說不出的悲哀隨著眼淚湧上，心口顫抖。她後來回想，試問自己那股悲哀究竟是什麼？當她脫口說出要給賞錢時，在座的人都認為她可能把琴曲吟唱和朝聖者歌頌佛德的曲子混同了。但她當時的小小心靈，似乎仍然清楚知道縈繞耳畔的不是鈴聲，而是琴音，彈奏的人不是可憐的朝聖者，而是身材魁梧的龜岡。但她為什麼哭得那樣傷心？那分悲哀應該是她還不能理解的人世無常寂寞。直到她實際撫琴在手、琴藝漸漸精進以後，才有這分體認。

澤村家家教嚴謹，小孩子不能無故接近客人，但在祖母幫腔下，苗得以接觸龜岡的琴。那是她已經能夠讀寫全部假名、大概七歲的時候。

龜岡的到來讓她迫不及待，聆聽那種悲傷音色的琴曲，胸中洶湧澎湃，萌生想彈奏的心情。當然，還是小孩的她，應該不是期望琴藝精湛，只是和那種看到別人吹笛打鼓、自己也想試試的好玩心態沒有多大差別的好奇心作祟，但因為彈這琴會引人落淚，因此她也不是態度輕率掮起的想法。

當她得償宿願，從龜岡手中接過他那把長三尺六寸六分的桐琴時，不覺開心得歡聲讚嘆：

「好可愛哦！」

看到那孑然一根繃得直挺的琴絃，瞬間感到肅然的寂靜。

龜岡像京都的王公大臣那樣盤腿而坐，琴平放在膝上，左手中指套上蘆管，按著絃孔，右手食指的蘆管時快時慢、高低自在地撥勾琴絃。琴身嵌有十二個表示音譜的徽，施以芝麻粒大小的螺鈿工藝。琴首的絃馬和琴尾的絃軸，用的是磨得晶亮的鹿角。

苗把琴身放在自己膝上，右手雖能撥動琴絃，但左手還搆不到最外邊的一個徽。此外，鹿角蘆管太重太大，從手指滾落榻榻米上。好不容易摸到琴了，別說那渴望中的琴聲，就連一個普通的音也彈不出來。看著快要哭出來的她，龜岡豪爽地笑說：

「這也難怪啊。要放大蘆管的洞很容易，要縮小可就難了。既然這麼喜歡，我幫妳做個小孩子用的吧。」

聽到這話，苗以為是在做夢，偷看旁邊的祖母，平常喜怒不形於色的她表情瞬間如照見陽光般開朗，而且，不知是不是苗神經過敏，彷彿看到她的眼角有點濕潤。

或許那個時候，祖母的喜悅還勝過苗。苗會這樣想，是在她知道對行事嚴謹、從不顯露自我於外的祖母而言，聽琴是唯一的樂趣之後。

澤村家世世代代屬於土佐藩衛戍組的上層武士級別，到了克巳這一代，俸祿雖只有一百五十石，但能夠擁有一名下級武士和兩名家丁伺候，屋頂葺瓦，還有餘力招待行旅各地的畫師，是因為祖上官運亨通，家運不曾傾頹，加上宅地寬廣，大部分物資皆能自給自足。這是藩內監察官對澤村家的評定，也是事實。傳說當初山內一豐受封為土佐藩主時，原本寫著「地高百二十四萬石」的文件上的「百」字被老鼠啃掉了，變成幕府記錄的「表高二十四萬石」。此後，土佐地方就膩稱老鼠為「阿福」，非常重視。這個直教其他藩國豔羨土佐藩財政寬裕的傳言，究竟是誰散播的？事實上，屬於幕府旁系的山內一豐，從掛川六萬石派到土佐後，藩內始終銀兩不足，財政常感窘迫。

澤村家的族譜中，也出現多次藩主的征借令，在享保、寶曆、明和、安永、天明及文化年間，都曾實質減俸一半或四分之一。因此，澤村家原來的俸祿可能在二百石以上，甚至接近三百石。也因為如此，不損家名、慎身行事，成了澤村家的牢固家訓。在奉行家訓的歷代媳婦中，以袖的風評最佳。在這平靜的武士家族住宅區裡，人們教養女兒、告誡媳婦時都會說：

「學學澤村家的袖姑。」

這種說法似乎也反映了當時漸趨紊亂的世道人心。

當初，山內一豐規畫興建高知城時，以播磨屋町為界，東邊是商業區，六十間（約六五五公尺）為一町；西邊是步卒和武士住宅區，一百間（約一千一百公尺）為一町。後來經過幾度大火，燒燬規畫界線，但城牆內的大高坂山和它西邊的小高坂山附近，仍如以往都是武士居住，澤村家就在其角落的西町。人們慣稱澤村家「桑樹大宅」，稱呼苗是「桑樹大宅家的小姐」，因為有一段時期，宅內遍植桑樹，養了許多蠶，如今桑樹也未砍伐殆盡，還留下能讓袖獨自照顧的幾株。

苗想起小時候每到春蠶、夏蠶時節，蠶兒啃食桑葉的聲音猶如下雨般，她從小聽著這個聲音長大。

苗的母親秀乃生下她後，因為產後失調，沒有奶水，於是把她送到已把當家重任交給兒子媳婦、獨自隱居在蠶室的祖母袖的身邊，一直照顧到大。澤村家忌憚流言，不敢為了養育女孩而僱用乳母，也不願向外求乳而暴露家恥。武士的判斷就是這麼死板，這時若沒有袖的發明和奉獻，苗很可能像個夭折嬰兒般瞬間消失了。袖把孟宗竹切成五寸深的碗型，底部開個小洞，插入一根細竹筒，竹筒前端包著紅絹，用線緊緊綁住，再把稀飯汁和米漿倒入碗中，讓嬰兒含著竹筒吸食。經過紅絹的過濾，不必擔心消化不良，竹筒口也類似乳頭，容易吸吮。多虧她的細心照顧，苗的個子雖小，卻也長得健康結實。

苗後來大到可以獨自推開土倉庫的厚重大門後，跑進倉庫玩耍發現這個東西，湧起一股奇異的強烈感動，跑回去問祖母。

「就是這樣呀，那時候真是無日無夜守著妳。」

聽到祖母不特別邀功的語氣，苗感覺心底突然照進明亮的光。

苗的記憶，在聽到龜岡琴聲而哭的五歲以前，朦朧而片段，都是祖母和她、或是她和別人還有祖母的情景。例如，蹲在把蠶放進蜂巢箱子的祖母旁邊，伸手撫摸蠶隻，癢得咯咯大笑；站在踩著抽絲機的祖母旁邊，望著鍋中的蠶繭源源不斷抽出細絲纏在線軸上，百看不膩；或是正月十一早晨，全家站在玄關目送穿戴武士戰袍的父親參加馬場初騎典禮。每件事回想起來，都覺得祖母像是母親，主屋那邊的母親反而像是外人，直到很大以後，她都無法擺脫這個想法。

那時的藩士子弟教育，男孩七、八歲時就請私家教師或是進入藩設的教授館，女孩則視各家的情況，一般是不太花費金錢、學會讀寫的程度即可。

苗的學習之路並不是有系統的學問，只是隨著祖母學習假名、和歌，後來父親也讓她讀一點漢文書籍。克巳雖有意讓女兒學習，但範本都是教「孝」的語句。從「百善孝為先」開始，「孝子孝孫」、「孝子無匱」、「孝子惜日」等自然容易理解，進度也快。

後來，字句變多了，「孝子揚父之美、抑父之惡」。

文章也變難了。在《周書》的〈孝魚泉〉、《後漢書》的〈孝女曹娥傳〉後，終於讀到《論語》：

「子游問孝。子曰，今之孝者，是謂能養。至於犬馬，皆能有養。不敬，何以別乎。」

意思完全不懂，聽到父親的解說是：

「對於父母，奉養他們或送他們禮物，只是形式上的孝道，因為對貓狗也能這樣。重要的是，要有由衷尊敬父母的心，這樣才能稱為人。」

苗自覺有愧，垂下視線。

苗認為父親是在直斥她由衷尊敬祖母，對父母親並不特別敬愛。從初學讀寫開始，反覆受教「孝為人之道」，整個思想像被封入「孝」字這個盒子裡。在她幼小的心裡，覺得自己喜歡祖母多過母親，應該羞愧。但是當她聽了哺乳筒的故事後，心頭為之一輕，覺得無日無夜照顧自己、研磨米漿餵養自己的祖母恩情是比親生父母還重。有了這層認知後，她毫無愧疚地依戀祖母，這分心思日益擴散，讓她也能毫不畏怯地前往主屋看望母親。

秀乃在嘉永三年（一八五〇）生下苗後，一直臥病在床，但不知是位在帶屋町的藩設醫館的藥石有效，還是不願被稱為「澤村家病媳婦」的氣力戰勝病魔，身體漸漸好轉，生下和苗相差五歲的妹妹愛子、又小兩歲的弟弟信之後，判若兩人似的變得健康結實了。現在遵照澤村家的家風，跟隨婆婆學做味噌、醬油，有時候也踏上機臺，穿梭織布。

苗和祖母同住的蠶室，坐落在庭院之中，四面通風，樓上十二疊榻榻米大，樓下十疊榻榻米大。澤村家人多的時代，樓上樓下都架滿蠶筐，上簇的日子，連外面使喚的佣人都加入幫忙。但是從袖的婆婆那一代開始，養蠶規模變小，只養足夠家人使用的程度。她們祖孫以樓下為居室，和主屋之間，有田埂小徑相通。對小孩子來說，大院子裡的田地，是最佳的遊戲場所。沿著圍牆種植橘子樹，倉庫後面的柿子樹，夏天時熟透變黑的桑葚果、綿毛櫻、還有庭梅等。開花結果的時節還早時，只好在田地作物中嬉戲。滾動大芋頭葉上的露珠，露珠映著遠處京城的天空，晶瑩耀眼；有時候想摘甜瓜，卻突然碰到赤練蛇，嚇得拔腳就跑。

苗非常喜歡蠶室這邊的生活，後來因為有人說：

「家中長子不住主屋，家運將敗。」

在祖母勸告、父親命令下，回到主屋作息。但她實在無法忍受，哭個不停，結果又搬回蠶室。父親也只能認輸，自己找理由說：

「她是女孩，總有一天要嫁到別人家去，算了，長子應該要算信之吧。」

這事便不再提，其實他心裡也是憐惜獨居蠶室的母親。

他知道母親特別講究規矩，如果說「就讓她留在母親身邊做伴吧」，母親一定堅決拒絕：

「不行，這樣太糟蹋她了，不能讓要繼承家業的女兒來陪伴隱居的人。」

因此，苗哭鬧不願住在主屋，反而讓他如釋重負。

雖然說是隱居，其實，苗剛送過來時，袖才四十多歲。

祖母坐在蠶室後面的廊緣下，對著小鏡子，輕輕打開染牙齒的鐵漿壺蓋。她的黑色唇角，不知怎的，有塊鐵漿剝落的部分，露出白燦燦的漂亮牙齒。這個景致深深烙印在苗的眼中。祖母的黑髮濃密，每天早上梳個小圓髻，一絲不亂，罩上頭巾。武家女人的裝束，即使整天站著勞動，也不像商家婦女那樣把下襬摺短，棉袍還是長到完全遮住腳後跟，只挽起一點下襬，挽起袖子時也不會露出手臂。

袖總是把帶子綁在前面，就以這個在苗眼中想必行動不便的裝束，優美如流水般從紡紗到縫補衣物、採摘蔬果、煮飯洗衣，一樣接著一樣，雙手沒有停息過。從早到晚，沒有不悅的臉色，也沒有廢話，一年到頭也不上街去玩。苗記得有一段時期很關心祖母到底喜歡什麼？

「喜歡什麼啊？」

祖母偏頭反問她：

「妳呢，最喜歡什麼呢？」

苗才說出「我最喜歡看鬈鬈鏘鏘的樓臺花車了」，便忍不住想再聽到那年秋天廟會遊行經過時樓臺花車的咚咚鼓聲和悠揚琴聲。

那時，袖停下紡紗的手，眼中帶著笑意。

「哦，妳也一樣啊，奶奶也最喜歡那個了。」

聽到袖少有的興奮語氣，苗覺得自己喜歡樂曲果然是遺傳自祖母。

然而，再怎麼想聽，若非世道安穩、五穀豐收、百姓生活有餘的年頭，也不會有花車遊行。像現在這樣，黑船叩關的騷動已不只是遙遠江戶一地的事情了，安政以後，土佐的津呂浦時有琉球的船隻漂來，須崎也出現不知名的異國船隻，清國的江南船也被吹到浦戶，海岸線長的土佐國上下憂心不安，就連街上的商家都滿口「海防、海防」。而且，花車遊行奏樂嘈雜熱鬧，武家的人不能隨便穿著木屐就跑去看，這點規矩還是該懂的。倒是龜岡的琴聲高雅穩重，聽了讓人心情平靜。

龜岡是什麼時候開始出現在澤村家的？又是怎樣的契機讓澤村一家人聽他彈琴？苗都一無所知。只是她看到倉庫裡有幾件書畫，父親偶而吹奏洞簫，知道這個家不是一味庸俗，對藝術多少有些研究。只是在獎勵武術學問、貫徹節儉思想的武家世界裡，傾心美術樂曲不是可以自傲的事。所以苗高興地追問：

「除了鬈鬈鏘鏘，奶奶還喜歡什麼呢？」

祂終究沒有親口說出「聽龜岡先生的琴曲」。

苗事後回想，覺得自己那麼小就想學琴的熱切願望，應該是代替祖母說出心聲。祂也因為不是為了自己，才能夠毫無顧忌地強求龜岡：

「這孩子吵著要學琴。」

所謂「書畫一家」，會畫畫的人必定也寫得一手好字，龜岡就是這樣手巧的人。他在蠶室後面臨時搭起的工作室裡，不到兩天的工夫，就做好送給苗的琴。

他從儲藏室的木材中找出杉板，刨成中軸稍稍隆起、頭方尾圓、中間部分的兩側是微凹弧形的形狀，用柴火燻出木頭紋理，再用紅絹仔細擦亮。上面的絃軸和下面的龍孔周圍，嵌上在濃茶中浸泡一夜後變軟、雕成花形的桐片，顯示十二個音階的徽，也嵌上同樣的桐花瓣。蘆管和絃馬是用青竹，他估計苗的手指尺寸，將兩寸左右的竹筒七三分斜切，短的是右撥，長的是左爪，都用銼刀仔細磨掉竹子的戧刺。

龜岡製琴的時候，苗不是晃著和服帶的兩端跟著他團團轉，就是蹲在草蓆前面殷殷等待。龜岡揮動靈巧的手，緩緩述說：

「這個琴叫須磨琴，也叫緒琴。

「根據傳說，古時候有位在原行平大人，就是美男子在原業平大人的哥哥，他犯了罪，被流放到須磨海邊。他本是京都人，對京都思念不已，因為太過思念，跑到海邊遙望京都。他看到海邊漂來一片船板，撿起那片船板，繃上自己的帽帶，砍下岸邊的蘆葦，套在手指上彈奏，就是這個琴的起源，真是美得太淒涼了。」

苗感覺這段話像是銀鈴墜落深邃地底般漫長而清亮地陷入自己身體深處。

「叔叔，那位大人彈這琴的時候哭了嗎？」

苗會這樣問，是因為她眼前浮現自己五歲那年聆聽琴曲時哭泣的情景。

「大概是吧，這是能夠呼應流放者心情的寂寞音色。」

「那位大人後來返回京都了嗎？」

「我不知道，不過，應該有獲得赦免吧。」

「那麼，他在京裡也彈這個琴嗎？」

「既然流傳到現在，想必常常彈吧。」

「那時候彈琴，不哭了吧？」

「應該吧。因為，眼淚是男人之恥，不能在人前流淚。」

苗固執地纏問龜岡，同時心想，那時候自己會嗚嗚哭泣，是因為琴聲把那流放之人的悲哀愁思，悄悄傳達給自己了。

她還沒有大到能夠說出這個想法，就算是大人，也未必能夠精確表達出來。但她能深刻理解這個小巧可愛的琴，不像其他熱鬧的樂器那樣可以眾樂樂，只能慰藉自己孤獨的心，應該和述說這故事的龜岡一年到頭四處漂泊有關。等她長大以後，耳畔時常響起龜岡這天說的話，也想起當時伯勞在高大柿子樹梢尖聲啼叫的聲音，甚至忽然想到僵冷的琴聲，猜想在那寒冬時節，龜岡是在什麼地方、什麼人家烤火取暖？

袖說苗很快就會長大，所以這把琴並不是孩童用的玩具琴，仍是一般的長度，只是琴身略窄。還說女孩不宜盤腿放琴，於是又幫她做了一個貓式腿的琴臺。

琴絃是用三絃琴的絃，繃上之後，用青竹蘆管一彈，發出緊繃的高音：

「這是女孩子彈的好聽聲音。」

龜岡特別高興，立刻牽著苗的手，教她彈奏《今樣》。

《今樣》是古曲中最容易彈奏的一首，前奏雖短，但吟詠四季的歌詞特別長，還有地方要降半音，這些困難的部分，苗全都記住了。

「妳進步很快，我也很輕鬆。」

龜岡表情寬慰，告別滯留稍久的澤村家，踏上另一個旅程。

臨走之際，龜岡為謹慎起見，把《今樣》的曲譜寫在紙上交給苗。但是苗心裡想，翌年秋天雖然是漫長的等待，但這好不容易學會的一曲，怎麼可能忘記或彈錯呢？

因為她學琴的時候，祖母一直陪在旁邊，旋律也聽熟了。往後漫長的日子裡，她偶有想鬆懈的時候，一轉念就會想：「彈給奶奶聽。」

鼓勵自己，把琴臺挪到走廊附近。

她傾斜梳著娃娃髻的頭，用力伸張還不穩定的左手，敞開嗓子吟唱《今樣》的春日景致：

暮春三月晨，極目眺四方，

但見百花開，白雲繞峰頂。

這個時候，袖不是坐在走廊的蓆子上搓芝麻或剝柿乾皮，就是餵蠶桑葉或紡麻紗，聽得入神。

苗記得龜岡答應教她彈琴時，祖母曾自言自語：

「這樣，不用等到秋天，也可以時常聽到，真好。」

如今看到祖母這個模樣，苗心想：

「或許，這就是我練字時寫的『孝行』吧。」

她因此興奮期待著能夠盡快和龜岡一樣，會彈許多曲子，好讓祖母高興。

儘管她是如此期待，但後來再隨龜岡學琴，也只有隔年秋天那一次。會是這樣的結果，實在是時勢所迫，殊為遺憾。

京都土生土長的龜岡，不知是從什麼時候開始揹著畫具繞遊中國、九州、四國一帶。即使在承平時代，他也有很多豐富的話題，隨著世局動盪，他還會告訴窩居土佐、不知外面狀況的克巳許多消息，像是長崎海軍傳習所的謠傳、（美國首任駐日總領事）哈里斯的來日情況、最近成立的葛洛佛商會、薩摩長州藩的人心動向等等。

苗九歲那年的秋天，她白天查看柿子的熟成度，傍晚眺望候鳥飛過的影子，夜裡往返茅房時，必定仰望屋瓦，一心盼望龜岡到來。看到她這樣，袖突然正色叮囑她：

「龜岡先生就是有空，也不會再來我們家了，因為有點顧忌，所以妳以後也要留心，別在別人面前提到龜岡先生，知道嗎？」

苗大為驚訝，才想回問，被祖母一瞪，立刻住口。

袖斥責孫女時，習慣以無言的瞪視代替大聲責罵。

祖母那時的眼神是那樣深深刺入苗的心裡，讓她知道事情非同小可，努力把滿腔的失望和悲傷積壓在內心深處。當維新時代來臨，她也到了懂事的年紀，加上外面傳入澤村家的訊息，已可推知某些事情。她懷疑龜岡可能被誤認是趁亂潛行各地的京城密探。也許事實不至於如此，只是行事向來慎重的克巳顧忌旁人眼光，拒絕龜岡出入家中。也或者是龜岡體認時勢，不願為澤村家帶來麻煩，主動銷聲匿跡。

事後回想，維新之際武家混亂的情況，確實令人目不忍睹，每個人都像在黑暗中摸索，切望藩國身家能順利生存。和曾經出入宅邸的旅行畫師斷絕關係，對澤村家來說，不是什麼大問題。

這麼說來，龜岡去年秋天離去時，似乎已有永別的打算，不但仔細帶她複習這年教的《須磨》和《蟲音》，還特地留下這話：

「教了妳三首曲子，雖然只有三首，如果勤加練習，要比那些會彈百首曲子的人好很多。妳的天分很高，千萬別學藝不精，要好好練習。」

苗絲毫沒察覺這是永別之語，天真地回答：

「真的嗎?等明年我彈得更好時，您再教我更多更難的曲子哦。」

她還牽著祖母走到門外，目送一襲輕裝的龜岡，繞過西町轉角，消失身影。

當時苗才九歲，她後來想念龜岡時，眼中不時浮現那天金黃果實纍纍的橘樹茂密綠葉下，龜岡揹著琴袋，一步步沿著圍牆遠去的背影。龜岡不再造訪這戶人家，意味著她失去了教琴的老師，以前想學會許多琴曲取悅祖母的遠大目標為之受挫。她無法訴說這分委屈，即使想說出來，遇上祖母的嚴厲目光，也只能默默吞回肚裡。不過，祖母並沒有阻止她彈琴，反而鼓勵她。

「難得學會了，就別荒廢。」

因此，她每天都毫不懈怠地複習這三首曲子。

直到晚年，苗才有所認知，在自己那並不順利的人生中，和龜岡的別離，就是最初的挫折。

她永遠都不知道龜岡的年紀，也沒聽說他在故鄉京都有固定的家，因此可能也無妻小，說不定只有三十多歲左右，是意想不到的年輕。當她知道龜岡不會再來後，她常常獨自走到龜岡曾經坐著彈琴的主屋客廳和製琴的作坊張望，夜晚時也走到院中查看青瓦上的露水。如今不能再像往年那樣年年見到，甚至不能再見，失望落寞之餘，也只能到那些地方，像狗一樣嗅尋，是否留有龜岡身上的棉衫氣味和髮際的油香，或是用手觸摸，回味那分溫潤。

夜裡熄燈後，在眼睛習慣黑暗之前，龜岡那黝黑柔和的面容浮現腦中。說不定她最喜歡的人是龜岡，不是祖母。想到這個不能說出來的念頭，突然感到難為情，便把絕對不准蓋到臉上的棉被悄悄拉到眼睛下方。

苗九歲那年失去了教琴師父，感覺只有身體快速抽長，其他一無所得。這是因為土佐藩在安政五年（一八五六）奉命衛戍大阪，克巳擔任衛戍小隊長，長達八個月的時間不在家，對家人造成很大的影響。本來就謹慎度日的這家人，因為主人不在，當然過得更加節儉，更加低調。這段期間，家裡不曾做過的事情全都禁止。而且，藩主不在期間，由藩主家南邸過繼而來的養子、代理藩主十五代豐信公宣告引退，改稱容堂公，十六代藩主則按照最初的協議，由十三代豐惇公的弟弟豐範公以十四歲稚齡承襲，這些雖然與婦女小孩沒有直接關係，但既食其祿，也不能完全不當回事。

女孩子到了十歲，是該學習才藝的時候了。看見苗在別家小孩玩人偶的時候還在練琴的樣子，袖很想幫她完成心願，但不是自己的孩子，不能隨便做主，心想還是寫信和克巳商量吧。這個主意打定不久，突然聽到一個傳聞。

西町前面的梅田橋那裡，有位叫門田宇平的鄉士在教授一絃琴。聽出入澤村家的商人說，學琴的弟子已超過百人，都是些文人、鄉士等身家正經的人。

「武士也學琴啊！」

袖雖然訝異，但知道那裡不是教胡琴、百姓喜歡的三絃那些普通東西，又感到一絲安慰。

仔細打聽後，知道弟子中有九成是男的，至於女弟子，有「才谷屋的八金」和「才谷屋的回門貨」之稱、潑辣出名的坂本乙女，大坪流馬術大師大山楠馬青出於藍的女弟子、通稱「馬姑娘」的島田綾乃，識者讚譽有加的服部家寡婦祐子，都是些女中丈夫的角色。在這種情況下，再怎麼想讓十歲的苗去學琴，還是要顧及面子，最重要的是她父親還未允許，所以袖還在猶豫。不過，她出門辦事返家時，特地繞過梅田橋，聽到樹籬裡面流出琴藝雖較龜岡略遜一籌、但音色清亮的琴聲，不覺停步嘆息。

當時，女孩子要學的才藝首推裁縫，興趣廣泛的人最多也止於手藝、水墨畫和盆栽，插花和茶道只有上流家庭和富裕商家的女兒在學，在土佐一帶並不普及。三絃等樂器只允許瞽女等盲人學習，其他人彈奏這種樂器會被誤為藝妓的輕蔑風潮猶存。當然，這或許是只殘存在播磨屋橋到藩主城堡周圍的頑固思想，但也由此可見，社會的新風氣要吹進武士家庭內部，有多緩慢。

不過，更讓袖驚訝的是，解除大阪勤務返家的克巳，開明得像是變了個人，過去凡事都沿襲家風、不許踰越常規一步的他，開始關心新的世事動向。一絃琴的事情，也因為在京都大阪的武士之間流行，他相當熟悉：

「我在大阪服役的同事中有人彈得很好，我如果也學，恐怕比苗進步更多。」

看見他開朗的笑容，袖心中的鬱結隨之解開，那件事也容易開口了。

苗還記得，祖母第一次帶她拜訪枳樹綠籬圍繞的梅田橋門田宇平宅邸時，也是橘子成熟的秋天。雖然聽祖母談過這間琴塾的大概，但是一進玄關，看到門前鋪板上都是繫著黑白兩色棉繩、偶有幾雙皮繩的男人木屐，不免有些退縮，但還是把自己那雙紅色利休木屐整齊擺在最旁邊的角落。

聚集在客廳的果然多半是武士，聽慣龜岡柔聲柔氣的京都腔，苗有些畏懼那些粗聲粗氣的同門師兄，不但手指和聲音顫抖，甚至不敢正眼仰望師父。直到三個月後，她才習慣琴塾裡的男人氛圍，記住師父和師兄們的長相，也能回應他們的問話。

一直為難得能夠學琴、情況卻不如所想而鑽牛角尖的苗，終於找回了笑容。當她說：「奶奶，我可以自己去」時，袖也咧開染黑的嘴笑著鼓勵她。

「我們一起流汗吧，那塾裡是有值得這麼做的事物。」

因為袖非常欣賞宇平師父和那六位高徒的精湛技藝。

在原行平與一絃琴的傳說，是沒有明確根據的遙遠古說。比較確切的說法，是河內國駒谷金剛輪寺的僧人覺峰阿闍梨再興一絃琴奏法，弟子木村晴孝繼承其技，傳予杉浦桐村。真鍋豐平師事桐村，門田宇平再從豐平學琴，帶回土佐，開設教習所，這是享保（約十八世紀早期）以來一絃琴的主流之路。

根據後來才知道的說法，宇平這時候已罹患肺病，所以在苗的眼中，他是個沉默寂靜的師父，但在教琴的空檔，會召集弟子，講述他師父真鍋豐平的事蹟。自古以來，世界各地都有撥絃發聲的樂器，或許別處也有人彈奏一根絃的樂器，但將此樂器稱為須磨琴、譜曲定調、決定奏法的最大功臣，就是真鍋豐平。

豐平生於伊予神官之家，後來上京，受教於桐村，自行改良多處，世間譽為一絃琴妙手。其名聲受到賞識，奉命擔任正親町中納言家的一絃琴教席，被奉為宗師，出入公卿宅邸，傳授奏法。豐平後來遷居大阪，畫師龜岡可能是從其徒子徒孫學得，如同澤村克巳所見，大阪的武士也有人學琴。豐平創作多首新曲，出版琴譜《須磨琴入門》，開啟養成後進之路。這份琴譜在梅田橋琴塾是珍貴之寶。

宇平出身土佐香美郡山北鄉士，在京都伏見藩邸服役時，拜入豐平門下，獲頒教授許可狀。但這份證書不是由師父豐平、而是由正親町中納言頒發，其中不無將此琴定為公卿間高尚嗜好之上流意識的意義吧。

宇平返回土佐之初，秉持推廣一絃琴的明確意志。為了協助體弱多病的他，六位同門相伴而來，皆以代理師父之名實際教琴。宇平的琴塾能繁榮興盛，也因為這六名同門都有不遜於他的高超琴藝。

過去一直以為只是龜岡與澤村家祕密享樂的可愛小琴，其實不只風靡京都、大阪的高貴人士之間，也有領有教授許可狀的師父在土佐地方推廣，知道這些原委後，苗有說不出的欣喜。學琴是為彈給祖母聆賞的初衷雖然未變，但也自傲七歲開始就學習這有來歷的琴，因而更加努力，不想成為師兄師姊的笑柄。

當然，她從龜岡所學的奏法和這琴塾教的奏法不同，龜岡常用連音彈出裝飾顫音，這裡則抑制撥絃的次數，歌詞也像吟詠和歌般從腹部輕鬆發出。龜岡的彈奏是在都城商區的熱鬧感覺中藏著旅途思鄉的客愁之悲，可以自由彈唱，但是真鍋派的彈奏規定卻細膩繁瑣。

習慣以後，卻也感覺琴塾教的琴聽起來高雅，猶存京都公卿之間雅好的餘韻。

起初，苗對祖母說的感想是：

「聽師父的琴聲，好想睡覺哦。」

袖笑著認同她的說法：

「同樣一曲《今樣》，竟有這等不同。」

但隔不久，袖便改為讚賞的口吻：

「妳師父的演奏真是愈聽愈讓人著迷。」

另一個讓苗驚訝的是，她從龜岡彈琴的姿勢，以為男性都是把琴放在膝蓋上彈奏。可是在琴塾裡，不問男女，都使用琴臺。那些琴和琴臺各式各樣，設計精巧。桐木琴身嵌入珍貴的素材，妝點上鶴棲松間、浪打巨巖、松竹梅、鶯啼梅枝、櫻落扇面等優美圖案。琴臺多半是紫檀或黑檀，有的還上漆，左右垂著演奏時用的流蘇。琴得自何處，各皆不同。有人是京都的朋友轉贈，有人請熟識的家具店製作，也有人委託土佐的樂器店製作。但以珍貴而論，眾人公推細工町佐竹紋之助的琴是第一，這是苗第一次聽到這個名字。

管絃樂器似乎會反映彈奏者的心情，不能輕忽對待。每天毫不懈怠地撫摸，它必定為回應這分心情而鳴響，彈奏者的喜怒無常或時勤時怠是大忌，久別之後重逢，它會鬧脾氣，不肯出聲。宇平接過苗的樸素琴身，手指輕撥。

「這琴彈得很透，足以用來學習，不用買新的。」

苗聽了，更加高興。

學琴是每月逢五之日休息，其他日子皆要上課。苗總是吃過午飯後，和祖母穿戴整齊，把青竹蘆管塞進和服帶中，前往梅田橋。她看別人用小袋子裝蘆管，男生是用精緻的皮袋，女生是用絲線編織或有繡飾的緞袋，於是也把玻璃珠縫在綢緞上，做個可愛的小袋子。

大部分弟子在城內服勤，來時多半是下午兩點半以後或接近晚上時，白天只有不當班的武士、自由人士以及少數女弟子。宇平教琴時只是監督代理師父，幾乎沒有直接教授，但會遊走兩間面對庭院的練琴室，注意情況。苗多半是跟著他的高徒之一、詩文家大石孝敬學習新曲、複習舊曲。

她生平初到這種多人聚集之處，畏懼之情漸漸淡薄後，感覺這世界真大。

琴塾裡只有她是小孩，等候之時，很多人覺得稀奇，主動和她搭訕。有些是起初覺得有點素行不良的藩外人士，熟悉以後，也覺得他們開朗親切而大氣。她從小被教育說一句話要恭敬完整，可是這裡的人往往只講主詞，話說一半，但她能夠體會他們內在的想法比只說出一半的話語更重要，這些都是以前不曾遇過的情況。

還有因為很多人看中鄉士的前途而給予金錢資助，使得「藩士窮，鄉士富」的說法活生生呈現眼前，因此衍生的「藩士拘束，鄉士自由」風格，也出現在這個琴塾裡。尤其是鄉士中有財主之稱的才谷屋乙女，大剌剌帶著弟弟龍馬來練琴，被罵「旁若無人」、被笑「好出風頭」，都不在乎，總是談笑自如。她特別喜歡苗，不是強把用紙包住的和菓子塞進她懷裡，就是下課後邀她回家玩。

直到文久三年（一八六三）秋、宇平去世為止，苗在這裡學琴五年。後來回想，這段期間，不但琴藝精進，也增長了處世智慧，感覺自己快速成熟，原因之一還是在於時勢吧。

隨著「勤王佐幕」的議論甚囂塵上，血氣旺盛的土佐人，就連女子都會對時局高談闊論，常見宇平斥止教室內爭論時事的情景。苗十二歲時，下町的田淵鄉士武市半平太組織了土佐勤王黨，這消息是乙女告訴她的。翌年三月，又從別人口中聽說龍馬脫離土佐藩的消息。身材高大、精通劍術的乙女，旺盛血氣不輸其弟，比男人還喜歡英勇故事，塾裡很久以前就不見她人影，應該是和龍馬脫藩有關。苗知道這事後，想到那個不露聲色、精神抖擻的乙女身邊，一直圍繞著藩裡警戒的目光，不禁有些傷感。

坂本龍馬和吉村寅太郎的脫藩，是連澤村家內都在談論的衝擊大事。姑且不論事情的對錯，但卻可看出世代臣服德川幕府的藩士和地方鄉士不同的地方。關於世局，凡事皆不打出鮮明旗幟，是藩士的習慣。即使在梅田橋的琴塾裡，毫無顧忌談論上司流言、自在和百姓交往的都是鄉士。苗也想起家中的武士，一聽到危險的話題時，連桌上的饅頭都不敢伸手去拿，個個態度膽怯得已成了老毛病。幕府末年時，鄉士的數目已超過藩士，他們數大勢大，又有財力，即使放棄俸祿，也不愁生活。

苗在祖母及母親謹慎談論龍馬脫藩的傳聞那夜，不知為什麼精神十足，睡不著覺，破曉時似睡非睡，幽暗中忽然見到龍馬的身影。

突破險阻的檮原村宮野野口的衛哨，踏著一地殘雪揚長而去的龍馬肩上，掛著以前見過的那把琴。苗不禁想著，在今後被嚴厲追緝的旅途中，他會在什麼地方彈琴呢？苗清楚記得，在琴塾裡，龍馬姊弟的琴特別奢華耀眼，他們姊弟以非常相似的宏亮歌聲搭配，演奏那把用透亮的玳瑁鑲邊和嵌出飛鷹圖案、用水牛角裝飾松枝和十二徽的精緻一絃琴。

後來再想，她覺得以龍馬那奔走國事的有所覺悟之身，不可能隨身攜琴，那把琴應該還留在乙女身邊。但在夢中看到，顯見當時她的心緒也被騷動的世局攪亂了。

這一年，也發生藩監察官吉田東洋下班時、在帶屋町路上遇刺的事件，查緝叛黨的工作更加嚴密。這時，又有謠言指稱：

「名義上是教授一絃琴，其實是召集勤王志士，密謀推翻幕府。」

琴塾數度遭到監察官搜索。

弟子中出現脫藩者，不能一概斥責這些謠傳無稽。但是宇平返回土佐時即已辭官，不問世事，也不曾主動提起可疑話題，因此塾中的教學一如往常平穩持續。

宇平的身體漸漸衰弱，總是躺在裡間，似睡非睡，眼睛半睜，望著虛空，看起來像在聽學生練琴，其實是尋思自己過不了這個夏天，所以早早便已留言給幾位高徒：

「我死之後，也不能讓土佐斷了一絃琴聲。」

在高徒環視下，九月二十九日清晨，宇平結束他五十五歲的人生。

對苗來說，這位師父不算很親近，但從他認同苗的技巧以及學習的信賴度來說，卻無人能出其右。想到每練成一曲、師父那簡短中肯的批評是多麼難得時，便獨自傷心掉淚。在學琴的時候，每次聽到裡間傳來那衰弱的咳嗽和吞嚥藥水的聲音，苗就衷心祈禱：

「但願師父平安無事。」

可惜與願所違，她在拜師五年後，再度失去老師。

宇平除了兩、三曲例外，幾乎沒有作曲，但在正確傳承古曲和推廣其師真鍋豐平創作的琴曲上，留下不小的功績。這都得力於他為人溫和，如果他是藝術家喜怒無常的脾氣，琴塾應該不會如此繁榮吧，首先他就無法擺平那些好打架又容易煩膩的土佐男人。

正因為這樣，弟子們在師父死後，一時都無精打采。直到七七忌日過後，決定遵照遺囑，關閉梅田橋的琴塾，各自另覓場地教琴，要讓宇平播下的種子在土佐遍地發芽開花結果。

失去了每天必去的琴塾，苗感到虛脫無力，整天無事可做，茫然想著學琴時的情景。龜岡只教她三首曲子，但在琴塾的五年間，普通的曲子都已學會。可是失去倚為心靈支柱的師父，內心的空洞一直無法填滿，只能聚攏過往的歲月，獨自揉平心中的塊壘。

學琴的那段期間，她為琴藝漸進而高興不已，腦中除了讓琴藝更上層樓以外，什麼都不想，就連每月三次的休假都不耐煩，迫不及待想隔日去上課。而且，為祖母而學琴的想法漸漸稀薄，想要的是同門師兄姊的誇讚：

「小小年紀就彈得這麼好。」

「記性好，技巧高，妳是誰家的女孩啊？」

「絃撥得很好，練得很勤啊。」

這些未必是對小孩說的客套話，但她想聽到更高的讚美，除了彈琴以外，無暇關心其他事物。

看到她這個模樣，袖說：「妳真要青出於藍了。」是率直說出心裡的感受，也有感慰起初是自己比較熱心、如今苗的熱中更遠遠超過她的意思。

主屋那邊的人，也都想聽苗取代龜岡彈奏，像以前一樣聚在一起。不只下人們眾口同聲極力讚美，父母弟妹在下人面前不好意思誇自家人，但也滿面喜悅。不過，隨著年歲漸長，家人的讚美已無法讓苗感到一絲歡喜，她不想聽到讚美，反而想聽到嚴格的批評，這個批評也不是來自家人，而是聽力過人的師父及其高徒。宇平並沒有設立證書制度，苗也不知道自己的技巧究竟到達什麼程度，也因此更加投入。苗在這五年間學會的曲子，大大小小加起來已超過一百首。若再加上學習中的新曲，大概有三百首。

午飯後不再需要整裝出門，彈琴時又不知是為了什麼而努力，於是心中漸漸湧起一個想法，有時候還會看到自己像掉進黑洞中的掙扎模樣。她莫名覺得「誇讚我彈得好、說我很努力認真，是大家在哄我這個小孩子罷了」，這麼一來，連在家人面前彈琴的自信似乎都沒了。

看她閒得無聊，袖安慰她說：

「琴已經學得夠多了，只要複習不忘就好，以後該好好學些針黹家事了。」

父母也是這個意思。苗十四歲那年，放下和服的肩褶，梳起島田髻，到附近的裁縫塾上課。

這個時候，藩裡的事件也是層出不窮。組織土佐勤王黨的武市半平太被捕的消息一傳開，有志之士穿上武士禮服，登城請願，要求釋放他。請願失敗後，鄉士清岡道之助等二十三人屯聚野根山，高舉叛旗。還有，脫藩志士吉村寅太郎在大和戰死，藩內下級武士間崎哲馬等三人切腹。藩內初次購買的蒸汽船「南海丸」的話題也膾炙人口。幾乎每天早上一睜開眼，就有兩、三個新話題萌芽。在袖的記憶中，家中已許久不聞流血的話題了，有些武士甚至不知道切腹的方法。但是這陣子話題熱絡，彷彿戰爭即將開始。眾人對武術自然強烈關心，除了文久二年（一八六二）創立的致道館，其他道場和武藝塾也增加許多，不少武家子弟連女孩也開始學習刀術。

澤村家的女孩偏好文字，對武術都不太積極。即使聽說同僚的女兒都穿上男裝，學騎射、配小刀、習劍術，克巳也不想改變家裡的方針，除了持家之道，不鼓勵女兒學習別的東西。

每天早上，天色還在昏暗中，苗和祖母同時起床，祖母幫她梳好頭髮後，嫻靜地跟著祖母，從打掃、洗衣，有時幫忙主屋的廚子，到把蟻蠶移到蠶座、除沙等，學習勤勉持家的本事。例如，和服拆下來的線可以縫抹布；廢紙纏在竹管上，可以擦拭髮梳；橘子皮晒乾，用來驅蚊；燒洗澡水的柴火是用田裡採收後剩下的枯乾莖葉；灶灰可以用做肥料、代替磨砂來洗刷鍋具。祖母叮嚀多了，她也知道不必抱怨學裁縫的材料都是廢物利用的東西。

直接穿過澤村家後面的八幡神社，就是裁縫塾。師父是前倉儲官的妻女，他們不只開放宅邸教裁縫，也教禮儀行事，在地頗有好評。學裁縫的幾乎都是武士家的女孩。

在這裡，按照單衣、被褥、裙褲、襯裡和服的順序教授裁縫，如果學生願意多學，也會教授製作簪柄和貼花等手藝，自在悠閒，對以前只待過都是男生的琴塾的苗來說，新鮮而有趣。沒有鑲邊的榻榻米上，排著兩列裁布臺，天花板上到處垂著線綑，同年齡的女孩們低頭專心動針，安靜中洋溢著熱鬧的感覺。

抱著裝滿布料的白色裁縫箱和裝尺的袋子去上課後不久，苗注意到對面的女孩額頭上常常貼著一小片紙，嘴裡還喃喃念著什麼。她不能無禮亂問。但後來無意中發現，這女孩是八幡神社神官的女兒，從此以後，上下課都和她一起走，交到生平的第一個朋友，身邊頓時有了像喜歡祖母一樣喜歡的人。

神官家的禮儀行事很講究，但是這個叫朝於的女孩，大方自在，可能從小就把沒有圍牆的廣闊神社境內當作自家庭院吧。苗被教育女子在人前露出牙齒是沒教養，在她眼中，朝於很愛笑，似乎完全沒有那種「心中反覆思量」的盤算和「有氣話、先嚥下」的言語判斷，她甚至有點羨慕朝於那開朗的氣質。

朝於說額頭上的紙是去除腿部麻痺的符咒。

「只要念三遍『麻痺上京去』就會好，妳也試試。」

她完全不擔心師父查問，這分開朗，為後來的苗不知帶來多大的安慰。世間認同男性之間的友誼關係，但女子之間，完全沒有和親戚以外之人交往的習慣，身處這樣的時代，她們的交談只在往返裁縫塾的極短距離中。和朝於在一起時，苗總覺得心頭的鬱結輕輕化開，心情舒暢。話題從塾裡的閒話到彼此的家庭和親人，還有最近騷動的世局，談得興致勃勃，沒有止盡。苗更驚訝的是，朝於知道很多小孩子玩的遊戲。

朝於常常約她坐在神社主殿高廊的陰涼處，把裁縫包放在旁邊，晃著兩腿說：

「那個大樹洞、這個洗手臺後面、還有高廊的地板下面，都是我和弟弟玩捉迷藏的地方。」

還有，趁著沒人的時候去踢參道的石子，在大粒沙子中找出有色石頭玩彈石子，都很好玩。朝於懷念地說著，想到這些都是很久以前的事，眼睛突然一亮。

「小苗，給妳一個好東西。」

匆匆跑開，很快又回來，把一個小盒子放在苗的手中，要她發誓。

「明天早上才能打開哦，答應我！」

苗把紙盒放在枕邊，半夜時聽到微微的聲響，心想可能是秋蠶在作繭。隔天清晨，急切打開蓋子一看，小小的衣蛾用朝於放進去的各色絲線布屑做成漂亮的蓑衣穿在身上。苗知道衣蛾有這種可愛的習性，對朝於能夠想到這種遊戲的性情，有說不出的感動，突然想讓這麼細膩的人聽聽自己的一絃琴。

那是她生平第一次想彈琴給祖母以外的人聽，那或許也是出於想回報朝於教她許多事情的心情。接觸朝於那對事物迅速直接反應的爽直心後，苗對自己給乞丐東西都要先謹慎四顧的扭曲心理感到羞愧，唯一不輸朝於的，只有專注學琴的心。

她雖然有此心願，但要彈琴給女性朋友聽，家裡不可能允許，就連邀請朋友來家裡，都可能被「妳母親和祖母都沒做過這種事」一句話駁回。

苗把朝於做的大紅色辟邪猴子吊飾和絲線盤釦拿給祖母看，訴說朝於對她的好，拐彎抹角說出願望，袖終於認輸。

「那位女孩和妳很合得來嘛。」

語氣中帶點責備，但還是答應讓朝於從後門直接進入蠶室，以免引人注意。

袖會答應，也是因為聽說朝於有跟父親學吹神樂的笛曲，讓本來喜歡音曲的她心情放鬆一些。

苗第一次對向來敬重戀慕勝過母親的祖母感到不悅，是因為袖打量朝於時的眼神，彷彿在一一數落。

「都已是女孩家了，衣服還短得露出手腳！」

「女孩子家講話那麼大聲！」

「要是把壞毛病傳染給我們家苗，那就糟了。」

雖然沒有說出來，但是苗看得一清二楚，祖母介意兩人家世不同、生長環境不同。神官直接受命藩主，最高的官階也有五位，身分絕不算低。但對不知武家之外世界的人來說，仍是非我族類，莫名產生排斥。

袖平常謹言慎行，對方又是小孩，所以沒說什麼。正因為如此，苗必須時時窺看她的臉色，打斷朝於的話題。回想起來，裁縫塾時代的憂心，就屬這個最大了。其實，被外界譽為「婦女典範」的袖，支撐她的正是「武家的驕傲」。明治維新，撤除了身分的柵欄，令她覺得痛苦恥辱莫過於此。聽到晚年的袖這樣述懷時，年輕的苗自認完全沒有這種執著。

朝於初次聽到苗的琴音時，興奮得臉紅、嘆息，感動得不知該怎麼讚美才好。熟悉了以後，會纏著苗「再彈一遍剛才那曲」，或是說：「小苗的琴，好聽得教人顫抖」，毫不掩飾她的執迷。

朝於讚美琴音時，袖沒有異議，笑容滿面地說：

「朝於也很懂琴呢，聽力真好。」

進而要求她：

「技藝靠本人的努力是很重要，但聽眾不好，也不會進步，因為體會不到人心的感受。如果真有不好的地方，別客氣，指出來。」

朝於變成熱心不下於袖的聽眾，對苗來說，不但高興，還有許多好處。

家人的誇讚已不能讓她滿足，朝於雖是外行，但全神貫注聆聽之外，對歌詞也率直地東問西問，讓以前含糊唱過、彈過的部分又鮮明浮現腦中。和像是在聽三絃伴唱、對歌詞更感興趣的袖相較，朝於嗜好吹笛，對琴絃的音調本身，聽得很仔細。聽熟以後，偶而會指出節奏的不同，這對失去師父的苗來說，是多麼難得。更重要的是，袖和朝於的輪流批評，有阻止她琴技退步的功效。

後來，苗常常思索，失去宇平師父後沒有放棄一絃琴，對自己來說，果真是好事嗎？會這樣想，是因為遭逢那件不幸，追本溯源，則是那幅鮮明印在心底的景象。

弟子們要在師父一週年忌之夜聯合演奏師父作詞、真鍋豐平作曲的《春之調》，祭拜師父。苗事前接到通知，日日複習此曲。

一年前宇平下葬那天，枳樹葉像金針般在秋陽中閃爍飄落的景致，還留在她眼底。那時，弟子們都沉浸在悲傷中，沒有人提議以《春之調》供奉師父。宇平的家人還住在琴塾原址，但冷清寂寥，苗偶而經過時，總會窺望安靜至極的圍籬深處，懷念以前的熱鬧光景。

當晚，練琴室中燃起許久不曾點亮的巨大蠟燭，曾在此地學琴的人如數到齊，加上宇平家人，大概超過一百人。祭壇之前，去年過世的國學家鹿持雅澄的第一高徒、歌人南部嚴男率先行禮祭拜：

「故門田大人學生奏琴以祭御靈，恭請聆賞。」

開場白後，接著重複吟詠兩遍：

「虔心合曲作獻供，絕妙琴聲望靈饗。」

之後，弟子代表岩井正吉起頭，其他人一起合奏《春之調》。

花鳥清音憑春到，垣籬梅枝鶯初啼。
濃霞深處櫻花色，遠山飛鳥曳尾影。
漫漫長陽不厭看，日暮天黑月朦朧。
夜色清清幽寐中，枕畔琴音誰人送？
白浪濤碎須磨海，憶昔行樂一春遊。

巧拙交雜，近百把琴同時彈奏，伴著曲調意趣，室內漸漸充滿溫暖的春天氣息，絲毫不覺得這是一週年忌，甚至有歡樂的氣氛。從歌詞中可以看出，宇平是個安靜、但絕不陰鬱的人。苗跟隨大家同步彈奏，心想，祭壇後面的師父一定很滿意。

接著，六位高徒一人彈奏一首追悼曲。先由岩井正吉的《伊勢御幸》開始，大石孝敬的《四季調》、松本嘉之的《野地之錦》、今井忠孝的《驟雨》、一宮裕行的《山居》接續，聽到最後松島有伯的《枯野》前奏時，苗茫然聆聽的心神突然激烈撼動，好像有隻看不見的手拍擊她的臉頰。

《枯野》是古曲之一，曲調太過陰鬱，平常有些忌諱，她以前只聽過一次。此刻有伯的彈奏，像是充滿苦澀、不祥的啾啾之聲。絃徽始終在一到六之間流轉，盡是低音曲調承載的陰鬱聲中，彷彿看到旅人走在寒冬荒涼原野中的背影，歌詞感覺更是寂寞，

枯野為鹽焚，餘薪巧製琴，
絃動聲沙沙，岩邊海草搖。❶

有伯是全盲之人。

苗感覺像獨自徘徊在杳無人煙的荒涼原野中，徬徨無依地顫抖，猜想有伯一定是在心中哭泣、悲吟此曲。他那垂肩的烏黑頭髮、魁梧的體格、顯示強烈意志的濃眉、緊閉的雙眼，讓人不忍細看。他穿著枯葉色的外套，端坐的身影映在紙門上，隨著燭光搖曳。滿座悄然無聲，各人心中似也聽到遠方呼嘯的寒風而感意怯。

那晚，在回家的路上，同行的祖母都覺得冷，把手塞進袖子裡。

「最後彈奏的那位盲人，琴技和其他人相當懸殊，彈得太好，反而覺得有點不舒服。妳呢？」

苗突然感到胸口哽住，無法立刻回答，身子僵硬，低頭走著。她認同祖母的看法，只是感動太大，反而有所顧忌，不敢直接表白。

為什麼要在這並非喜慶的聚會中彈奏這首幾近廢絕的陰鬱之曲？這個疑問，蟠踞在苗心裡好長一段時間。

她在學琴時，有伯和其他高徒都是代理師父，苗對他的琴藝毫無記憶，因為不曾聽過他在人前演

奏。其他五位高徒的琴技，她也是今天才得以仔細聆賞。這大概和師父生前討厭花稍的演奏會、從未辦過有關。

一週年忌後，苗時時想起有伯那沙啞的歌聲和悠揚的琴聲，有時猛一回神，會驚訝自己傾耳靜聽的樣子。

感覺那個沁入心底的音色上籠罩一層難以親近的狂烈，油然而生畏懼。這麼想時，彈奏的有伯和行經冬日荒野的旅人身影重疊，不禁好奇那位眼睛不自由的琴者究竟處在什麼樣的境遇？

自己從七歲隨龜岡學琴以來，一心求取琴藝精進，為得到祖母和師兄姊讚揚而努力的精湛琴技，究竟是什麼？照著師父教的抑揚頓挫、學著師父的指法，努力到底時，究竟會有什麼？終究達不到有伯那種讓人身心震顫的感動吧。因此，今後還要努力什麼？她愈想愈不明白，曾經那樣喜歡的琴，竟然也有瞬間生厭的時候。

週年忌後不久，宇平琴塾願意出讓學習用琴給想要的人。苗聽到這個消息時，覺得志在必得。

一旦心有所欲，就無法通情達理分辨事情。她想得到新琴後重新努力練習、以稍微接近有伯技巧的想法愈來愈強，於是以「今生唯有這次」的想法去央求祖母。她還一直用著龜岡為她做的杉木琴，只有蘆管配合她年年變粗的手指而剜大，每當竹片的厚度減少時，琴的音色也變薄變輕，不再令她滿意。聽說宇平家人打算關閉城裡的宅邸，搬到山北的故鄉。只留下三把宇平鍾愛的好琴，其他十多把琴願意割愛給愛琴的弟子。

❶這首歌的典故出自《古事記》，仁德天皇時有艘快船名「枯野」，早去晚回，載運淡路島的冷泉供天皇飲用。後來船毀壞了，拿去燒火製鹽，有人把燒剩的木頭拿來製琴，聲傳七里，音如海中水草飄搖，遂以歌之。

袖先在心中幾度思索苗的願望，覺得接受新琴並不妨礙任何人後，才去跟克巳說。克巳更仔細地考慮後說：

「雖然還不知道一絃琴會不會是苗的嫁妝，但如果是，現在用的這把也太簡陋了。」

他認為接受一把沒有過多裝飾的琴也無妨，點頭之後，袖帶著苗去選琴。

琴塾的牆邊立著開塾之際、宇平從京裡帶回來的琴，但是不見有佐竹紋之助那知名圓形圖印的作品。苗選出一把在海浪部分螺鈿嵌上手毬圖案、音色沉穩的琴。這些琴每一把都彈得很透，想要的人很多。弟子們尊稱「老夫人」的宇平母親高興地說：

「要手毬那把琴嗎？這是按照蹴鞠的鞠的圖樣製作的，很適合女孩，小苗果然一挑就挑到好的。」

還邀請同樣是閒居身分的袖，坐到火爐旁喝茶。

她是個明白人，不抱怨逆緣的悲傷，只談弟子們遵照宇平遺言在各地開塾教琴的消息，讓一直陪同前來學琴、對琴也有些見解的袖談興大起，聊到那天晚上的追悼演奏會，苗親耳聽到謹言慎行的袖問起有伯。

「有伯嗎？他是個很奇怪的人。不只眼睛，其他方面也與眾不同。

「關於他的事情，恐怕只有死去的宇平知道。我只知道他是京都人，身分啦、家人這些都沒聽說過。他和宇平一起回來土佐，在這裡擔任代理師父。」

老太太像為自己多話而道歉似的，撫摸火盆的邊緣。

「這只是我的推測，他的眼睛可能是刀傷所致，可能是沒有多久以前的事……

「這樣說也許很失禮，我聽說從小就失明的人直覺很強，手很靈巧。可是他若不靠隨侍身旁的侍女幫忙，連飯都無法好好吃。以前可能是武士……

「他的琴技確實讓宇平另眼相看……他很沉默，和其他弟子也沒有往來。」

苗覺得每一句話都直墜心底，每聽一句，就感到體內森森發冷，差點掉淚。問她為何落淚？她也無法清楚回答，勉強要說，就像很久以前聽到龜岡的琴聲時突然湧起淒涼傷感那般，但她已經不是五歲的小女孩，而是可以開始談婚事的十五歲少女了。已該懂事的年齡，不能在人前莫名其妙掉淚，何況，兩個閒居的老女人談著像是鬼魂故事的陰冷話題，也不是可以插嘴的時候。

對苗來說，這是第一次近身看到有著謎樣來歷、難以接近的人。他那背負著射不進一絲光線的暗黑世界、無家可歸的羈旅生活，猛然激起苗心痛似的哀傷。想到一絃琴正是這種身世的人彈奏以傾訴心聲的琴時，又想起以前龜岡絮絮訴說的在原行平故事。

行平把流放的孤寂落寞寄託在手製的琴上，那麼，這個簡單的樂器就不適合在多人之前歡樂演奏，自始至終是療癒自己身心的儉樸樂器。琴亦有心吧。她東想西想，不時把有伯的身影和龜岡重疊，先前聽到的《枯野》琴曲，也錯覺是龜岡獨自在無燈幽暗的客廳彈奏的琴聲。這兩人的形象明明不同，但都是京都人，以及雖有些許不同但長年漂泊的共同點，才讓她這樣誤會。

不只是誤會，她還想跟隨有伯學琴。若要付諸實行，最難的就是得到家中長輩允許，她以為有伯會像龜岡那樣親切大方地接受自己。

從宇平琴塾拿回來的手毬琴，燃線都有上漆，做工精細可愛，試彈時就知道音色沉穩，只是以前長期使用青竹蘆管的手指，改用水牛角的蘆管，感覺沉而重。祖母說她彈奏的樣子像個大人。但她知道，歌聲隨絃，絃的音色沉穩，歌聲當然也顯得優游沉穩。至於她的心緒飛揚不起，是因為聽了有伯的《枯野》以後，對琴的想法漸漸有所改變。

對如何彈出正確美麗的音色，她一直無法打從心底感到滿意，自己若不滿意，當然不可能打動人心。她不再像以前那樣，祖母一開始做手工，就立刻取出琴來複習，即使祖母催促她：

「苗，昨天也沒練習，會荒疏哦。」

她也提不起興致，繼續磨蹭。

苗不像以前那樣乖乖接受祖母的安排，也因為偶然聽到家人談起她的婚事，猜疑家裡或許要以她的琴藝為條件，找個更好的對象。她並不認為女孩長大出嫁的命運很苦，只是七歲那年因為喜歡而開始學的琴，至少要學到自己認可的理想程度，這和婚事完全是兩回事。

這段期間，她還是繼續去裁縫塾。從嬰兒服、幼兒服到少男少女服，再從大人穿的單衣、夾衣到女裝的短褂、和服帶，以及男裝和浴衣，都一一學會，很快就進展到縫製裙褲的階段。

有朝於作伴，往返的短短路程中，兩人還是說個不停，只是她不再像以前那樣一直談一絃琴，也不邀朝於回家聽她演奏了。朝於發覺她的異樣，但是猶豫著該不該問她？元治元年（一八六四）的年底，裁縫塾師生大掃除後，開始放假。那天，朝於像往常一樣送她到洗手臺前，若無其事地問：

「祝妳過個好年。對了，初彈是什麼時候？」

苗把裁縫箱往地上一擱，當場蹲下。

朝於嚇一跳，看到平常謹慎有禮的她這個樣子，趕快跑過來，扶她起來。

「是木屐繩子斷了？還是屐齒掉啦？」

親切的語氣瓦解了她的心防，願意攤開這幾個月來緊閉的心聲。

雖然告訴朝於也無濟於事，但原原本本說出宇平週年忌以來纏住自己不放的衷心期望後，抹掉不知何時滲出眼角的淚水，落寞地笑著說：

「這是不可能達成的願望。如果跟奶奶說，恐怕她會昏倒，所以不能說。」

朝於睜大眼睛聽完。

「奶奶為什麼會昏倒？我不懂。妳和我這種唏哩花啦的胡吹亂奏不同，是可以在王公大臣面前表演的精湛琴藝，誰會阻止妳想更上層樓呢？」

高亢的聲音，讓苗覺得，朝於果然對身分這種事情沒有概念。

當初要進梅田橋琴塾時，從師父的來歷到其他弟子，家裡都做過詳細調查後，才答應讓她去。家中規矩如此麻煩，苗不認為家人會讓沒出嫁的女孩去跟連同門師兄弟都忌憚是謎樣人物的松島有伯學琴。朝於並不理解苗的困擾。

「這沒有道理！」

朝於揉搓苗的背，鼓勵她說：

「我幫妳去跟奶奶說，妳開不了口，我不在乎，奶奶一定會答應的。」

她那不當回事的模樣，彷彿就要推著苗的背、一起走進澤村家後門。

苗平常就很清楚，家人的事情由外人來說，祖母會有多懊惱，趕緊拉住朝於，阻止她躁進。朝於還一臉不解，焦急得彷彿苗一鬆手，她就會飛奔而去。

元治的年號只有一年，隔年改為慶應。由於脫藩者日眾，澤村家在新年時也不敢喝得酩酊大醉，所有儀式都低調進行，年後，克巳也早早上班。

土佐藩每年正月十一日的閱兵典禮稱為「御初騎」，藩主親臨設在大臣深尾府邸內的小高樓，校閱藩內武士的躍馬英姿。

這座小高樓的高度僅低於城樓。當天，兼任司儀的醫師隨同藩主登樓，朗聲宣讀出場武士的裝束和騎乘馬匹的毛色。當醫師以他長年鍛鍊的有力咽喉報出「第一騎，內藤君親大人，馴馬師五十石。日月頭盔、藏青色線編鎧甲。十字長槍、褐色三歲駒」，響亮入雲。武士們身穿先祖傳下的甲冑戰袍，配合威嚴的鼓聲，排成一列，依序從本町騎到堀詰。

這項儀式是出於居安思危的心態，自古以來行之有年，據說江戶一地參加的武士馬匹從早到晚、連綿不斷，最盛時多達一千騎。隨著世道太平，武士裝束又加上旌旗、小旗、防箭袋、武器等，愈來愈華麗稀奇，吸引大量鄰近鄉鎮人士來觀賞，遊行大街兩旁還搭起看臺。澤村家的儲藏室裡也有武器鎧甲等物，家主向來都要參加，盛裝打扮的家人也一同出門。

御初騎盛會這天，無巧不巧，澤村家的看臺正好緊鄰朝於的富永家。見面之後，兩家的女人客氣寒暄，小孩一起笑鬧，沒有隔閡。因為年年來看，一看即知眼前騎馬而過的盔甲武士是誰。看到自家的旌旗飄揚而來，看臺便發出歡呼聲加油。偶而看到馬匹邊走邊掉馬糞，笑聲哄然，威武中帶著和樂的氣氛。

那天返家時，因為是同個方向，澤村和富永兩家的人一起踏上歸途。朝於看到袖走在最後面，故意放慢腳步，蹭到她身邊，突然對她說：

「奶奶，求求您了，這是我最大的願望。小苗想得快發瘋了，請您答應她跟隨松島有伯學琴吧。」

朝於明明知道很無禮，還是邊走邊說，這也是她的盤算。

在人來人往的大街上，她的父母弟妹也走在前前後後的狀態下，袖不好當面斥責她無禮，更難斷然拒絕這懇切的要求。果然，袖慇懃道謝。

「謝謝妳告訴我，我和家人商量看看。」

眾人在澤村家門前平靜道別。那天晚上，向來喜歡熬夜的袖，說了「今晚早點睡」後，便早早吹熄燈籠。由此可知，這事對她的打擊有多麼大。

黑暗中，袖輾轉反側，為不曾受過像今天這樣的屈辱發抖。

僕役家人簇擁而行、俸祿一百五十石家族的老夫人，竟被年紀輕輕的女孩當成平民婦女，像隔著籬笆閒話家常似的搭訕，還強加干涉澤村家教養子女的方針。

屈辱之外，更令她激動的是，苗瘋狂希望跟隨來歷不明的盲人有伯學琴的心願，沒有對十六年來細心呵護養育她的祖母傾訴，卻對神官的女兒表白。如果苗只有七、八歲，可以立刻叫到跟前查問清楚，但苗已是花樣年華的少女，有她自己的想法，袖也只能戒急用忍，暫時按下自己的怒氣。

行事不曾有過一點閃失、向來只有被誇讚的袖，面對裡裡外外，總是能夠平靜自得，但是苗若出了什麼差錯，負責養育她的自己就無顏面對兒子、媳婦，世人也會追究兒子、媳婦的立場。這個時候，脫藩的年輕人和以下犯上的風氣持續不斷，在斥責「現在的年輕人啊！」的聲音之中，可能也摻雜著預見未來「時代變了，沒辦法啊！」的真實心聲。袖很清楚這種迷惘和恐懼，她害怕苗受到不良影響，這時貿然說出一時氣憤的話也不妥當。

苗還有一個十一歲的妹妹愛子和九歲的弟弟信之，都在主屋那邊跟著父母受教育。袖心中盤思，不能再放任自己一手帶大的苗了。想到最後，竟有些後悔，早知道完全不讓她學什麼才藝，一開始專心學習女紅就好了。

想到最後，袖認為這個時候擱置不理，是最聰明的方法，這是她生養一兒二女的心得，兒大不由娘。苗把這麼重大的事情告訴外人，而且是身分比她低的女孩，讓袖感到無比懊惱。但是發洩這種女人的牢騷，有傷武家女子的自尊。於是，她決定今日恥今日消，自己將它了斷。

苗完全不知道這些心路歷程。隔天，從裁縫塾回家的路上，朝於問起這事時，頓覺心口躁動難安。怯怯回到家裡，看見祖母的神色與平日無異。她生平第一次感受和比父母還親的人心有隔閡的難受。

五、六天後，就在有點忘掉這種感覺的時候，朝於從後門進來，當著她的面，直爽地問袖：

「奶奶，您聽進了我前幾天的懇求嗎？」

接著對苗說：

「奶奶說會考慮以後再答覆，妳很快就可以去學了，真好！」

眼神充滿自信，態度也非常樂觀，似乎認定袖是可以信賴的人，應該安排得差不多了，所以來聽好消息。

霎時，袖有些狼狽，苗也垂下眼睛。面對朝於這種毫無拘束、沒有心機、坦誠自己所信的態度，不只是袖，連苗也不知所措。或許說驚愕較恰當。苗事後回想，朝於這一招，應是她以為終究不可行的夢想得以實現的最大功勞。

朝於毫不畏怯，也不在乎袖的蹙眉旁視，一再逼問，是因為她對「這是苗的最大幸福」深信不疑。袖漸漸被她說服。

起初還有「搭理她，有失面子」的想法，絲毫不為所動。

然後是「想發脾氣也不妥」，只能苦笑。

接著內心有些欣賞，「這就是所謂的現代女孩吧！」

也覺得：「只有我們家的苗不一樣。」

袖雖討厭朝於的無禮，但也慢慢認同她的說法，是因為她們都高度評價苗的彈琴天分，再怎麼話不投機，唯有這點可以讓兩人微笑相對。

但是，袖要跟兒子談這件事，有些棘手，因為澤村家的名譽和面子重於苗的琴藝，她無法輕易出口，所以先透過媳婦秀乃，由她去說服克巳。袖答應朝於的要求，理由有二：一是她太疼愛苗，二是克巳雖也雅愛此道，卻能基於看清世局動向的眼光而論。

「未來會如何，誰也不知道。最近，同僚們都說，女孩一樣需要學問和才藝。」

不只漢籍塾、武術道場的女弟子增加，原來只是新娘必修的裁縫、才藝類，也都精益求精，以備將來開班授徒。

「雖然落得『才藝謀生是不幸』也是困擾，但苗現在的技巧還不夠好，在找到好婆家以前，加強學習也無妨。」

只是，要拜松島有伯為師，克巳仍有些猶豫。他派老僕八助去調查，透過宇平家的老太太得知，有伯完全不和別人往來，無人知其來歷，在刑場雁切橋畔閉門而居。克巳聽到回報，雖然猶豫，但母親也深知有伯的琴藝高超，宇平已死，苗又堅決希望拜他為師，終於在三月時答應，條件是學琴時必須由八助陪同前往。

去年九月聽到有伯的《枯野》後，悄悄立下心願，迄今半年多，是一段反覆自我壓抑、放鬆、又自我壓抑的過程中，逐漸明白大人判斷的歲月。

事情決定以後，袖對很想好好責備的苗沒說別的，只說：

「妳借朝於的嘴辦成這件事，我覺得很遺憾，真是那麼渴望的話，親口跟父母或奶奶說就好。」

苗心中認為，借助朝於的力量，是不夠乾脆，但她本來就有決心，如果這個願望不能達成，這輩子將不再彈琴。如果沒有朝於的多管閒事，她再怎麼有決心，也不可能這樣順利實現。她把感謝的心意寄託在最愛的泥金畫硯臺盒上，送給朝於。

但是，要當有伯的入門弟子，困難才剛開始。

父親鄭重地跟她說：

「妳如果是男孩，也是過了成人禮的年紀，要以琴技做為一輩子的隨身財產，拜師的手續、禮節等，一切都要自己負責，別給父母添麻煩。」

祖母也告誡她：

「為了彈琴而疏忽女人之道，讓別人說嘴，是很丟臉的事。要比以前更認真做針線活、幫忙家事。」

不論說得多嚴厲，畢竟是家人，還是具有外人冷冷帶刺的言語無法比擬的融通性。

苗絲毫沒有想到佐伯會拒絕她。她還記得帶著家人同意的喜悅，興沖沖由八助陪同前往拜師的那個春日。

前一天，朝於拿著一枝搖曳生姿的櫻花，從後門進來，說是當作硯臺盒的回禮。苗覺得那枝牡丹櫻實在太美，便連同祖母早上蒸好的紅豆糯米飯，帶去當見面禮。在西町繞過梅田橋，來到本町大街。這裡總是有來來往往的轎子、貨車和行人，揚起漫天灰塵。往東走一段路，從石立町一帶再往前去，漸漸看不到住家，只剩田中一條小路，往返伊予。

去年九月，在野根山高揭叛旗的二十三名鄉士落網，在安藝郡奈半利川的河邊被斬首，首級運到雁切橋畔示眾。當時的血腥傳聞，苗還清楚記得。

貫穿土佐城的清流鏡川，上游是飲用水，下游是一般用水，廣受市民喜愛。自從橫跨這條河的雁切橋畔展示大量人頭以後，很多人忌諱河水沾染死人的氣息，還有成群的烏鴉棲息在梟首臺上，因此，即使白天也少人靠近。

彎進走向雁切橋的路時，八助要苗在中須賀部落的入口等候，自己來來去去搜尋幾遍。

「確實是在這一帶啊。」

好不容易，終於聽到他說：「找到了、找到了。」

是一條被兩旁丈高的雜草掩蓋、不成其路的小徑。苗擔心會踩到討厭的蛇，遲疑不前。

其實，這個時候遲疑不前，還算太早。八助在前面闢草開路，來到河堤上時，是一片幽暗的竹林，循著竹林中的蜿蜒小路前去，看到有伯居住的茅屋。

八助打量這間茅屋，心想這附近沒有像是住宅的房屋。

「這有可能是鏡川的水哨站，或是上次首級示眾時的警衛崗哨。不過，也搭起圍籬，修補成可以住人的房屋了。」

屋前種有幾棵樹，拉門也糊上白紙，顯見裡面有住人。

苗讓八助在籬笆外等候，自己捧著多層盒和那枝櫻花，高聲說：

「前來拜望，敬請開門。」

門開，是在琴塾見過的那個女孩。苗大方說出來意，把東西交給她。

這房子並不大，可聽到有伯簡短回答的低沉聲音。紙門再度打開，女孩捧著剛才的多層盒和櫻花。

「老爺說，不教任何人彈琴，實在抱歉，這些東西請帶回吧。」

苗以為聽錯了。

「呃，我是在梅田橋琴塾學琴的澤村苗。」

她這樣說，是為了讓有伯想起塾中那個年紀最小、最常受到誇獎的小師妹。

女孩再度進去稟報，但有伯不在乎苗是誰，堅持不收徒弟。看見居中傳話的女孩明顯困擾的樣子，苗只好暫時鬆手。她先是愕然這太過意外的回應，緊接而來的深沉悲哀，讓她當場蹲下來。她很想質問對方，可以這樣嗎？過世的師父明明留下遺訓，要弟子在土佐發揚一絃琴，身為高徒的有伯不能違背師父的遺志。她會這樣想，是因為這個正當理由外，也仗恃自己在塾中備受好評的琴技。

但是，她感到莫大的失望，是因為考慮到父親、祖母，以及為她挺身而出的朝於的面子，她不能就這樣垂頭喪氣撤退，她必須振奮自己退縮的心情，非完成這件事不可。

每次想起這時的情景，苗就想不通從小謹言慎行的自己為什麼變得那麼執著，死纏不放。大概自己體內也流著類似武士自尊的意志吧。當時雖不至於切腹明志，但有近似的心情。反過來說，如果沒有那分堅持，這個願望將難以實現，有伯這一生也將不會傳授任何弟子了。

那天，苗不厭其煩數度開口求見，女孩每次都放下袖子、打開紙門、幫她稟報，但漸漸沒有回應。到最後，女孩也只能默默搖頭。那時，苗的昂揚意志也一時萎縮。無奈之餘，只好把多層盒和櫻花輕輕放在走廊邊，稍稍提高嗓門，對著緊閉的紙門說：

「雖然給您添麻煩，但我還會再來，在您答應以前，不論多少次，我都會來。」

說這是懂事，不如說這是顯示一念至誠的手段。

不過，今天拜師不成的事，她不想告訴家人。八助在澤村家服務幾十年，只要拜託他，就會把詳情埋在心裡，因此，只有苗獨自背著這個重擔。回到家後，頓感疲勞，坐著直接解開和服帶。袖看到後責怪她說：

「怎麼像病人一樣？」

每個人都有叛逆父母的時期。苗後來回想，自己的叛逆期大概是從認識朝於開始。以前她會跑回家拉著祖母訴苦的事，如今卻想瞞著家人，自己搞定，這需要相當的覺悟，她只能抱著「滴水穿石」的信念。這個決定過於大膽，她不可能若無其事，當祖母問她：

「一直要妳複習，很奇怪的師父呢。」

雖然說者無心，她卻內心一陣顫抖，為說謊而半夜夢魘。

連八助都把欺騙主人的痛苦轉換成對路途艱辛的埋怨：

「這實在不是大小姐的腳可以走的路啊。」

對苗來說，道路再遠再險阻，都不是問題，只想著早一天得到有伯的允許。

可是，數度拜訪後，對方的態度依然如故，只派女孩出來婉拒。幾次下來，這個年齡和苗差不多的女孩美代，反而對苗產生親近感，一看到她的身影出現在籬笆前，就有點想念地說：

「老爺，澤村苗小姐又來了。」

為她費心進進出出。

雖然是一廂情願，但來的次數多了，鑽牛角尖的想法也緩和些。是因為能夠從容享受等待的緣故嗎？她相信在籬笆外等候的日子多了以後，總有一天，有伯會把她叫到琴前。當然也因為她比以前更加努力練琴，心想有一天要彈給有伯聽，因而有著悠閒彈給家人聽時所沒有的氣魄。

習慣路途後，也不覺得遠了。即使在有點恐怖的幽暗竹林中，突然停步，從竹葉縫隙間灑落的陽光下，上次來時約只一寸高的筍尖，在每隔五日一見的過程中，已長成一根青竹。

雖然是人們不願靠近的雁切橋畔，但在有伯家籬笆外等候時，可以聽到聲如嘹喨口哨的鏡川流水聲。竹林對面，鶺鴒點水嬉遊，也是一景。竹林中很多黃鶯，偶有一隻飛到狹小的院子裡，停在茅房外水盆的杓柄上，看見輕巧彎曲的杓柄在水中浮沉，苗忍不住輕聲嬌笑。

不知是她的「有伯在考驗我」預感猜中，還是有伯單純的認輸，終於透過美代，叫她進屋。是在她來這裡第七、八次，或者更多時。

心裡早就準備會有這麼一天，她拿出隨時放在懷裡的蘆管。一進門，沒想到有伯身邊擺著酒壺，正獨自飲酒，狹窄的屋子裡籠罩著嗆人的酒味。苗絕對忘不了拜師被拒那天的悲哀，但初次見面的驚愕也是今生想抹也抹不去的記憶。澤村家世世代代的男子都不太喝酒，這些跟隨前掛川藩主山內一豐來到土佐的武士，被海量的土佐地方武士揶揄是「掛川瀉」。在這樣的家風下，苗光是聞到酒味就感到頭暈。何況，在尊貴清靜的一絃琴前，衣裝隨便、盤腿而坐、大白天就喝酒的模樣，有如天不怕地不怕的傲慢態度，苗嚇得垂下眼睛。

有伯手拿酒杯，向苗招招手，說：

「彈一首妳最得意的曲子！」

苗按捺激動的心情，仔細思考後，用心彈奏了自己喜歡的《四季山》。

彈奏完畢，有伯問她：

「妳學琴幾年了？」

話中似有「這樣虛張聲勢擺架子，大概才學一年，不對、半年都不到吧」的嚴重貶抑味道，還給予毫不留情的評語，「技巧普通，但已見自滿的心態。」

然後又說：

「因為這樣，所以我不教人彈琴。何況女孩子學琴，多是抱著半遊戲的心情，小看了一絃琴。妳最好就此放棄學琴。即使現在這樣子，在女人、小孩裡面也算是高手了。」

他冷冷說完，無視眼前的苗，又逕自連喝兩杯。

苗羞愧得全身顫抖，心想，這就是我長久以來景仰的松島有伯真正的模樣嗎？

盤腿坐在神聖的琴前喝酒，讓幾度前來拜望的女客吃閉門羹，終於請人進屋、測試她的技巧，毫不客氣地批評人家自滿、半遊戲的心情後，還叫人家放棄學琴。苗咬緊牙根忍受這無禮狂放的言行，是為了不讓委屈的眼淚掉下來。雖然心裡想著立刻回家吧，想當這人的徒弟，實在是個錯誤，但身子還是不動，低頭坐在原地。

那不只是因為祖母經常教導她要尊敬師長，也因為她在剛才的貶抑諷罵中感受到一股無法拂袖而去的強大魅力。她的琴技從來不曾遭到貶抑，是因為大家對小孩子的疼惜與包容。說她演奏裝腔作勢，批評她以前為了彈給祖母等人聆聽而學習的態度，也是正確無誤。自己雖然不曾自滿，但聽在有伯的耳中，像是半帶遊戲的心情，這個指摘，也不能說完全無稽。她一心期待今天而努力練習，又何嘗沒有「見識過我的本事後不可能拒絕」的自戀呢？於是，她站起來，退到門外，雙手扶地道歉，說：

「師父，我一定會改正自己的輕率，請收我為弟子。」

這話也是告訴自己，一切要從頭開始。

正式成為有伯的弟子後，教學可說非常嚴厲，說是嚴厲，又覺得其實是粗暴，如今想起來還一身汗。例如，龜岡和宇平琴塾教琴時，都是把一首曲子分成幾段口授，而且有琴譜，在家時可以獨自練習。在這裡，有伯先朗誦歌詞，接著彈奏，然後立刻督促她：

「來，這次妳來，照自己的方式彈剛才那曲。」

正入神聽著師父演奏的她，突然接到指示，一時手足無措，不敢碰琴。於是，破鐘般的怒吼毫不客氣地迎頭灌下：

「妳到底來這裡幹什麼？一開始不就說了，如果只是想模仿我，我不教。只要專心聆聽，不可能彈不出自己的調子。」

既然被如此命令，苗只有全神貫注於琴。事後回想，不逃避也不閃躲有伯這直劈而下的大刀，奮力承接，確實提升了琴技，從這種猛烈的教學中，也有根本改變她對一絃琴想法的莫大收穫。
她不知什麼時候開始，對為給祖母聽而彈琴的自己產生懷疑，遇上有伯的態度後，那分懷疑更是確認無誤，清楚知道琴其實更是自己的心靈之友。有伯常常冒出「心情的披露」、「凝結的表現」等難懂詞句，但她感覺，有伯是藉著一絃琴來自我安慰自己那謎樣生涯的境遇。師父的想法漸漸根植在她心裡，她不再像以前那樣輕浮弄絃、遊戲彈琴，而是想方設法去掌握某種神髓。宇平教琴始終堅守傳統，旨在推廣真鍋豐平的作品和正規演奏。有伯的觀念則是縱橫自如，只要與詞曲相合，不在乎演奏上的細節出入。習慣了有伯的教法，苗以前那種有些誇張的彈琴姿勢不知不覺收斂了，意識灌注在如何全心投入詞曲中，甚於按絃和節拍是否準確等細節。
這樣以後，不可思議的是，也不那麼介意初見面時有伯讓她不覺顫抖的酒癖了。在一頭蓬髮、大碗喝酒的師父面前，她也能彈琴吟唱，自己都覺得訝異。有伯興致來時，會忘我地和她談論琴技，直到天色昏暗、美代過來點燈。心情不爽時，就讓她吃閉門羹，即使她滿懷鑽研琴技的興致。
「今天沒心情，下回吧！」
一句話就讓她垂頭喪氣、折返歸途。
袖不時帶著幾分不服氣的語調對她說：
「妳好像能夠獨立了，是讓妳獨自出門的關係嗎？」
她很清楚自己已經長大，不再像以前那樣對祖母和朝於完全敞開心扉，她的目光和心神全都向著有伯。
宇平家老太太猜測有伯是因刀傷而盲，以前可能是武士。但根據苗的觀察，有伯並沒有父親身邊所見的刀劍之類物品，他的激烈性情雖然像武士，但也可能是朝臣出身。聽說這段期間有些朝臣雖不舞刀弄劍，但也為國家做出顯著的貢獻。或許，他和頒發許可狀給宇平的正親町中納言有關。他的生活費從何而來？苗從沒看見快遞和使者來過，詳情大概只有已經過世的宇平知道。

苗認為改變自己的是，在有伯家巧遇製琴名匠佐竹紋之助。她加入兩個男人的談話、共論琴事時，發現了在家教嚴謹的澤村家所想像不到的另一個自己。

佐竹家在細工町，世世代代是土佐藩御用的樂器匠。到了紋之助這代，因為太過無賴，被解除御用關係，店門經常不開。他父親是製作十三絃琴的名匠，繼承其藝、也製作十三絃琴的紋之助何時開始製作一絃琴，並不清楚。起初大概是受人之託，製作一、兩把，因為某種機緣被帶到京都，於是有圓形圖印的一絃琴先在京都聲名大噪。紋之助的琴，彈奏需要體力，聲音愈彈愈清亮，不論是潮濕的梅雨時節，還是經年累月地苛使，琴絃都絲毫不亂，這是它的特徵，而且還有個奇異的傳說，它看見能彈的人才會響。

從宇平開設琴塾後，土佐的一絃琴需求遽增。從龜岡的例子也可知道，只要手巧，任何人都可以輕鬆製作出來。因此，有些家具店、器材店也應顧客要求而做。只是會彈了以後，還是渴望有圓形圖印的好琴，爭相追著紋之助，求一把好琴。然而，這個人從不乖乖坐在自家作坊裡，總在酒館和旅店出沒，偶而出現在私人賭場。向他求琴，他若沒點頭，再多的保證也看不到琴。有一說紋之助是酒錢拮据時才勉為其難製作一把琴，他這輩子製作的琴，總共不到二十把，其中有他不滿意的，還不肯烙下圓形圖印。因此，他是喝酒喝到散盡家財。他常到宇平的琴塾聽弟子練琴，總是毫不留情地批判。年輕弟子中有人挨他痛罵，心情鬱悶。

「有時間注意我，不如腦袋去浸浸冷水，更努力練習。」

「你啊，彈得畏畏縮縮的，還是個男人嗎？」

苗曾遠遠看過他的背影，能夠安心交談，是在有伯家見過後。

她無法不好奇，嘴上沒有一句好話的乖僻男子紋之助，和從來不與人交際的有伯，交情何以如此深厚？在靜靜觀察之後，她有了自己的理解。紋之助欣賞有伯超群的琴技，有伯欣賞紋之助的聆賞力，彼此能夠互訴衷曲。是物以類聚嗎？兩人藉酒排遣寂寞之處相似，能夠不拘時地開懷暢飲，看似都是海量。苗無法看出男人的年齡，有伯雖然一頭蓬髮，但沒有一絲白髮。紋之助的髮髻尖端像小楷毛筆那樣少，兩人大概都接近四十，紋之助可能年長一些。

紋之助常常頂著沒有油氣的髮尖，拎著酒壺飄然出現有伯家，自斟自飲，安靜聆聽苗和有伯的教學。在宇平琴塾時，紋之助的批評有如利刃亂砍，語多殘酷。但在這裡，他不但收起刀鋒，不會對苗尖銳批評，甚至還有些許鼓勵。

「苗小姐，彈琴時需要像是抓起別人懸空揮舞的怪力。像妳這種力道，要砍倒別人還早得很，別浪費妳的資質，好好繼續努力。」

想到此人耳朵的敏銳，如同擁有兩個師父，苗暗自心怯。

她認為紋之助批評特別寬容，是因為自己是女孩，也可能是自己的琴技還不入他的眼。不過，相處久後，可以談得上話的美代悄悄透露：

「苗小姐來的日子，紋之助先生就高興得坐立不安。」

苗不確定那究竟是什麼意思，也覺得那是無法釐清的事情，沒有深入去想。紋之助對這裡用的琴特別關心，有伯愛用的那把古怪到苗第一次看見就渾身顫抖的西行法師之琴，紋之助很快修理好，又不知從哪裡弄來一把練習用琴。西行法師的琴上，有象牙精細雕刻的旅行詩人西行法師手持磬和敲槌、坐在路旁石上休息的圖案，但是法師臉部被剜空，剩下一個醜陋的洞穴。眼睛看不見的有伯或許不在意那塊剝落的象牙，但一般人目睹這把珍貴的琴時，沒有臉孔的西行讓人感覺很不吉利，苗每次借用這把琴彈奏時，心情都不太舒服。

本來，琴身的圖案和音色沒有任何關係，但是紋之助看到後，不僅火速將空洞的部分嵌上象牙，還另外帶來一把琴。美代說這一切都是「紋之助有心讓苗小姐彈得愉快」，但苗認為那是出於紋之助對有伯的友情。

苗絕對不把有伯家的氛圍和紋之助出入的事情告訴家裡，有時祖母催促她彈奏，聽了之後說：

「師父的風格會傳給弟子嗎？妳已經彈得像個男人了。」

這話讓她心下一驚，但如果說出她是在兩個嗜酒的男人面前學琴，祖母很可能當場昏倒，即使沒有昏倒，也會立刻阻止她再去學琴。從她開始跟隨有伯學琴的慶應元年（一八六五）到三年之間，老百姓心中普遍抱有末世之感，武士階級不再像以前那樣跋扈，但澤村家並沒有隨著時代改變想法，再怎麼婉轉解釋，祖母也無法理解特立獨行的百姓和來歷不明的他鄉客所釀造的自由任性氣氛。

很久很久以後，苗在自己的人生路程上停下腳步，回顧從前，自問什麼時候最幸福時，包括後來的婚姻生活，渾身漾滿光彩的，就是這三年的學琴歲月。從十六歲那年拜師求見被拒的春日開始，到十八歲那年夏天有伯過世為止，所見所聞都充滿了新鮮驚奇，讓她知道在拘謹古板的武士之家外面，還有那種隨心所欲的生活方式。在那裡，興致一來，可以高聲談笑，沒有人斥責。和不拘身分的師父、紋之助和美代，都可以毫無隔閡地和睦交談，沒有人會糾正。不談想法，只就演奏，當場說出感想，大家都高興。染上這個習慣後，反而覺得這邊的生活才是真的生活。獨自喝酒時顯得憂鬱的有伯，和紋之助共飲時，濃眉舒展，偶而露出森白的牙齒微笑，在苗的眼中，顯得意外地年輕。

苗認為這段時期很充實的另一個理由，是紋之助為有伯製作了名琴「白龍」，有伯用這把琴譜出傳世名曲《漁火》，傳授給苗。她回想初次聽到《漁火》的情景，歷歷如昨，甚至清楚記得紋之助的淚痕。

那是她十七歲那年秋天。在有伯這裡，顧忌他眼盲，四季皆無應景行樂，但這一年有伯主動邀約紋之助。

「來賞月吧，這種雅興我還有。」

紋之助答應了，把門前的竹林砍掉一些，空出一塊地，美代用芒草嫩心做了丸子，舉行賞月之宴。苗因家裡不准夜間外出，因此賞月彈琴的雅事趁著太陽還在時開始。她用心彈完古曲《秋之白露》後，有伯彈起《京城月》，朗聲吟唱。苗聽過幾次別人彈奏此曲，但有伯吟唱「離京之人望鄉心，絲毫不見怯」的神情，讓她心內顫動，無言以對。擱下酒杯專心聆聽的紋之助也深深嘆息，說：

「有伯兄，這是千金琴詠啊。」

他一再纏著有伯重彈，不讓有伯的手休息。然後，他不停搖頭說，我也很久沒製好琴了，

「有伯兄，你的琴包在我身上。」

斷然說完，順便對苗說：

「苗小姐，我也製一把琴送妳，可是要等很久哦。」

那時，有伯突然露出森白的牙齒，說：「哦！」

他是單純的喜悅，還是覺得紋之助的態度難得，苗沒有深入去想，只是低頭致謝。這個人有心製琴，是因為傾心有伯的琴技，苗跟著沾光，是因為有伯的面子。苗這樣認為，心中不抱任何期待。但是她後來回想這個場面時，心中又有一絲懷疑，或許，紋之助說要幫她製琴，並不是順便，而是真心的，但為什麼？苗的琴技還沒有打動紋之助的能力，那麼，他是看出苗的未來而鼓勵她嗎？有伯為何瞬間露

出笑容？這兩個想法詭異地重疊，苗總是主動打斷思緒，不再想下去。

紋之助這段期間特別認真，晒乾桐木，精心製作，費時十月，完成傳世名琴「白龍」。

宇平琴塾中「佐竹紋之助看人製琴」的說法傳到後來，演變成「圓形圖印的琴會看彈奏之人」。因此，有伯格外高興，反覆撫摸琴身象牙鑲嵌的飛龍圖案，那分神態，如今還鮮明印在苗的眼底。這把琴打破一般琴頭寬四寸、尾寬三寸的常識，琴身的長度和寬度都超出一寸，象牙鑲嵌的飛龍圖案也和一般的花鳥圖案大相逕庭，陽剛氣十足，非常適合擁有獨自表現手法的有伯。此外，龍眼鑲的是類似紅寶石的紅色半透明石頭，光澤隨著彈奏的力道忽明忽暗。有伯鍾愛此琴，日夜彈奏。苗每次前往，就感到琴音更添一分錚錚。以前，龜岡說一絃琴聲傳不遠，琴音只在室內縈繞。但不知是琴身較大的緣故，還是有伯的手勁夠大，苗在沿著竹林小路前來的途中，可以清楚聽見清亮的琴音。音色中有著屏息優雅彈奏時，根本不可能發出的驚人壓逼力道，大有飛龍嘯雲的氣勢，讓她不時感到：「好可怕的琴！」

白龍完成是在梅雨時節，但紋之助拍拍琴身、自傲地說：

「這可不是像梅雨那種陰沉柔弱的東西哦！」

確實如他所說，雖是在多雨的土佐，又逢梅雨時節，但琴聲錚錚，大大激起有伯的作曲意願。有伯作曲時，苗便暫停練琴，通常到廚房和美代說說話後便回去。聽美代說，有伯以前片刻不離的酒，現在已經不喝了，整天抱著白龍不放。光是聽到這些，苗就能感受到有伯的意志，心中凜然，這個感覺在《漁火》發表時，變成更深的感動，令她震撼不已。

有伯早就對紋之助和苗說：

「梅雨過後，就可以聽到《漁火》了。」

竹林上方湧起白色積層雲那天，苗在籬笆外已經聽到新曲的旋律，赫然止步。伴著「無明之夢莫醒轉」的歌聲，聽到最後錚然一聲，接著是一片靜寂。

當她正要踏上潮濕的走廊時，聽到屋中傳來紋之助的沉吟聲。

「有伯兄，再彈一遍。不，請繼續再彈五遍就好。」

口齒清晰，不帶酒氣。前奏響起，苗已無法動彈，就站在院中的石頭上聽得入神。

定置網掛捕游魚，八十氏川多杭椿。
浪湧木阻水不前，聲清音亮入耳揚。
夜色濛濛漁火中，天光欲曉岸影殘
平等院內後夜鐘，無明之夢莫醒轉。

那是她所學的古曲中不曾有過的精神自覺。曲終之後，還拖著悠長的餘韻，在聽者心中滴落一縷哀思。有伯應紋之助所求，反覆彈奏三遍後，輕輕卸下蘆管，但她還站在院中不動。

須臾沉默之後，紋之助感慨說：

「無明之夢莫醒轉，是回應我吧。這簡直是有伯兄為我作的曲，但不是這樣吧？」

聽不見有伯的回答，但是苗在心裡認定，不是，那是師父為他自己作的曲。

因為這琴只有一根絃，初學者只要有詞，都可以用琴當場作曲。但另一方面，要作出有起承轉合且不容模仿的新曲，相當困難。有伯說不知《漁火》的詞是誰作的，因為傳述許久，作者早已佚名。

苗推測這是有伯作的詞，不然，就是有伯寄託心聲的古詩歌，或是與他以前生活有關的詩歌。

當彈琴高手有了長年保存的好詞和自由揮灑的好琴，甚至戒酒以傾全力作出的曲子，在有如泡沫般浮現、又消失於時代的多數新曲中，格外具有分量，有著無法不撼動聽者心胸的強大力量。有伯雖然常常即興作曲，但寄寓深思的稱心之作，唯有這首《漁火》。當他以正統傳授方式教苗彈奏此曲時，苗不敢錯過一絲細膩的吟唱和彈法，專心學好這首曲子。後來回想，經常放言「不可學我的彈法」的有伯，唯獨對這首《漁火》，原封不動地將自己的手法移轉給苗，還會指出彈得不對的地方，或許，是他無意識中已預感到死亡了。

苗常聽說親近的人死前，會出現某種形式的預兆，但她幾度回想，卻是毫無徵兆，有伯也不曾入夢，讓她感到傷心。最後上課那天，有伯要她再度完整彈完《漁火》後，她像平常一樣收拾好琴，在門檻前扶地拜別，跟著八助回家。一切都和往日無異，滿心期待五天後上課時再來，怎會想到這一天就是學琴生涯的終止。

臨走之時，她看到美代匆忙收起晒在院中的衣服。抬頭望天，看到黑紗般的雲遮住太陽、全速向北飛來。八助也看到了，苗還記得他當時的嘀咕：

「暴風雨要來囉，快點回家吧。」

兩天後，七月的第一場暴風雨登陸土佐的深夜，有伯的死期突至。翌日，美代等不及天亮，跑到澤村家通知：

「師父過世了。」

真是晴天霹靂。

那天早上，風聲呼號夾著小雨，頭髮豎立、全身濕透的美代找到澤村家後門，敲開蠶室的門時，苗也知道自己驚愕過度、臉色慘白。雖然心裡還在抗拒，「不會吧？」但是看到美代踩過及膝淹水而來的悽慘模樣，知道那不是夢，脫口而出：「我馬上過去。」

立刻準備出門。袖在一旁，本來就不想讓她去奔喪，除了天候的因素，平日也覺得她學琴的情形很古怪，於是挺身攔阻：

「現在再去也來不及送終了，等葬禮那天再去，就這樣吧。」

頻頻催促苗改變心意。

但苗此刻抱著就是被趕出家門也非去不可的決心，渾身顫抖，分不清東西南北，慌亂從壁櫥中抽出雨衣。袖看她這樣，知道攔阻不了，只好說：

「苗啊，還有美代，妳們聽我說。

「妳們兩個不曉世事的大女孩，就算要為師父辦理後事，也什麼都不懂，讓八助陪妳們去。凡事聽老人家的話，像平常一樣送葬吧。」

苗先穿上雨衣，再去主屋請求父親允許。

八助走在前面，一行人弓身在不時夾帶雜物迎面飛來的強風中抵達雁切橋，高漲的水勢，讓橋面寸斷難行，竹林颯颯呼嘯，滾滾濁流沖擊堤頂，一副淒厲慘狀。當然，這些都不在苗的眼中，她跨過院中及膝的積水，踏上客廳，只見有伯躺在那裡，平常緊閉的雙眼，永遠沒有再睜開的一天。當她看到有伯那不再粗聲怒斥和難得展現笑容的表情、眉間深刻的皺紋、極少張開且意志堅強的嘴唇都已經冰冷時，那一瞬間，感覺自己活著的日子也在今天結束。她不知以後該怎麼活下去，趴在屍體旁，肩膀抖個不停。但她終究還保有一分清醒，告訴自己不能在這裡自裁，好不容易才把自己拉回來。

回想起來，她和啟蒙老師龜岡生離，接著，宇平久病不起，孩童時期便兩度深受失望打擊。如今，這今生難以再遇到的師父又突然被死神奪走。她不禁怨嘆，這是神明懲罰自己這三年來日子過得太充足嗎？但若真要懲罰，也不願瞎眼的有伯受罰，寧願受懲罰的是自己。祖母一再告誡她不能在人前流的淚，此刻再也止不住地源源湧出。

聽美代說，有伯在為《漁火》作曲期間戒酒，之後又開始喝，而且喝得更多，美代早晚都要提著酒壺跑去中須賀部落的酒店買酒。暴風雨那天，有伯緊閉板窗，也不點燈，從下午開始就一直狂飲不歇。夜裡，美代在廚房聽見他起身說要打開板窗，接著聽到微微的呻吟聲，拿著蠟燭過去一看，他魁梧的身軀像扭曲的衣服，癱在板窗擱置處的前面。

接到八助派人通知，匆匆趕來的紋之助面容呆滯地說：

「有伯兄，你有個好結局啊，我也想和你一樣。」

他用指頭輕輕撫摸有伯的眼皮，這和苗只能用眼淚宣洩悲傷不同，是男人的壓抑嗎？

有伯的後事，都聽紋之助指揮。有伯死後，身世之謎更深。就美代所知，京城和土佐都沒有可以送訃聞的地方。那麼，生活費從何而來？美代說他有時給她一些錢，有時叫她去店裡賒帳。搜遍整間屋子，連裝零錢的盒子也沒找到。同樣愛酒、了解有伯際遇的紋之助，展現一代俠義之風，不只拿出僅有的錢，一手包辦葬禮，並且把有伯葬在潮江山的佐竹家墓園一隅。

有伯生前不和朋輩往來，加上八助，送葬行列也只有四個人，何其淒涼。棺木抬上風雨肆虐、樹木倒榻的潮江山時，紋之助不停嘀咕：

「這簡直是流放之人的葬禮啊。」

鏟土下葬、豎立墓碑後，他難得溫柔地說：

「有伯兄啊，別人都說土佐是個鬼地方，但住過以後，不是這樣吧？我很快就會去你那裡，在那之前，你安心睡著吧！」

苗聽了，淚眼再度模糊。

有伯住的房子，沒有一件像樣的家具，處理起來毫不費事。至於有伯愛用的兩把琴，依照紋之助的裁量，西行琴當作他的冥途伴侶，一起放進棺木裡，白龍琴則給八年來無薪服侍他的美代。美代回到河對面的鴨田部落父母身邊時，紋之助把漆成黑色的琴臺也交給她：

「妳需要錢的時候可以把它賣掉，有我的印記，若有識貨的人，可以賣到相當好的價錢。」

苗在旁邊聽著，努力壓抑心中那說不出口的「白龍送給美代猶如對牛彈琴」的卑微欲望。坦白說，師父愛用的琴，理當留給唯一的弟子，終生以琴思憶故人，是最好的供養。即使沒有這層關係，平常彈奏時就很清楚白龍的力道，眼睜睜看著它落入不彈琴的人手中，是多麼惋惜啊。但她又想，只要牢牢記住以《漁火》為首、充滿有伯精神的無數曲子，縱使不求有形紀念亦無妨，因而壓下那分心思。

辦完有伯的後事，苗常常有冷風穿身而過、難以言喻的無力感，偶然回神，發現思念有伯的時候很多。家裡人多眼雜，她絕不掉淚，但是未曾留下任何紀念的突然死別，總是讓她感到如噩夢般難過。日常的一切懶得去做，也難得掀開匳鏡。以前每到上課日，坐在鏡前梳髮挽髻，凝視自己的臉孔，心想，只要師父的眼睛有一隻還看得見，會是多麼高興呢。每思及此，鼻頭即酸。這前後三年的時間，即使不是上課日，她也總是心情愉悅，看到什麼、摸到什麼，都想到琴，不禁懷疑，難道自己是喜歡師父嗎？不覺臉紅心跳，急忙四下張望。那是苗生平第一次體會到感情，如今對方已非在世之人，思想起來，哀傷大於害羞，這個時候，往往是彈奏一曲《漁火》以終。夜晚最感寂寞，熄掉燈籠，在走廊點燃蚊香，獨自彈琴，每一首曲子聽來都如有伯在世時的聲音，這時一隻燐火般大的鬼螢忽然掠過鼻尖，讓她差點失聲喊出：「師父！」

在這種日子中彈奏的《漁火》，比以前凝聚更多的心思，後來，她突然有個感覺，「這首曲子一定是師父為我作的。」

那似乎已是無可懷疑的事實。有伯一定很早就感受到苗的心意，為了回應，戒掉他最喜歡的酒，譜出此曲。這分推測在嚴格家教拘束下的苗心裡，有著一滴甜蜜似的懷念。

其實在有伯過世以前，家裡已為十八歲的苗談論婚事。對象是同樣擔任衛戍職務的望月勇之進的次子健直，才二十三歲，槍術僅次於藩立致道館的代理教練。他雖然不能繼承家業，但在這個動亂之世，只要武術超群，必能嶄露頭角，所以克巳很滿意，袖和秀乃也無異議，談定晚秋時舉行婚禮。苗沒見過健直，除了知道他是耍槍高手外，其他一無所知。

袖也察覺到苗自從去有伯那兒以後，漸漸變得多愁善感，心想婚事確定後，那種情況會自然消失，也就睜一隻眼、閉一隻眼。否則，也不會答應苗在守靈夜以後，幾乎每天都去幫忙師父後事的忘我行徑。其實再怎麼樣，苗和有伯的緣分也只是短短三年的命運。

苗無意抗拒這個命運，但現在日日夜夜還在思念有伯，沒有心情想到出嫁。眼前的心思都在紋之助慷慨資助的七七法會和有伯的風評上。和最清楚有伯生前的兩個人見面，談談在家裡不能說的思念恩師心情，心中的積鬱漸漸化解，如今留下的，毋寧都是愉快的記憶。

九月中旬那天，苗說這是最後一次，得到祖母允許，沒有八助陪同，獨自前往潮江山麓的瑞光寺。她故意繞了遠路，先去雁切橋畔的有伯故居。不上課以後，她也不再出遠門。獨自走在猶如盛夏的陽光下，以前的興奮之情突然復甦，竟錯覺是匆匆趕路去見有伯。竹林中的茅屋空無人居，荒涼破敗，只有院中叢生的雞冠紅，還有以前黃鶯輕踏、在水缽中浮浮沉沉的水杓柄，讓眼睛得到安慰。

瑞光寺裡，和幾天不見，頭髮又少了一點的紋之助，及挽起髮髻的美代聚在一起，聽完冗長的誦經，紋之助率先喝下供奉的酒，勸她們也喝。

「苗小姐，還有美代，妳們是酒豪師父的弟子，最好的祭拜方式就是喝酒，即使一點點也好，一點點。」

美代調皮地噘著嘴唇輕觸酒杯，座中已無葬禮剛完時的陰鬱氣氛，難道真的是歲月之功?苗也覺得附在身上的邪魔遠離似的心情輕快，和美代輪流與醉後多話的紋之助交談。

「紋之助先生，您在製琴嗎?」

「誰說的?我沒看到好的琴手，連撬桿都不會做。」

「您不工作，不就不能買喜歡喝的酒了?」

「錢啊，是天下轉的。我要是沒錢了，拆下房子的壁板也能換酒喝，這一點還不用別人說教。」

「您老是那樣喝酒，最後會像師父那樣呦。要小心啊。」

「那才是我希望的結果。我就想像有伯一樣，咕咚，一下就死了。我還向這寺裡的菩薩許願，讓我死在路上吧。」

這番對話，苗突然感覺很懷念。

留下口齒不清的紋之助，苗和美代先回去。離開時，苗心想，出嫁以後，就不會再見到紋之助了，但跟酒醉的對方話別也無濟於事，只好放棄，改以和美代同行一段路，依依惜別。兩個女孩走出寺院，穿過天神神社的庭院，從大樟樹旁走下柳原堤，在傾向西邊的太陽光下，沿著鏡川緩步而行。悠閒的氣氛中，美代說：

「這下，紋之助先生會很久看不到苗小姐，一定很難過。」

苗沒有深想，輕鬆回應說：

「那個人只要有酒喝，其他什麼都不需要，不是嗎?不管房子還是媳婦。」

話題從紋之助談到死去的人，從死去的人談到彼此的近況，美代毫無隱瞞地訴說自己的身世。她家是鴨田村子澤山的佃農，父母急著減少家裡吃飯的嘴，經過宇平的介紹，去照顧有伯，但工作毫不辛苦。苗頻頻點頭，也說著自己可能最近就要出嫁，不能再來參加師父的法會。這時，走在前面的美代突然停下，睜大眼睛凝視她，隨即無力地蹲下，肩膀顫抖地哭了起來。

苗奔過去，搖晃她的肩膀，反覆問她：

「美代，怎麼了？肚子痛嗎？」

美代不停拭淚、鼻音哽咽著說出的話，像突然飛來的一把小刀，刺進苗的胸口。

「我懷了有伯先生的孩子，不敢告訴父母，該怎麼辦？我只能依靠苗小姐了。」

聽到這話時，不知為什麼，苗抬眼看著火球似的夕陽，以炫光在眼底迸散火花的視線，看著蹲在地上的美代。還是少女的身體，如果懷孕了，肚子應該變大，但是美代的身體看不出能證實剛才那番話的證據，或許是聽錯了，她努力擠出微笑，反問：

「什麼事？美代？」

美代還是蹲著，緊緊攀住她的手臂，

「苗小姐，我該怎麼辦？孩子明年二月就要生了，妳說，我該怎麼辦？請妳告訴我！」

刺進胸口的小刀再用力剜兩下似的話語，讓她一陣踉蹌。

眼前一片漆黑，看不見剛才還紅光瀲灩的河水和像是熊熊燃燒的堤邊野草，腦中只浮現「還不快逃」的焦急念頭，她一根根掰開美代抓住她肩膀的手指，拔腳就跑。她氣喘吁吁、腳步蹣跚、拚命地跑，但路就是踟躕不前，美代的嗚咽一直緊跟在後。回過神時，已經衝過沉下橋，跑到祭祀藩主先祖的山內神社洗手臺前，看著水中的倒影，臉色慘白如死人，毫無生氣。

她捫心自問，為什麼要這樣逃離呢？雖然美代只說了兩、三句話，但她感覺像是美代在說「我和有伯先生的閨房蜜語」，只想趕快遠離那無法忍受的污穢。雖然沒有人教她，但是到了適婚年齡，她也知道懷孕的意義。這對有伯死後才發現自己對他的感情、相信對方也知道而作《漁火》相贈的她來說，美代的話不只是割碎她心的殘酷利刃，還固執地折磨她的身軀不放。

她在山內神社的洗手臺旁茫然佇立許久，回到家後，當天夜裡即發病。翌日，全身上下長出紅疹，痛苦難言。她的臉和四肢都像長水泡，又熱又癢，藩醫看到痛苦掙扎的她，也束手無策。

「不知病因，連病名都不知道。」

由於婚期在即，澤村家人心憂如焚。尤其是袖，懊悔自己只不過鬆懈一點就變成這個結果，因此不辭辛勞，嘗試一切聽說有效的方法。

她認為苗一定是傍晚經過柳原堤的時候撞了邪，於是要苗站在後門外，從裡面一邊念咒一邊用畚箕搧她；又聽說參加七七法事後可能惡靈附體，悄悄去求法師驅邪；聽說泡蕺草水浴很好，立刻要苗照著做；人家說葛根湯有效，又跑去藥房買來煎好，讓苗服用。

可是，苗依舊出疹不停，又癢又痛的掙扎過後，就是無日無夜的昏昏沉沉。在那似夢似幻的情境中，有伯和美代必定嘻笑打鬧地出現眼前，而她只是低頭不語。想到他們兩人時，總覺得美代再怎麼樣也不該如此不檢點，也埋怨師父太過分。她會這樣想，除了自己這三年來的心意全被辜負的遺憾外，也有針對美代的身分意識。本來對苟合的不潔感，就已令她渾身顫抖，對象竟是貧窮百姓出身的下女，更讓她感到深深地屈辱。如果是和正經人家的小姐，應該不會讓她這樣難過。這個想法，或許是還不懂男女之事而在心中苦苦勸慰自己的少女心情的暫時逃避，但也總是停滯在這裡，一直找不到出口。

但這是不能跟別人說的事，她咬緊牙根，讓思緒留在體內亂竄。心情焦慮的日子裡，疹子癢得特別厲害。這個時候，袖徹夜不睡，用沾濕的紅絹輕拍她全身，安慰她。當時的醫學還不知道肉體與精神的因果關係，幾度前來看診的醫師依然不改診斷，但突然想起一個舒緩病人痛苦的法子。

「她也到適婚年齡了，或許是一時和這個地方水土不服吧！」

袖聽了醫師的話，豁然開解，立刻找尋環境清幽、水質良好的地方，安排她轉地療養。

袖的豁然開解，是因為如果只是感冒就罷了，但是久病之後出嫁，萬一以後又生病時，婆家必定追究是不是娘家帶過來的病，媳婦因此遭到不幸，從世間慣例便可知。所以無論如何，不能傳出待嫁之身的苗罹患不明病症臥床的風評，即使望月家派人來探望，也不能讓他們看到苗這副慘不忍睹的模樣。

袖差遣口風緊實的八助去找門路，租下古城遺址所在的岡豐村百姓家儲藏室，自己也搬過去照料。為了避人耳目，出發時選在深夜。兩頂轎子悄悄抬出後門時，臥病以來不時前來探望的朝於也來送行，苗絕對忘不了那分喜悅。雖是白晝猶感暑熱的九月底，發燒的苗還是裹在棉袍裡，臃腫得像不倒翁，眼中含淚。袖特地下轎，向朝於深深一鞠躬。

「朝於小姐，如果妳父母允許，可以悄悄來看望苗。三里的路程，年輕人當天即可來回，拜託妳了。」

朝於嚇了一跳，也一本正經地回答：

「既然奶奶囑咐，朝於近日內一定前往探望。」

她惦記苗的心情難過，跟在轎子後面跑，一直送到梅田橋的轉角。

袖平常不太喜歡跟朝於說話，現在為了孫女的不知名病痛，顧不得身分隔閡而主動屈膝。其實，即使袖不開口，朝於也會穿上鞋襪、長途迢迢趕去岡豐村百姓家安慰病中的苗。

苗如果是朝於那種開朗的個性，或許早就把朝於當成出口，也就不會為這蕁麻疹所苦了。這件事她自己最清楚，在西町郊外痛苦呻吟之時，不是沒有抓住朝於傾吐一空的想法。但上次想拜有伯為師的事，沒告訴祖母而告訴朝於，已經讓她得到教訓。因此，對這個不想讓祖母知道、即使高燒夢囈時也沒透露口風的事情，更加勒緊折磨自己。

也因為如此，在遠離家門的鄉下儲藏室二樓，在與平日不同的氛圍中看到朝於時，苗的心像是忽然開了一扇天窗，毫無保留地將積壓許久的各種有毒之物統統說出來。袖察覺她的想法，藉口要洗衣服，走下樓去。聽完苗的傾訴，對這自己也不曾經驗的男女話題，朝於驚訝得睜大雙眼，張口結舌，接不上話，目光呆滯。看到苗原本紅腫的臉更紅、哭個不停，只能拚命尋思怎麼緩和她的情緒。

「小苗，妳說有伯先生疏遠妳、親近美代，我覺得和這有點不同。不是常常聽說老爺找侍女陪睡的故事嗎？就和那些故事說的一樣，妳是夫人，美代是妾。」

話才說完，朝於自己就笑翻了，說：

「唉呀，真是胡亂比喻，抱歉、抱歉。」

苗許久沒有這樣笑了，又因為被比做夫人，羞得低下了頭。朝於看了，鼓勵她說：

「那首《漁火》雖然不能明白說是男方的心意，但我認為那是有伯先生獻給小苗的曲子。光憑這點，就知道小苗和美代不一樣，受到極尊重的待遇。」

朝於說出她的感想，苗也不時點頭，感覺插在心上的刺像被一根根拔掉似的舒坦。

不過，朝於很掛念美代逼不得已，向大家閨秀且年紀比她小的苗吐露事實後的情況，擔心那時留在堤防上哀哀哭泣的美代後來的狀況。從苗的話裡，還聽得出她刻意壓抑的憎惡之情。朝於這時候還不能為沒有拿到工錢、失去工作還懷孕的美代悲哀，只能拚命安撫苗的心情，祈求她早日康復。

直到很久很久以後，苗才能夠這樣安慰自己，孤男寡女同在一室生活，男人又是滿腹才華卻懷才不遇，不發生那種事情才奇怪。但她即使能夠理解，卻一直無法原諒美代，還是因為出於難以擺脫的身分意識的屈辱感。下女懷了主人孩子的閒話並不稀奇，但是不願沾惹這種骯髒事的想法，至死都深深刻在她腦裡。

和朝於聊過後，像有一陣清涼的風穿身而過，病狀雖不至於一掃而空，但已有精神仰望秋日長空、欣賞周遭景色了。她的高燒已退，疹子漸漸好轉，也慢慢有食欲了，晚上也睡得著了。她自己湧現恢復健康生活的意願，祖母比誰都高興。

「苗啊，這樣，奶奶的壽命也可以延長一點了。妳的病要是再固執不去，奶奶就要去求菩薩，拿我的命來換吧。」

袖這樣說，無非是一心祈求澤村家長女的婚事能夠平安順利完成。因此，急忙收拾行李，搬回西町的家，並費心在望月家前掩飾此行是去「金比羅宮」拜拜等事宜。

雖說臘月的婚禮最忙亂，但是「春談婚事秋行禮」，也很正常，日期訂在十二月一日。因為四月時藩裡發布俸祿減半令，加以政情騷動不安，兩家決定一切從簡。苗回家後，澤村家已忙成一團。袖幾乎整天都在主屋和媳婦商量，盡心盡力地籌辦苗的嫁妝。雖說從簡，但還是希望人家會說：「不愧是澤村家，果然準備周到」。新娘穿的白無垢禮服，是用她珍藏的上好蠶繭繅絲織成的綢緞；長方形的大衣箱，是砍下老早為今天準備、在苗出生時就在院子角落種下的桐樹巨幹，完全風乾後，請手藝高明的木匠打造。據說桐樹砍下來時，香傳三町四方，也因為跟婚禮有關，雖然沒有明說，但出入澤村家的商賈小販中，已有人開口恭賀。家世清白，又是眾人讚譽有加的袖親自打點，衣櫃裡面還塞滿以後可能用到的廢紙。望月家聽說後，非常滿意。

這時的苗，只能任憑擺布，在迷路中掙扎的痛苦減輕後，不願再看到什麼、想到什麼。疾病雖然痊癒，心卻還未復原，婚禮一天天接近，她也毫無緊張，只偶而想到，自美代對她告白後，她的魂不知飛到哪裡去了？朝於常常跑來打聽準備的情況，眼中閃著促狹。

「欸，小苗，對方是什麼樣的人？」

苗也感受不到任何刺激，彷彿事不關己，沒有以前去上課時的興奮模樣。

婚期愈近，媒人走動得愈頻繁，也漸漸了解了望月家的家風。袖語重心長地說：

「聽說對方喜歡武術，堅決討厭遊藝之類。這個樣子，在苗的『時節』來到以前，琴藝可能無由施展。但至少可以趁現在好好彈彈。」

可是，苗已經暗自發誓，今生不再彈琴。她只當這話和自己完全無關，聽過即忘。

因為藩士的婚姻還是許可制，只要兩家的門第、兩人的年齡相當，就可以跳過本人直接談婚事，主導權也大半掌握在男方，所以女方學會的才藝，如果男方不需要，就必須捨棄。袖很清楚這個習俗，特別叮嚀苗嫁過去後千萬別說「我來彈琴娛樂大家」這種沒神經的話。不過，她所謂的「時節」，含有夫家公婆過世、苗可以當家做主的暗示，因此還是把手毬琴放進了長衣箱底。

婚禮前夕，在主屋和全家人共進惜別晚餐後，正要拴上後門時，迎頭碰上跑得氣喘吁吁的朝於。

「我知道妳很忙，我很快就說完。」朝於連喘兩口大氣後，「我今天一個人去鴨田了。」

鴨田？苗歪著頭，想清楚時，知道自己的臉在黃昏光線中血色全無。

「美代用圍裙遮住肚子，在井邊拔芋頭。她比我想像的還要健康，她父母答應她把孩子生下來。送給人養也好，如果有可以帶小孩同住的工作地方，也可以去做。她還問候妳。我是不是多事了？」

苗什麼也沒說，只是緊緊握住朝於的手，用力搖晃兩、三下。

蕁麻疹痊癒後，如同空洞般的身軀中還積沉著一塊東西，苗自己看不清楚那是對美代的掛慮，朝於卻早早察覺，去探望苗即使鼓足待嫁女兒的天真勇氣也不能去見的美代。朝於的友情，讓苗打從心裡高興，也認為祖母口中的「時節」若到，並不是可以彈琴，而是可以和朝於自由往來。但這是此刻不能說出來的話。

婚禮當天，直線距離約五町遠的望月家娶親行列一路步行，苗讓媒人牽著，無精打采地嫁入望月家。喝過交杯酒，從白棉頭罩下初次看到的健直，還是個臉頰胎毛猶存的年輕人，這對接觸過有伯和紋之助等壯年男人的苗來說，感覺是那麼不可依賴。這是克巳當家後第一次辦喜事，澤村家忙翻了天，比較起來，望月家已辦過長女和長子的婚禮，這是第三次，所謂熟能生巧，刻薄一點來說，是有點隨便。喝完喜酒回到家裡，克巳和秀乃雖然沒談，但都認為在這種家風中，苗有得苦頭吃了。

雖然俗話說：「長媳勞心勞力，次媳輕鬆省力」，但那是百姓人家的習慣，以長子為重心的武家社會剛好相反。苗在婚禮翌日就這麼認為了。健直沒有俸祿，也沒有繼承權，因此在望月家裡，次媳的待遇比下女還低，盡在廚房操持家務，完全沒有機會在公婆面前露臉。小倆口的房間也在儲藏室的二樓，三個榻榻米大，天花板又低，站起來時連頭髮都會沾到屋樑落下的灰塵。血氣方剛的健直幾乎每晚都出去練武或較勁膽力，苗獨自入睡的夜晚很多，而且，如果只有媳婦在屋，也禁止點燈。

苗還是待嫁女兒時，偶而對澤村家人的行事慎重、教養嚴謹有點反感，但是看到望月家人的粗獷勢利，光是想起邀請龜岡來訪、一家人悠然聽琴之事，就感受到娘家人的溫厚。這個傳聞中喜好武術的世家，連女人都尚武，婆婆會耍大刀，大嫂會射箭，公公不上班的時候，彼此就大聲吆喝、比畫武技。不只如此，日常女性的工作也講求力道、迅速草率，不喜歡慢工細活。不習慣這種情況的苗，常因磨磨蹭蹭而淪為家人的笑柄。

通常，她是早上第一個起床的人，準備早飯，洗完衣服，太陽升起來時，晒在東邊的衣服已經不滴水了。吃飯時間一到，依序將飯菜送到公婆及其他家人那裡，最後吃的她，就站在廚房，草草吃完。夜裡為了省油，在只有主屋點著的兩個燈籠旁邊縫補衣服，一直做到巡夜哨的梆子聲響起。雖然同樣勤勉節儉，但在澤村家，是在眾人的呵護下做，在這裡則是理所當然該做，疲勞的感覺也大不相同。

雖然是新婚夫妻，但始終顧慮主屋那邊的眼光，兩個年輕人難得四目相對，更無互訴情衷之時。十二月十八日，朝廷頒發王政復古令，土佐藩奉令率兵進京勤王，健直也跟著長兄出征。主屋那邊一直在討論連女人可能都要參戰，以武術自豪的健直大概很難按兵不動吧。明治元年（一八六八）一月四日，土佐藩兵參加鳥羽伏見之戰，三天後的一月七日，健直戰死的消息傳來。

健直出征時，苗並不特別想念他。婆婆先叮嚀她「不可流淚」，再告訴她噩耗時，她也不是存心忍耐，就是流不出眼淚。當時掠過腦中的，只是強烈的不安，我以後該怎麼辦？結婚才十七天，和淘氣小孩似的健直完全沒有做夫妻的實質感覺，甚至心中隱隱覺得，即使在長年累月之後，也無法打從心裡尊敬這個人是自己的丈夫。

健直的遺髮送回故鄉，葬禮和每次做七的法會時，人人都誇讚他勇猛果敢，但其實，健直的死因是被炸彈碎片打到。苗心中暗想，這是在已是致命武器飛來飛去的戰爭中，還揮舞著自傲的長矛，因此無暇躲避砲彈吧。澤村克巳參加葬禮，回家後向母親報告：

「苗比我想像的還要堅強，也不見淚痕。」

苗對健直幾乎毫無悲思，也不曾為他哭過。雖然偶而會感到愧疚，我是冷血的人嗎？但每次都把這種萬念俱灰的心態，歸在與婚前那段模糊的精神狀態有關，自己和健直終究沒有夫妻之緣。

健直的後事辦完後，澤村家當然希望結婚才十七天的年輕寡婦能回娘家，但是望月家說：

「屍骨未寒就匆匆離開，健直也不會瞑目，我們不要求她一輩子守寡，但也希望讓我們看看寡婦的節操。」

要苗在一週年忌以前留在望月家。

那天聽到美代的告白後，苗就感覺周身被封閉在黑暗裡，結婚以後，暗度更增。無人溫柔相待，從早到晚在廚房內外打轉，心靈乾涸，意志漸漸磨損。如果不是這樣，做不來這家的次媳角色。但即使回澤村家，也不可能再回到以前那種無憂無慮的生活。不管是什麼遭遇，嫁出門的女兒再回娘家住，對家譽傷害有多大，她非常清楚，是否會妨礙將來弟弟信之娶妻，更令她心靈交戰。自己對兩家來說都是棘手的人，在已經沒有兄弟娶妻的望月家苟且終生，或許還比較好。她也只有在忖度自己的前途時，冰冷的淚水才滾滾落下。

僅僅十七天，在那以前，她的心已蒙受痛擊，情緒低落，隨著婚姻生活的瓦解，一切煙消雲散、失魂落魄的感覺更強。週年忌過後，苗帶著嫁妝回到澤村家時，家人、甚至朝於都說：

「苗整個人都變了。」

雖然同情她年紀輕輕就遭受遣回娘家的嚴苛命運，但望月家的婆婆還是婉轉抱怨：

「健直還在的時候，那媳婦就是個沉默陰鬱的孩子。」

苗又恢復以前和祖母在蠶室同起同臥的日子，但是她的心情不用說，加上袖那小心翼翼的態度，使得蠶室的情況戛然一變，整個封閉起來。本來三面採光的明亮蠶室，兩面的門板都不打開，剩下的向南那面窗戶也關著，苗終日窩在陰暗的室內，低頭做針線活。看到她這樣子，袖也侷促得坐不住，不時藉口有事，悄悄走去主屋那邊。

袖常常安慰她，妳不是有錯被攆回來，是有丈夫戰死的光榮名譽，而且還以媳婦身分在那個家工作了一年，雖然現在回娘家住，但一點也不丟人。袖也含蓄地對進進出出的人說類似的話，暗中呵護著苗。不只是袖，澤村家沒有人責備苗，反而比出嫁前更憐惜她。苗雖然明白大家的好意，但對自己一旦凍結的心也無可奈何。輾轉反側不能成眠的夜晚，黑暗中浮現眼前的，不是感覺已模糊的健直，也不是望月家威猛的婆婆和精神奕奕的大嫂，而是出嫁前應已斷絕關係的美代，有時候是有伯在世時的身影。夢中的有伯，不是教琴時的嚴格模樣，而是有著單手輕推就能打開的竹門那樣的包容力，親切地接納她。

她對歲月的感覺已淡，與在望月家期間有如待了三、五十年的沉重感覺相反，夢中見到有伯時，感覺還像是十六歲那年春天拿著那枝牡丹櫻上門拜訪的樣子。是因為夜晚會模糊人們的怨憎嗎？想起有伯和美代時，已經沒有那種火焰般的激動情緒，但在日照短的白晝，坐在走廊邊縫補東西時，想的都是自己的不幸遭遇。

身邊的人說她「變了」的原因，是二十歲就守寡的不幸。她自己認為是在柳原土堤上聽到美代的告白之後。但細細追思，似乎是更早的有伯猝死，不，是更早以前失去宇平時，不對，或許開始學琴，就是她不幸命運的開端。她一無止盡地回溯過去，被悲傷壓碎的心，仍是怨恨有伯，憎惡美代，只要清醒時，一點也走不出這個情緒。

她從明治二年一月底回到澤村家後，完全沒有外出，幽居在蠶室的房間裡，早晚不對鏡梳妝，也幾乎不和主屋那邊的人說話，這樣過了幾年。

雖說一個人不管遭受多大的不幸打擊，也不可能一聲不吭地屏息過活，苗卻能這樣過日子，究竟是她的忍耐力超強？還是有伯死後她受的心傷太深，無法輕易痊癒？還有一點，就是當她鑽牛角尖時總能為她帶來光明的朝於，也在她守喪期間出嫁了。沒有朋友敲開後門來蠶室看她，讓她更加寂寞。世間還不認同女性之間的友誼，所以朝於結婚，也是她回娘家後才聽祖母說起，沒能送朝於賀禮，只能在心中默默祝福。

「朝於，不要像我一樣。要永遠幸福哦！」

她連悲嘆女人命運無常的氣力都沒有。

健直戰死那年，朝廷改元明治，社會日新月異。藩主大人改為藩知事，城池改為藩廳。經過幾次職業改制，克巳變成民政司職員，月薪直接發放現金。武士族群中很多人沒有任職公家，有人憤世嫉俗、苦守清貧，有人插手不熟悉的商業買賣。在這些起起落落的運勢中，澤村家沒有太大的變動，還能像以前那樣生活，是因為克巳溫厚篤實的氣質發揮了作用。

社會風俗也漸漸改變，曾經嘲笑別人剪掉髮髻、穿上長褲是「新派」的人，現在也撐著布傘行走。不只這些，有人像西洋人一樣吃肉，也把以前只有獵人穿的皮草精心加工成各式各樣的皮製品來用。天天都有新奇的話題。東京回來的人說，西洋醫師赫本切掉演員澤村田之助罹患壞疽的爛腿，救回田之助一命，讓他重新站到舞臺上。還有一種叫做麵包的食物，吸菸也不是用菸管，而是用紙捲入菸草來吸。這些新聞一帶回土佐，立刻傳遍四方。本來就喜歡新鮮事物的土佐人，看上什麼，立刻模仿。維新以前的社會動亂中，有著看不到未來的茫然，而今的文明開化中，也有著讓人心浮動，世道變天帶來的衝擊。

這股新風也吹進澤村家內，連下女都會偶而說些時髦的言語。苗對社會的改變，依然緊閉心門，絕不加入別人的談話。以前連被蟲子叮咬這種芝麻小事都會告訴祖母，如今完全聽不到她隻言片語的抱怨。袖看到她這個樣子，嘆息說：

「看來，苗的性情很像我，自己一個人背負所有的苦。」

她不像是滿意，也不像是不滿意。其實，苗是還顧慮到妹妹愛子的婚事。

苗一出生就搬到蠶室，由祖母一手帶大。愛子一直留在父母親身邊，個性大而化之，說好聽一點是老好人，說難聽一點是不拘小節。姊妹倆沒有睡在一起，因此不像一般姊妹那樣契合。不過，她們小時候還是會加上弟弟信之，在院子裡玩耍奔逐、哭哭鬧鬧，因此彼此仍會珍惜是姊妹的命運。苗從望月家回來時，最害怕的就是影響弟妹的婚事，她刻意隱藏自己，不願自己的不幸傳染給他們，謹言慎行地過日子。

苗從小就喜歡窮究事物，所以一頭栽進一絃琴中。愛子則是浮躁不定，雖然也學裁縫、盆栽，但都不成本事。因此，和澤村家門第相當，以前屬於衛戍組，如今任職藩廳刑法司的市橋家長子公一郎，真是求之不得的對象。市橋家代代勤懇篤學，父親在藩廳的法律事務上被譽為活字典，可能成為律師的兒子公一郎目前就讀東京的昌平坂學問所。在粗獷壯碩、血氣方剛的土佐男人中，他倒是沒有稜角，是優柔寡斷的性格，克巳聽完媒人敘述，二話不說就答應了，也是因為在嗜武的望月家那邊已得到教訓。

不只媒人這樣說，外間也傳說市橋家的婆婆和小姑都嫻靜文雅，似乎可以保證愛子的未來是幸福的。看著輕輕鬆鬆就得到幸福保證的愛子，袖忍不住幾次跟她說：

「小愛是有福氣的人，但是不管婆家人怎麼寵妳，也不能驕傲，凡事都要謙虛。」

可能只有苗聽出祖母話中有一點嫉妒的意思：「自己精心調教的苗沒有福氣，在媳婦身邊沒什麼管教的愛子反而有福氣。」

不過，袖也是盡心幫忙準備嫁妝，規格不輸長女苗。只是大家嘴上不說，心裡還是會擔心吉凶之兆，為了避免惡兆，有些做法和苗出嫁時不同。例如，長衣箱是找另一個木匠製作，禮服也不是自家繅絲織成的綢緞，而是市面買現成的白綢緞，用熨斗燙上家紋等，每一步驟都極其慎重。苗去主屋吃飯時偶而看到這些，心裡比誰都清楚。

婚禮當天，苗完全沒有現身大廳，並沒人叮囑，但她一直穿著木屐在廚房烹煮食物。自己結婚時只覺得拘謹疲勞，看到今天的愛子心情開朗並不時露出笑靨，苗雖然覺得放心，但仍不免有一絲落寞。

翌日，愛子按照習俗，梳著紅色髮帶纏繞的圓髻，和公一郎一起回門。苗站在紙門後寒暄，才第一次看到妹夫公一郎。他頭髮剪短，和聽說的一樣，印象極其平常，看不出被譽為「藩中首屈一指才俊」的精明能幹。後來不時聽說他們夫妻恩愛和諧，家庭溫暖。這些雖然都如原先的預期，但家人還是喜歡把「愛子有福氣啊」掛在嘴上。唯一美中不足的是，公一郎從東京學成返鄉後，市橋家一直為得不到殷殷盼望的長孫而苦惱。澤村家聽說愛子幾度懷孕又流產的消息後，秀乃憂心得穿著草鞋到下崎神社向安產菩薩許願。

苗內心的鬱結，在愛子出嫁後也沒有解開，繼續過著閉門不出的日子。愛子婚後第二年的明治四年（一八七一）冬天，苗生命中最大支柱的祖母過世，讓她更加緊閉心扉。

袖是有感冒也不臥床休息的人，相當能忍。那個寒冷的清晨，她剛起床，前後搖晃一下便又倒下，仍清醒地告訴苗：

「別擔心，喝了葛根湯就好，妳跟主屋那邊說我感冒了。」

說完，躺回剛剛起來的被褥裡，那是她最後躺臥的床。

自苗有記憶以來，祖母只有一次發高燒時整天臥床，平常感冒都只是早上睡一下，喝了葛根湯就痊癒。因為長年習慣如此，所以沒把今晨的暈眩和死亡聯想在一起，她還記得自己把小炭爐放在蠶室走廊邊悠閒煎藥的樣子。袖一直沒睜開眼睛，睡了兩日兩夜，除了藥湯，連水都沒喝，第三天黎明，苗感覺她的呼吸聲音變大，連點上燈的時間都不夠，就在紙門的白色似亮非亮的時刻，出生後第一眼看見的人死在眼前，讓苗驚痛莫名，抱住袖的身體，嘶聲叫喊：

「奶奶、奶奶！」

健直的死，像是已經落幕的往事，茫然無覺。但這次是自己親手為她送終、又愛如親生母親的人，因此，苗的傷痛久久不消，看到什麼，聽到什麼，無不想起祖母，不斷自責。

俗話說老人是「末六十日」，意思是再怎麼潔身自好的智者，死前的兩個月，都會給家人帶來麻煩，所以，袖的死被視為壽終正寢，外人誇讚：

「不愧是婦女的典範，很像她的死法。」

身為媳婦，卻沒能在床前送終的秀乃跪在棺前：

「母親，對不起，原諒我沒能在您臨走時照顧您。」

苗聽到母親的道歉，心裡在想，奶奶走得絕不安詳，她一直在強忍苦痛。

只有苗知道，為祖母清洗屍身時脫下的貼身內衣，沾滿黏膩的汗漬，腰帶也有忍耐苦痛的污漬。她沒讓母親看到這些東西，先藏起來，之後再用灰汁仔細搓洗乾淨，當成最珍貴的遺物。不管多苦多痛，直到最後的最後，袖都咬牙忍耐，沒告訴任何人。每次想到那些苦痛化成的漆黑汗漬，苗就淚如泉湧，埋怨祖母：

「奶奶，您要是痛，就說痛，要是需要撫慰，就說需要撫慰嘛，為什麼都不跟我說？您也忍得太過頭了……」

同時也對這影響自己如此之深的祖母的生活方式，有著近乎顫抖的感動。

愛子出嫁，袖的過世，三年內連去兩人的家庭，頓時顯得冷清，雙親勸苗搬回主屋，但她認為蠶室的生活最適合自己，堅守過去的習慣。夜裡，獨自坐在寬廣的房間，挑起燈芯，縫補衣物時，總是自然冒出一個念頭，壓抑不住的痛苦也隨之而來。也不是別的事，就是一絃琴。正因為她從望月家回來後，祖母像禁忌似的從來不提，她才毫無辯解餘地地感到遺憾並且自責。祖母雖然沒有表白，但她在有點勉強的情況下讓苗學琴，也是因為自己喜歡，在她死前的晚年歲月，一定非常想聽苗的琴聲。但她一定是看到苗抑鬱的模樣，硬生生把「苗，偶而彈彈琴解悶吧」這句話嚥回去，那股堅忍壓抑直到死時都沒放鬆，直接帶到黃泉路上。

但是，直到現在，苗還不知道如果祖母想聽，她是否有心情拿出琴來？一絃琴，似乎已是很久以前的東西了。塞在嫁妝的長衣箱底，在望月家不曾拿出來過，那把手毬琴還是離開澤村家時的模樣，靜靜睡在蠶室的角落。縱然祖母死前有所期望，她也不見得會拂落長衣箱上厚厚的積塵，拿出琴來，平靜地彈奏那累積了種種回憶的琴。回想起來，以有伯的死為界，她先前一路走來的平坦大道霎時變成九拐十八彎的羊腸小徑，她甚至覺得那個彈琴的自己是別人。就在祖母的七七法事那天，她為了找餐盤，走進儲藏室時，看到油紙仔細包好的竹製哺乳筒，還有龜岡幫她製作的第一把琴，不覺放聲大哭。不知是看到哺乳筒而想到祖母，還是憐惜童年時代天真學琴的自己，淚水滾滾而出，無法輕易止住。

市橋家這邊，昌平學問所畢業的公一郎，通過日本最初的律師考試，在高知開辦了第一家律師事務所。在這椿喜事的另一面，愛子依舊重複著懷胎不足月流產的悲劇，直到第四次懷孕，總算安穩保住胎兒，在兩家殷殷盼望中即將臨盆。

苗永遠忘不了那一天。明治五年（一八七二）底，開始換用西曆，但只有和官府來往關係較多的商家使用新曆，一般人家都嫌新曆亂了節氣，繼續使用舊曆。任職藩廳的市橋家和澤村家都從一月一日起改用新曆。愛子的預產期在二月中旬，按照舊曆，應該是已聞花信的春暖時候，但依新曆，還是清晨地面猶結薄冰最冷的時節。洗手缽中的冰剛要溶解的上午，市橋家派人來報告：

「少夫人快要生了，請親家母過來幫忙。」

不巧，秀乃正因婦女病臥床休養，於是苗代替母親前去。

在這個時代，女人生產，不論武家或商家都不那麼慎重其事。在講求婦道的武士家，媳婦生產，通常只有婆婆在旁監督，不但男人不管事，更沒聽說要找親家母來幫忙的例子。但因為不斷流產的愛子情況特殊，所以也沒人覺得奇怪。秀乃的太陽穴上貼著梅干頭痛膏，搔著蓬亂的頭髮，叮嚀女兒：

「苗，別讓人笑話，在旁邊好好幫忙啊！」

苗用布巾包了綁和服袖的帶子、圍裙、包頭巾等工作服，穿上合身的直條紋棉衣，急步趕到市橋家後門時，聽到屋內異常的騷動聲，剛才來報信的佣人面色有異，領她前往產房途中，就聽到氣急敗壞的男人聲音和激動的女人聲在爭執。

「母親，有時候要看情況。」

「不行，不管是什麼情況，男人進產房都是禁忌，你節制點。」

「那麼，叫藩醫吧！這樣對愛子，太殘忍了。」

「沒聽說女人生孩子要叫藩醫的，控制一下。」

「這關係一條人命啊，讓我進去。」

「不像話。」

走近一看，是聽說非常謙虛恭謹的親家母和愛子回門那天見過一面的公一郎。

兩人看到苗，聲音也沒壓低，反而都浮現得救了的表情。苗心中一緊，踏進陰暗的產房，穿著深藍色護理袍的老產婆握著愛子的雙手，愛子的臉完全變了個樣，直翻白眼，劇烈痙攣。在天窗射下的一縷光線中，愛子的下半身都是血，墊褥邊緣紅通通的肉塊，好像是斷了氣的嬰兒。苗一眼就知道自己碰上了棘手的事態，一時不知道該怎麼辦，也握住了愛子冰冷的手，說：

「愛子，是姊姊，母親說，妳一定要撐下去啊。」

她只知道這個方法，喊話鼓勵愛子。

那時，在門口和母親你一句、我一句的公一郎，按捺不住地大喝一聲，魯莽地走進產房，聲音悲痛地喊著「愛子」衝到枕邊。

雖然天氣極寒，但是愛子額頭冒著豆大的汗珠。他用手掌抹去汗珠，輕輕撥開像海藻般糾結在一起的髮絲，在她耳邊低語：

「認得我嗎？愛子。清醒點，撐住啊！」

不知為什麼，苗在後來常常鮮明地想起這時的情景。很奇怪地，公一郎溫柔拭去妻子額頭汗水的身影，比她擔心愛子命在危篤的不安還鮮明。或許，苗對那時甘犯男人禁忌、衝進產房的公一郎的愛妻之情，更為感動。那分驚愕拖著尾巴，留存在苗的心中許久。

愛子浸在血海中，和好不容易生出卻夭折的兒子，在丈夫、婆婆和姊姊的注視下嚥氣，結婚五年、才二十出頭的愛子之死，讓兩家都暫時陷入深沉的悲哀中。年輕人的死總是伴隨著遺憾，因此媳婦娘家那邊多半會興師問罪。澤村家沒有這麼做，是因為平常就知道市橋家人善待愛子。但是做母親的終究是有怨言，一直臥病在床、連女兒葬禮都無法參加的秀乃，還是會對苗訴說憾恨：

「都知道難產了，為什麼不早點來通知呢？至少，我可以親手為她送終啊！」

又說：

「產婆說愛子一開始就難產，沒有這種事。很早就看產婆了，一定是產婆怠惰，沒提醒愛子該注意。」

這樣抱怨來抱怨去之後，又嘆息：

「奶奶常說愛子有福氣，這麼年輕就死了，有什麼福氣？」

苗代替母親，從葬禮到法事，全程參與幫忙，等一切安頓下來後，又回復蠶室獨居的生活。她不時在想，愛子真的如同母親所說「沒有福氣」嗎？她的眼中，深深印著愛子回門那天梳著光鮮的大圓髻、渾身洋溢幸福氛圍的模樣，以及公一郎衝進產房、呼喚臨終妻子的模樣，那是自己經歷過的冰冷悲哀婚姻生活所無法想像的情境，不禁有種像是嫉妒的感覺。女人被男人疼愛，就是那個樣子嗎？這分感動，又讓她覺得愛子還是有福氣的女孩。

想到愛子的福氣同時，也不禁回想自己的過去，感覺至今還留在心底不去的有伯，並不如愛子被公一郎疼愛那樣來得深刻，不想彈琴的堅定心意，也似乎更強了。

愛子死後，不知經過了多久，苗自認今生不會再有春天而放棄的人生，突然出現轉機。愛子一週年忌那天，她陪同父親前往市橋家，法事後進餐時，親家母頻頻與苗說話，臨別之際還說：

「緣分結束了，覺得特別寂寞，妳就當作愛子還在，常常來玩啊。」

苗沒把這話放在心上，可是不到十天，當初那個媒人再度拜訪澤村家，替市橋家傳話。

「難得兩家關係親近，想娶苗當公一郎的後妻。」

聽媒人說，愛子生產時，帶著圍裙工作服趕去的苗，在妹妹臨終時毫不慌亂、冷靜俐落幫愛子收拾乾淨的模樣，讓親家母非常滿意，和公一郎商量，他也沒有異議。克巳聽到這話，喜不自勝，當場允諾：

「真是意想不到，我們由衷接受。」

如果是在維新以前，結婚需要向藩主報備，或者母親若還在世，克巳聽到這話，會暫持保留態度，與母親商量考慮之後，改天再做答覆。但現在是所有儀式都已簡略，也理解市橋家人的脾氣，覺得這是求之不得的好事。當他告知苗這樁婚事時，苗突然有心事被窺的感覺，不覺耳根發燙。不管社會如何變化，此時也還沒有先問當事人意願再談婚事的先例，一切由父親做主答應即可。她害羞的是，自己眼饞的心思是不是被市橋家人看穿了？突然不敢抬頭面對父親。

出入澤村家的熟人，看到獨居蠶室的苗，都說：

「她連氣質都愈來愈像她祖母了。」

這一陣子，苗不明顯表露感情，看不出她對這樁婚事的感覺是喜是悲？但是澤村家自愛子去世以來陰霾沉重的氣氛，像射進陽光般明亮開朗起來。對方在愛子一週年忌後迫不及待地來提親，希望新娘早點入門，多病的秀乃也跟著打起精神起身，變得特別多話，一下子高興地說：

「妳父親搶著答應這門婚事，但後來又笑著說，是不是有點卑微了？」

一下子又吐露自己的真心話：

「雖然兩家都是再婚，不過，對方是高知最好的律師，是妳賺到了。」

如果在以前，苗聽到這話，可能想成是「母親甩掉了我這個麻煩，才會那樣高興」，但現在完全不這麼想，反而覺得這是不會妨礙弟弟信之婚事的幸運。只有極少數近親才知道的婚禮，日期漸漸接近，她最近把燈籠換成煤油燈，舒適地躺在熄燈後的蠶室，思索自己的命運。從幼年煩惱自己喜歡祖母甚於親生母親是否不孝時開始，向畫師龜岡學琴，去梅田橋琴塾學琴，認識朝於後的開朗世界，一心想向有伯學琴，但家裡和有伯都不答應時的情形，後來的有伯之死，以及無法忘記的美代的告白。回想起來，從幼年時代起，她的幸福必定伴隨著琴，但是有伯的死，無情地粉碎了這個幸福，在望月家的一年多，更讓幸福變得遙不可及。

現在身邊的人祝福她：

「終於走女人運了。」

她雖想坦然接受，但是會回得到以前想彈琴的心情嗎?好像還沒敞開到那個程度，只是稍微有些紓解了。不管將來還彈不彈琴，苗依舊把琴裝在長衣箱底，帶到市橋家去。

因為祖母不在，苗覺得這次的婚禮有些遺憾。準備嫁妝時，對方說直接用愛子的即可，這邊雖打算拒絕，但全部重新訂做也太誇張，而只帶從望月家帶回來的東西過去，好像也不吉利。她和母親商量後，決定衣櫃用愛子的，長衣箱用她的，重新刨過上漆，只有棉被是新製的。得到對方同意後，苗也感覺可以毫無牽掛地向新婚姻生活出發了。

不過，深入挖掘她自己的想法，仍然有頑固地認為是妹妹的不幸帶來自己幸福的羞愧感。那不是對別人，而是對自己命運感到的靦腆。尤其是想到在血海中痛苦死去的愛子時，心想自己可以取代妹妹，得到公一郎的愛，也太過傲慢了。雖然只是短短的十七天，她也非常明白婚姻的意義，為了消除這分怯意，她想，這一生對公一郎都不能忘記謙謹。

他們的婚禮於明治八年（一八七五）四月一日，在現為高知公園的舊城庭院櫻花盛開之夜、只有兩家親戚觀禮下悄悄舉行。公一郎二十八歲，苗二十六歲，新娘沒有戴白色的棉帽，但穿黑色禮服，梳高島田髻，看起來還是非常年輕。正因為兩人都經歷過生離死別的苦，可以感受到他們未來再怎麼困難都會堅強走下去的堅定意志，觀禮的人都面帶寬慰。

第二部

明治九年（一八七六）六月，藩廳決定把過去在本町到南奉公人町一帶的露天商販集中在本丁筋一丁目到五丁目之間，成立週日市集。接著，高知市各處也開始設立週一到週六、營業日不一的平日市集，但這些要在市民間成為定習，還需要一段時間。

價錢比一般商店便宜的露天市場，任何日子裡都很熱鬧。尤其是週日市集，因為地點佳、規模大，一年到頭都熙來攘往，範圍從大街延伸到周圍巷道，最保守的說法是：「週日市集來回一趟要一里路」。

本丁筋是高知市的幹線道路，行人、馬匹、貨車、人力車來往頻繁。市府依據陽光照射的情況，四月到九月只開放南側，十月到三月只開放北側。拿到許可證的商人一人占用近兩公尺寬的路面，繳付兩錢的場地費，即可擺攤售貨。本來都是來自近郊、販售自家生產作物的百姓，隨著客人增加，除了青果穀物類，鹽漬乾貨海產、磨刀、小鳥、金魚、雞鴨、舊衣舊貨等都有人賣。

街道的清掃灑水是市府的工作，但是人多雜沓，始終灰塵不斷。為了不讓灰塵揚起，一個小販用長柄杓舀起路旁水溝的水，輕輕灑在攤子左右的地面，跟著立刻就有人喊：

「大哥，灑完了，杓子借用一下！」

這個舊杓子旅行到遠處後又折返回來，充分顯現週日市集的和諧。

週日市集的好處，是可以輕裝簡行、閒逛舊貨攤。也適合穿著木屐、拎著豆腐籠去買晚餐的小菜。

即使不買東西，看著客人把棋盤帶到攤上和老闆對弈、老闆娘跑去找好姊妹八卦、隔壁攤老闆只好兼顧兩個攤子的風景，也是一樂。每個人都面帶笑容。此時已是明治十七年（一八八四），算是世道已然安穩的證據吧。

位在通町的市橋家，打開木板後門，穿過南奉公人町，就是本丁筋。因為很近，苗嫁過來的第二年開市以來，總是對週日的到來迫不及待，只要不是下大雨的日子，必定去逛一趟市場，買便宜新鮮的青菜水果。娘家那邊認為拿錢去買日常食用的青菜是女人之恥，所以在自家院子裡種青菜。但市橋家的院子並不寬闊，開明的婆婆認為女人不弄髒手也無妨，從以前就是向外採買。

那天，苗提著大包袱，從外側扳開後門閂，站在通道上深深吸了一口氣，心想：

「啊，這真是極樂西風。」

春天的土佐，陽光四射繚繞，彷彿裊裊上升的蒸騰熱氣甚至會將人絆倒。但在舊曆二月中旬時，徐徐吹來如羽毛般的柔柔春風，有說不出的舒暢。婆婆常常站在院中、瞇著眼睛說：

「啊，極樂西風。同樣都要死，我倒想讓這風輕輕吹送到那個世界。」

苗也在不知不覺中聽進心裡。

婆婆在不知是否得遂所願的季節交替時、追隨早三年過世的公公而去，就在十天前才辦完一週年忌，因此當這陣風拂面而過時，苗格外有感觸。嫁入市橋家後，家中的溫暖氣氛讓她幾乎忘卻那分低調謹慎的暗誓。婆婆是一家和合的中心，永遠心情愉快，從沒看過她皺眉不悅的時候。她的豁達是天性。例如摔破碗時，望月家的婆婆立刻橫眉豎眼：

「怎麼這麼疏忽！」

連續責備十多天。

如果是祖母袖，她會想辦法在人前遮掩，暗中收拾妥當。

但是市橋家的婆婆，會開玩笑說：

「一個變成兩個，好事啊。」

碗的邊緣破損，她就笑著對碗說：

「多虧你了。」

高高興興地丟掉。

苗習慣了以後，覺得婆婆這種發乎自然的豁達性情，比祖母那種凡事都藏在心裡、強顏歡笑的性情，讓她更加舒坦。可能也因為這樣，家人對她不會特別花心思，沒有人在她背後指指點點，輕視她是填房的妻子，偶然談起愛子的時候，也都語帶懷念，讓她感到很愉快。

過門的第二天起，市橋家就把她當作自家女兒看待，不會無情地要求她做這做那，家中大大小小事情都和她商量。這和在望月家時只能趴在院子裡埋頭苦幹的情況是天大的差別，讓她不時想掐掐臉頰，確定一下這到底是不是真的？公一郎完全不過問家事，只是專心讀書，用鋼筆和墨水寫一些橫寫的文字。市橋的家風很新潮。在澤村家，男主人和女眷吃飯的時間要錯開，但在這裡，總是一家四口一起進餐。公公也是個老好人，下班後的閒暇，不是讀書，就是整理盆栽。苗幾乎從早到晚都跟著婆婆料理家事，不時發出只有兩人心領神會的笑聲，由衷地融洽。

苗的一切做法都仿效婆婆，從料理、打掃、到晒布板的動作、收藏熨斗的習慣等都學。婆婆對她非常滿意，婆媳關係好得沒話說，如果苗不是有那麼一點自卑，以人之常情，她婚前那個謹慎自處的決心大概也會瓦解。

那個自卑，就是她一直沒有夢熊之兆，既然愛子曾多次懷孕，顯然是她有某種缺陷。正因為是和樂融融的大家庭，想要子孫，自然是全家的希望。起初，婆婆的口氣像是安慰自己和她：

「生孩子太可怕了，看到愛子那悽慘的臨終，怕到了是吧？妳就慢慢來，沒關係，不急。」

三年、五年過去了，依然夢熊無兆，婆婆有點急了，晚飯時會提起這個話題：

「看是去小籠通的下崎神社許個願，還是繼續喝藥湯？」

公公也幫忙出主意，想出各種方法，但最後也不知是誰說：

「唉，就是這個要靠老天恩賜，只能耐心等待吧，有人等了十多年才喜獲麟兒呢。」

結束討論。

每次談到這個話題時，苗總是羞愧得低著頭，幸好這些話不是在她背後竊竊非議，而是當面溫情談論，讓她稍感安慰。聽說有些地方是「三年無子即休妻」，即使沒被休走，也要收養孩子為夫家繼嗣，無子的媳婦到死為止都是孤立不幸的。似乎在任何地方，女人的地位都是有了兒子才得安定，在旁人眼中，一直做不成母親的年輕媳婦地位很曖昧，處境也尷尬。還有，即使是難得回娘家走動的女人，每年秋天的守護神祭典時，也會風風光光回娘家，揹著或牽著孩子，讓娘家人看看孩子的成長。可是苗嫁過來以後，不曾享受過這個樂趣。因為兩家拜的都是石立八幡宮守護神，神祭在同一天，公一郎的妹妹也在這一天回娘家，苗要留下來招呼小姑。當然也因為沒有孩子可帶回娘家，總會覺得落寞。

婆婆個性開朗，不會背後抱怨，常常帶她四處許願求子，一路上，也會輕鬆地把米供在路旁的地藏菩薩前，雙手合掌拜拜：

「請賜給媳婦一個好兒子吧！」

每一次，苗都在心中低語「很抱歉」，隱忍情緒。有時候會突然像緊箍鬆開似的悲從中來，揪心嘆息：

「最想要孩子的不是別人，是我啊！」

感覺自己終究被最後一道堤防阻隔在滿溢的幸福之外。

她從沒和公一郎談論孩子的事，更沒有自己主動傾訴無子的苦衷。因為一般人家都沒有年輕夫妻從白天就黏在一起的事，並且夜裡的枕邊私語若在隔日傳出，會指責媳婦不檢點。而且，公一郎從年輕時開始，連說夢話都在念法律條文，沒有她那種緊迫的苦惱。

公一郎在婆婆過世前一年、也是他三十五歲那年年初，獨資開設法律事務所，生意興隆，忙得幾乎無暇顧家。連日宴飲，不勝酒力的他，回家倒頭就睡。躺在他身邊，苗睡不著，東想西想，思緒最後必定回到因生產而死的愛子身上。難道公一郎忘不了在血海中掙扎痛苦而死的愛子，而不願勉強生子嗎？只有想到這個時，苗才會嫉妒年輕死亡的妹妹。

對公一郎明明可以再娶條件不錯的女人，卻願意娶自己的感謝之意，讓她在婚前下定的謹慎自持決心，依然牢不可破，有時候她真的有股衝動，想搖起熟睡的公一郎，哀求他「讓我生個孩子吧！」但終究把這股衝動壓抑在心底，一如往常，靜靜睡下。

這分心思也難以對公婆吐露，為了彌補沒生孩子的愧疚，她極盡可能地勤快工作。結婚第六年，已經退休的公公釣魚時摔倒，受點小傷，竟然引發破傷風，很快就撒手塵寰。苗像親生女兒般不辭辛勞地照顧因此急速衰老的婆婆。公一郎有個送給人家當養子的弟弟和出嫁的妹妹，但是婆婆喜歡讓苗照顧，自從她因婦科病臥床以來，就像幼兒向母親撒嬌似的依賴媳婦。直到今天，通町一帶的人都對此事津津樂道。

婆婆的病好像是子宮癌，長期排出惡臭的分泌物，探病的人都為之卻步，但苗絲毫沒有嫌厭，病況惡化後，她就一直睡在婆婆旁邊。

「夜裡會痛吧？隨時可以叫我，我就在旁邊。」

當婆婆開始疼痛時，她不停撫摸婆婆的背和腰，直到天亮，從不喊累。

多虧她將婆婆照顧得無微不至，讓公一郎無後顧之憂，事務所更加擴大，家中還寄住兩個有志當法律專家的學生。婆婆直到過世以前，能在讓探病人都感動的清潔病床上養病，是罕見的例子。為了消除分泌物的惡臭，房間裡日夜都點著一束馨香的線香，病人視線所及之處，插上四季的鮮花，被褥上鋪著雪白床單，每天為婆婆更換睡衣，擦拭身體。婆婆自己都說：

「這樣子哪還會痛，簡直是極樂。」

死期接近的某天，苗看到婆婆心情不錯，便說：

「母親，讓我幫您拔白髮吧。」

翻開婆婆的髮根時，婆婆突然聲音悶悶地說：

「苗，妳這樣盡心照顧我，有人會說是妳沒孩子的關係，可是，我現在反而慶幸妳沒有孩子呢。」

婆媳倆一時靜寂無話。

苗誠心接受這是婆婆最最真誠的感謝之語，雖然自己也流著淚，卻用指腹輕輕抹去婆婆流在枕上的淚水。

二月初，送走婆婆後，她常常想起婆婆這段話，安慰自己。她才三十四歲，絕不放棄希望。這世上也有結婚十年才懷孕的例子，也聽說有人四十多歲才老蚌生珠，只要公一郎和自己無病無災，結婚第九年就死心放棄，感覺還太早。靜靜忍耐等待，對她來說，一點也不辛苦，在澤村家咬牙忍耐的日子到最後，得以和公一郎喜結良緣，想到這點，就覺得手抱親生孩子的日子終究會到來。

雙親時隔三年相繼過世後的市橋家，雖然沿襲上一代的家風，但當家的是才三十五、六歲的夫妻，家中自然顯得明亮開放，充滿以前沒有的活潑氣息。雖然以前公公婆婆對媳婦沒得挑剔，始終和顏悅色，笑聲盈耳，苗也不必壓抑自己，但是婆婆一週年忌過後的這個春暖日子，獨自來到週日市集，確實有著身心飄然的解放感。婆婆臥床後，把當家大權交給她，該買什麼東西，都由她來裁量。責任因此變重。像今天，先買好上供用的鮮花，再慢慢閒逛，尋思家裡增加一名下女後，一家五口要吃的菜色。看到中意的貨品，不會當下購買，總是全部逛完一遍後，才去買原先看中的東西。

在萬物萌芽的春天市集上，光是看到主要是筍子的蔬果芽菜一起上市，就覺得很愉快。今天風和日麗，行人特別多。路邊的貨色都很新鮮，清早撈起的蛤蜊籠子底部，還滴滴答答落著潮水。旁邊的菘菜葉上還沾滿露水。隔壁攤子上，曬得恰到好處的蘿蔔干和自家醃漬的醬菜甕，一個挨一個排著，陽光在貨品上蒸騰出絲絲熱氣。總要經過青菜攤、逛過五金攤、直到最前面的舊貨攤，才掉頭折返回去。就在這時，視線突然轉到腳邊，瞬間，像被牽引似的靠近那個攤子。

那是豎著惹眼旗幟、賣蝮蛇酒攤子隔壁的舊貨攤，草蓆上鋪著鑲邊榻榻米，大大小小各式各樣的古刀、槍穗、弓箭，還有九谷燒碗盤、七寶盒、泥盆等器具排在一起。苗睜大眼睛盯著的，是後面的木架上，和胡琴、三絃隨意擺在一起的一絃琴，上面有她眼熟的象牙白龍圖案。

「師父的白龍！」

她驚訝得連喘幾口大氣，冒出這句話，隨即鼓起勇氣問：

「請問，能讓我看看那把一絃琴嗎？」

還留著舊式髮型、看似頑固的擺攤老人，不耐煩地單手伸到後面，抓住琴身遞給她。她單膝跪在榻榻米上，接過琴，先翻到後面，看到無可置疑的圓形圖印。她努力按壓顫抖不停的膝頭，再仔細觀看，這是男人用的琴，尺寸較大，蟠踞琴身的象牙龍身上一片片細嵌的鱗、火焰般的紅寶石雙眼、角和徽，用珊瑚鑲嵌的手法，每一部分，都可清楚看出是佐竹紋之助當時為了有伯、暫時戒掉最愛的酒、全心全意製作的那把琴。不管土佐有多少一絃琴，能雕出白龍圖案氣度恢宏的琴工，紋之助是絕無僅有；能夠操控那把白龍自如的琴手，有伯以外無他。想到這裡，在這春光明媚的市集中，眼前霎時掀開了覆蓋過去二十年間的沉重布幕。

她還清楚記得紋之助將這琴交給美代時，她差點說出口的制止之語，她下定決心，質問老人：

「這琴是哪裡賣出的？是不是鴨田百姓家的女兒？」

她突然住嘴，察覺自己的疏忽，自己都三十五歲了，已經生了孩子的美代不可能還待在娘家。果然，老人沒勁地說：

「那是很久以前連同這些胡琴和鼓跟同行買的，原則上我只買賣盔甲、刀槍這些堅固的玩意。」

不懂得商業伎倆的苗聽他這樣說，只好放棄追查的線索。

苗沒忘記紋之助把琴交給美代時曾叮囑她：

「生活過不去的時候可以賣掉。」

試想，沒拿到一文工錢、還懷著身孕回家的美代，沒有道理一直珍藏這個唯一值錢的東西。現在的苗可以體會，美代畢竟是美代，即使還留著對有伯的記憶，被生活所迫時也做不到那樣。這把琴一定離開了美代，輾轉流離後出現在這個市集，這段歲月太遙遠了，這不可思議的重逢，讓她茫然無言。

二十年了，美代如今在哪裡呢？她想起嫁到望月家的前一天，朝於跑去鴨田探望美代。那個孩子多大了？她正想掐指計算時，猛然想起這裡是週日市集，趕緊收束情緒。捨不得師父遺愛的琴流落在這露天灰塵中讓眾目窺看，真想把它藏在自己穿的真岡棉服袖子裡。隨即想到這是攤子出售的貨物，中間還有金錢的問題，慎重起見，她問：

「老闆，這個要多少錢？」

「我不彈琴，不知道琴的價值，不過，妳看做工這麼細，五圓怎麼樣？」

光是聽到老闆乾脆開出的價錢，就知道這琴與自己相隔遙遠。這個時節，五圓幾乎是基層官員一個月的薪水，這個市集買賣習慣是老闆先開價、客人再殺價、最後以接近一半的價格成交，因此這把琴大概三圓左右，老闆就會放手。

三圓，苗立刻在心中盤算，這個數目對她不是問題，但是要花三圓把琴帶回市橋家，得通過心中的一道難關。她在嫁到望月家之前，就已發誓今生不再碰琴，她也一直堅守這個決心，直到今天，都擺出一副完全不知琴為何物的樣子。自己和身邊的人都已習慣了這樣的她，沒有人知道她曾經是琴藝精湛的高手，她自己也幾乎失去這個感覺。

到了這個年紀，開始會想，即使自己無意彈琴，心中仍暗怨望月家獨宗武術、不解音曲，是一種沒見過世面的狹隘。市橋家人雖然開明體貼，交遊廣闊，但也毫無邀請流浪的旅行畫師和家人以曲藝同樂的氣氛，對這方面甚至非常陌生。這樣看來，娘家的澤村家在武家社會中應是特別開通，因此祖母平生決不輕易說出自己喜歡琴。

以死去妹妹的替身自居、想終生謙謹侍奉家人而嫁到市橋家的她，當然也不會主動提起這話，市橋家也沒聽過有關她以前學琴的傳聞，因此現在不能突然提出有關音曲的話題。她單手撫琴，尋思若籌出三圓把琴帶回家的情況，那猶如在家中栽下重重的疑惑。

雖然瞬間想起學琴時那種說不出的心中愉悅和陶醉感，但結婚以來，她不曾對丈夫隱瞞過任何事情，一切家計聽任她處置。因此，心情上實在做不到花三圓買下家裡用不到的東西，還藏起來不讓丈夫看見的事。再者，她擔心得到這把琴後，會攪亂自己的心，證據就是她同時有股衝動，想取出自己那把藏在長衣箱底十多年的琴。

看她左思右想，猶豫不定，老人也不說話，只是拿起豆莢型菸管，自顧吸著菸草。苗在心中合掌默念：

「師父，請原諒我，我已決定今生不再彈琴，就讓我斷了這分緣吧。」

她把琴放下，站起來說：

「老闆，我改天再來。」

老人並不特別遺憾，只是在商言商地說：

「妳要的話，可以便宜點。」

苗的心霎時再度動搖，但她像主動斬斷這個念頭似的迅速轉身，快步走入人群中。

所謂依依不捨就是這種感覺嗎？感覺髮根一直被扯向後方，每一次被扯，「師父在叫我」的想法就充滿心中，但她絕不回頭，下巴埋在衣領中，直直往家裡走。從後門進到廚房時，氣喘吁吁，心中有意想不到的餘波，還有滿滿的懷念，以及一點點想誇讚自己摒退那懷念的誘惑、堅定意志的心情。

市橋家婆婆去世以來，苗必須依照自己的判斷處理事情時，必定拉出婆婆和祖母的想法再做決定。她相信，這個時候，知道個中緣由的祖母絕不會說：

「這是亡師遺愛的琴，無論如何都要拿回來，親手彈奏，為他祈求冥福。」

一定會說：

「女人以家庭為重，不可未得公一郎的允許，擅自做主買回家。」

這樣就好，她放下心來。

不過，這分安心和滿足維持了多久？如同「女兒節緊跟著西風腳步而來」所說的，隨著春光和煦的舊曆三月三日漸漸接近，她也愈來愈像罹患重度憂鬱症似的，常常一個回神，就發現自己一直端坐不動，想著琴的事。

她從自身的遭遇，太了解服部嵐雪這句「無子之女，照顧人偶，何其可哀」的痛。過門以來，每年的三月初，是她最難受的季節。結婚翌年的女兒節時，婆婆把傳家的娃娃掛軸掛在壁龕上，為她買了一對天皇和皇后造型的人偶，高興地說：

「明年生了女兒，乾脆弄個七層裝飾的人偶架。」

可是，一年又一年過去，女兒節的人偶一直沒有增加。每次過節，她心中就充滿對家人的愧疚，哀怨自己不爭氣。

傳說家中若有女人，如果每年不祭祀，人偶自己會從箱子裡跳出來，所以古老的掛軸和那一對已經老舊的皇室人偶必定擺出來，供上定型化的祭品，完成節日儀式。但是今年特別難過，特別憐惜自己這無兒無女、連彈琴樂趣也禁止的生活。

去年婆婆還在，她還不覺得自己可以完全當家做主，今年沒有了那分顧忌，打開心門的瞬間，就想起那把白龍琴。雖曾一度死心，但像長年沉澱般積存的思琴之念，漸漸煽動著她。她以為自己已完全忘記了，但那白龍浮雕的琴身喚起的種種情景卻是如此鮮明，讓她確實領悟到那是即使經過了二十年也絕對忘懷不了的事。

她還想像以前那樣再彈一次琴，但那樣做實在太突兀，想到這也有可能是公一郎討厭的嗜好，不覺心虛，心情更加憂鬱。早晨、晚上公一郎在家時，她的心思在公一郎身上，丈夫不在的時候，她就失魂落魄，不是摔壞東西，就是縫錯衣物，做出裁錯學生衣服這種不像她會做出的事情，追根究柢，都是心中念念不忘以前的琴曲啊。

她想誇獎戰勝週日市集誘惑的自己，但也漸漸失去斥責自己慢慢放鬆戒慎的氣力。那天，她終於下定決心，獨自點燃蠟燭，走進儲藏室，打開放在最裡面的長衣箱生鏽的鎖頭。嫁過來的時候，近兩倍人高的長方形紅漆大衣箱裡裝著棉被、蚊帳、各種小器具等，大部分已經取出來家常使用，裡面只剩下壞了但丟掉可惜的針線盒、餐盒，等著變成抹布的舊衣服。

她把這些舊東西挪到旁邊，探身取出躺在最底下角落的黃色棉布包。抱起那個布包，瞬間冰涼的觸感，讓原本輕盈的布包有了沉甸甸的感覺，她不覺踉蹌一步。她把蠟燭放在長衣箱旁邊，解開布包，刺鼻的霉味令她卻步。琴身長滿青霉，看不見木頭的紋路，棉布內側也發黑潮濕，用指尖碰觸，還噗嘟噗嘟地戳出好幾個洞。腐朽的模樣如實呈現這二十年的漫長歲月，她擔心琴身也和布巾一樣朽壞，抱著發霉的琴，碎步奔出倉庫。

午後明亮的陽光下，她把朽壞的布巾捲成抹布狀，擦掉琴身的霉。幸運的是，琴絃雖已腐朽，但桐木的紋理還是原來的面貌，用珊瑚、象牙和玳瑁鑲嵌而成的手毬圖案雖然略失光澤，依然保留以前那令人懷念的模樣。

她感嘆連連，更加用力擦拭，眼眶不知不覺發燙。

當年她帶著龜岡製作的琴，到梅田橋琴塾學了五年。師父宇平死後，她得到這把學習用的手毬琴，在一心仰慕的有伯身邊學琴。她的單身歲月可以說始於一絃琴，也終於一絃琴。她此刻回想，那段歲月除了一絃琴，還有什麼？學習漢籍、裁縫，加上祖母和密友朝於，一切都和琴有深厚的關係。從衷心盼望秋日龜岡來訪的時候開始，為了取悅敬愛的祖母而努力學琴的時代，當心思漸漸轉向自己的內在後，琴已變成她的心，然後碰上有伯猝死、美代懷孕這些對不諳世事的女孩來說太過沉重的事實，她的琴心也粉碎散落。

她把琴放在膝上，坐在儲藏室入口的石階上，像提心吊膽窺看古井深底般，試問自己多年來對琴封閉的心。在深宅大院裡生活的她，世界一點也不大，但從十二、三歲到十七、八歲那段對琴的心情，和經歷不幸的第一次婚姻後走到今天的安穩生活，比較起來，自己都清楚有很大的差距，有了現在的平和想法和歲月妙藥，過去的一切已然放諸水流。

不提望月家的健直，和專心事業的公一郎結婚以來，她也稍稍能夠理解男人的心情。心有餘裕後，她也能夠理解有伯懷才不遇的悲哀、美代身世的悲哀。第一次拜訪雁切橋也正是這個季節，因為她鮮明記得當時手上拿著一枝朝於送的牡丹櫻。連她被冷淡拒絕、佇立院旁的竹林中、耳聞聲聲鶯啼的情景，都浮現眼前。

想到自己與琴的緣分之深，她還想再次把琴放上琴臺、斂神端坐彈奏。那分心情，變成近乎難過的熱望襲上心頭。即使經過二十年，曾經深深鏤刻在心底的無數琴曲，斷無忘記的道理，就是此時此刻，她也能立刻彈出《漁火》、《殘月》等艱深的曲子。

然而，在她逸興遄飛的心思之外，在這個家裡彈一絃琴，有很大的心理障礙。雖然公一郎早出晚歸，但家中不是只有自己一人，還有學生和下女，她不能無緣無故彈起琴來。即使只有自己在家，也還有左鄰右舍，白天裡突然聽到琴聲，一定流言四起。

「那家太太也不顧及先生在外面辛苦工作，自己在家彈琴玩樂呢。」

「公公婆婆一死，就隨她高興地隨隨便便啦。」

她不願意因為這些小事，讓市橋家成為別人嘴上掛著的話題。

在她心裡，想彈琴的欲望和不對公一郎說出來的牽制，總是相互傾軋，讓她喘不過氣，多半時候都是拚命安慰自己，還是放棄琴吧。妹妹生產時過來幫忙，得到婆婆賞識，嫁過來以後，不想毀掉那個印象，一手包辦家事，裝作不通音律，如今一送走兩老，就坦承自己其實從少女時代就傾心於琴。這樣做不但難堪，更重要的是，她不願意讓公一郎認為她是因為沒有孩子而寄情於琴。

沒有孩子的悲哀，在她心裡是永難消失，因此公一郎若是憐憫她而答應讓她彈琴，反而讓她內疚更大。直到現在，這片士族居住的地區，和鬧區百姓的優閒生活氣氛不同，連彈個琴都要百般顧忌，再加上無子的難堪，好不容易綻開的心又萎縮下來。

女兒節那晚，她按照婆婆生前的習慣，壁龕上掛起古老的掛軸，擺上一對天皇和皇后的人偶做裝飾，點上供燈。新曆的三月三日，土佐正是桃花盛開，若是按照時間要晚一個月的舊曆習俗，除了取代桃花的杜鵑花，還要供上菱形餅和三色玉米丸。她昨天已跟到通町叫賣的小販買了紅色的杜鵑花和三色玉米丸，省去菱形餅和小糯米糕，代以大量的酒。

這天，公一郎有事，下班時分還沒回家。苗吃過晚飯後，沒有點著洋燈，獨自坐在人偶裝飾架前。低下頭，看見屋簷上垂然欲滴似的掛著一彎新月，氣氛彷彿歡樂得令她感覺身上的夾衣悶熱難耐，但茫然凝視搖曳的燭燄，她的心情沒有絲毫亢奮，平靜如一。她的心依舊牽掛在想彈琴的意志上，隨後，移轉到眼前無子之家祭祀人偶的寂寞上。定睛凝望，燭光下，女偶的雪白臉頰有像是淚痕的閃光，就連那微張嘴唇露出的小米櫻似的白齒，在此刻的她看來，也像是忍住嗚咽般的瞬間。

不知這樣望著人偶多久，猛然驚覺，她並不是在看人偶，而是在心中吟唱琴歌，《漁火》那句「無明之夢莫醒轉」，確實在心中一遍又一遍重複不斷。身邊忽然輕輕一聲：

「苗。」

愕然回首，還穿著外出服的公一郎站在那裡。

「為什麼哭？說說原因。」

從下往上照射的燭光中，他的表情嚴肅，是平常討厭陰鬱話題的他特別忌諱女人流淚嗎？

苗那時才驚覺，自己不知什麼時候流下了淚，被公一郎看到，更讓她不安，強忍多年的自我控制瞬間崩潰，抓住公一郎的褲腳，脫口說出：

「老爺，這是我一生的願望，能讓我練習一絃琴嗎？」

聲音中有著連她自己都意外的拚死請求似的餘韻。

流淚的原因是一絃琴？公一郎聽了，輪到他驚訝。啊？一絃琴？不就是以前勤王志士們彈奏的那個東西？他雖然只有這一點知識，但知道結婚十年來默默操持家務的妻子也有這種風雅後，笑著說：

「說是一生的願望，太誇張了。妳以為我會不准嗎？這種小事，妳自己斟酌無妨，照妳喜歡的去做吧。」

他轉身要走，突然想到什麼似的，在苗身邊坐了下來。

「是嗎？如果是從小就學的，想必妳現在一定很想再彈。既然得到我的允許，就彈吧。我以前雖然沒說，但妳真的非常孝順我父母，母親的一週年忌也結束了，答應妳彈琴，就當作是我對妳的感謝和慰勞。從今天起，不管白天黑夜，妳不用顧慮，想彈就彈。」

他拍拍苗的肩膀。

「這樣，也能為這個沒有風雅的家裡增添一點氣質，偶而也可以彈給我聽。」

說完，輕鬆撩起褲腳走開。

苗重新回想公一郎的話，他說允許她彈琴，是慰勞她照顧公婆的辛勞，這話讓她感到欣慰。雖然沒有問她出其不意的迫切要求背後有什麼故事，但他如果說的是「沒有孩子，彈彈琴排解心情也好」，苗會更加心虛，縱使手撫琴絃，心中還是留下一點陰霾。

正式得到公一郎的允許後，苗的心情豁然開朗。首先要做的，是將引導她走到這個地步的導火線白龍琴迎回家裡。週日市集再開時，她迫不及待趕到那個舊貨攤，照顧攤子的不是那名老人，而是他的孫女，後面的木架上只擺著粗製濫造的學習用琴。苗的心裡急得跺腳，心想，至少先知道買主是誰，以後再想辦法。但是追問那個女孩，她卻插畫故事書看得入迷，只會回答：「不知道。」

「可以去問你爺爺嗎？」

她也慢吞吞地給個沒指望的答案。

「我恐怕會忘記哦。而且，爺爺也病倒了，就是問他，大概也不記得了。」

輕易地讓那把白龍琴落到陌生人手上，苗感到無限憾恨，但是曾經放棄而縮手的自己也有錯。不過，白龍在眼前翩然現身的短暫因緣，還是值得慶幸，就當作是自己能夠解放心靈、重新彈琴的幸運吧。她不再去想白龍，再次從長衣箱底取出整套的黑漆琴臺和琴譜等物。幸好，蘆管和琴臺都免於霉害，只有琴譜，慘遭蠹魚之禍，無法判讀。

她把琴臺放在敞開的四月客廳走廊旁，繃上新買的絃，從《今樣》開始複習。那天的喜悅，永遠難以忘懷。只是，雖然還清楚記得曲和詞，但長久沒有使用的聲音已有些鬆弛，讓她無可奈何。手指遲鈍，她自信可以很快地恢復靈巧，但是失去年少時緊繃的聲音，就很難喚起符合年齡的緊張，還需要像以前那種毫不鬆懈的練習。她一開始就堅定自戒，彈琴並不是半遊戲的慰藉而已，她暗自發誓，即使沒有師父同學，也要獨自練到技巧勝過少女時代。

以前，龜岡告訴過年幼的她：

「這是一個人在山中自彈自聽的東西。」

此刻，龜岡撫慰旅途無聊而彈琴的心，與在雁切橋畔陋屋悲嘆盲眼體弱的有伯之心結合，再度鮮明活在獨自努力練琴的苗心裡。

為了不耽誤家事，自從開始練琴後，她比平常更早起，迅速處理完家務，中午過後，必定面對琴臺。先向琴低頭行禮，彈完固定的量，絕不隨意彈彈或是中途停止，然後，用紅絹細心擦拭琴身，輕輕放在壁龕旁邊。面對睽違許久的琴，心情仍像少女時代一樣激動，遺憾的是，當年享受她琴聲的祖母已死，朝於婚後也毫無消息。聽說朝於隨丈夫搬到外縣生活，也只能安慰自己看開點，女性的友情終究如此，僅能抱著無盡的懷念。

這個時期，宇平死後分散四方的高徒和京都回來其他流派的人士，紛紛在高知市各處掛起招牌，傳授一絃琴，但都不算興盛，也無公開演奏，因此對一般人來說，一絃琴還很稀奇。在市橋家中，起初大家也聽不習慣，但是熟悉以後，也漸漸有了耳力，能夠理解「我們家太太彈得真好！」

不抽菸、不喝酒、只專精學問的公一郎，得到今天的地位、交遊關係也擴大後，正後悔自己既不會一點單口相聲，又完全不懂絲竹之樂，因此非常珍視妻子從未展現的才華。起初，他只興趣盎然地一旁看著。

「哦，這就是一絃琴嗎？我聽說過。」

後來會說：

「聽了以後，感覺很好睡。」

後來，假日在家時會離開書房，請苗彈奏幾曲。他雖然不碰琴，但也能評上一、兩句：

「唔，這首曲子的詞真好。妳的聲音也是氣沉丹田。」

以前他下班回家，沒有值得一提的嗜好，只好弄弄父親遺留下來的盆栽。但因為本來無此嗜好，很快就膩了，還是再回到工作中。自從開始聆賞一絃琴後，旁邊的人都說，他已脫去學者的氣質，呈現符合他職業的威嚴。也是在這個時候，他蓄起流行的短髭。苗的琴聲，讓市橋家內部漸漸有些改變。

苗絕口不提沒有子女的寂寞，公一郎也體貼地不曾觸及，夫妻之間似乎有一塊感情凍結的部分。她的琴像是兩人之間的孩子，也是漫長的期待後、夫妻之間終於得到可以專注的共通興趣而來的安適與喜悅。公一郎就像以子為傲的父親，在家招待客人的夜晚，都要問上一句：

「你知道一絃琴嗎？」

再望著苗：

「彈一曲來聽吧？」

興奮得有時只是為了聽琴而邀請客人。

苗雖然沒說不在人前彈奏的原則之類的話，但以聲音鬆弛、喪失自信的琴技，在不知有何耳力的人前彈奏，當然會心虛，但轉念一想，師父已經不在的現在，在沒有關係的他人面前展露琴技，或許是最好的練習。

在客人面前，她含蓄地搓著手背，

「實在不才，恐怕玷污了您的耳朵。」

客氣的寒暄之後，開始彈奏。一撥琴絃，往昔在澤村娘家、宇平琴塾、有伯家中彈奏的感覺就漸漸回來了。這是自己從小因喜歡而學的琴，詞曲滲入身心再發聲於外。與她擔心的相反，初次聆聽一絃琴的客人不管懂不懂，都深深感覺：

「我以為土佐只有粗俗的東西，沒想到還有如此高雅之物。」

已經聽過的客人則必定稱讚她的技巧和高雅的演奏姿態。

這時的公一郎還不到四十歲，但有人看重他的人品能力，漸漸被推上檯面，不但和土佐銀行、土佐儲蓄銀行、農工銀行等金融實業界關係密切，也被推舉為縣律師協會第一任會長，是土佐社交界第一人。一如當年澤村克巳對女婿滿意的理由：

「法治國家的前途廣闊，律師將是今後的時代明星。」

苗身為市橋夫人，也跟著交遊廣闊，雖然只想含蓄地躲在人後，也不得不成為話題的中心。她出身西町澤村家一事也廣為人知，記憶好的人必定會想起，

「啊，就是那個桑樹大宅袖姑的孫女。」

「她的琴技從小袖姑就引以為傲。」

曾被譽為婦女典範的袖的傳說，又重新回到人們嘴邊。

雖然苗的琴技高明，但當時家有女兒的上町父母會希望她教授一絃琴，也和這個對「袖的孫女」的絕對信任不無關係。維新以來，雖然凡事求新變新，但懷舊的情緒依然很強，最顯著的就是舊士族的驕傲。那種長期培養出來、立於農工商三民之上的特權意識，不只深入武士本身，也深入他們家庭子女的骨子裡。進入昭和年代（一九二六—一九八九）以後，還有女性在初次見面寒暄時必定會說：「我是士族某某」，男性則昂首闊步，談話中不時夾雜著「我們士族」這樣的字眼。

在住宅地的區分上，則有很多士族仍住在舊居，以播磨屋橋為界，不管社會怎麼高唱四海平等，仍以融入平民百姓為恥的頑固士族並不罕見。

這些人聽說以前風評極佳的袖姑孫女現在成了名律師會的會長夫人，又是自古以來只有武士和文人接觸的一絃琴名手，其中一些懷著「若是生逢其時，定能飛黃騰達」的強烈懷舊情緒的人，遂生起想以苗為中心、建立像以前武家社會那樣交往的希望。透過認識的人或公一郎向苗請託：

「能教我女兒一絃琴嗎？」

甚至有要求「不只是琴，也希望教教禮儀」的。

苗都因為「絲毫沒有教導別人」的念頭，一再婉拒。

在她心裡，彈琴還是「自己一個人」的事，她還有做弟子時的那種更上層樓的欲望。而且就她所知，琴手以男性居多，不知不覺有著「女子終究難成一派」的禁忌，必須等到自己對琴技擁有充分自信後才敢踰越。

她從小就甘於接受武家婦道的命運，不曾想過要違逆。其實，她走過的路，每個關鍵點上必定潛藏著展開下一段命運的契機。以琴來說，在週日市集看到白龍，就是其一，這次突然接到的一封信，也是如此。

明治以後，京都的一絃琴完全式微，正親町中納言家的一絃琴監督人真鍋豐平遷居大阪，教授幾名入室弟子，講授歌道和國學，偶而興起，便行腳全國，力圖再興一絃琴。豐平是伊予上野村千足神社祭祀官之子，青年時代，跟隨逗留家中的杉隈南學會《須磨》和《今樣》二曲，從此發下心願，以終生奉獻一絃琴的覺悟，改良舊曲，創作新曲，攜琴巡迴九州、中國、近畿一帶，散播種子。豐平也是國學者，在和歌書道方面也是一絕，扎根京都以後，不只培養出門田宇平等多位琴手，並著琴譜《須磨琴入門》，功績大到不容忽視。

宇平在梅田橋開設琴塾，經常跟弟子談起師父豐平的事蹟，練琴也都依據《須磨琴入門》。因此，在土佐，只要是彈一絃琴的，無人不知豐平之名，廣受眾人景仰。苗收到的那封信，是明治二十一（一八八八）年春，在宇平琴塾擔任代理師父的岩井正吉寄來的。

「真鍋豐平先生滞居寒舍，誠屬倉卒，唯願親自傳授市橋苗夫人一絃琴，懇請排除萬難，撥冗一日，移駕舍下，祈惟是幸。」

簡單的文字，讓苗不敢置信，難掩驚喜。

宇平的琴塾解散迄今，已二十五年，記憶已然模糊的歲月流逝後，岩井正吉卻還記得往昔那個小女孩努力學琴的模樣。公一郎看過信，說岩井現在是香美郡德王子村的村長，不只還有對苗的記憶，也應該從高知市的名士口中聽到苗現在的琴藝。他還熱心鼓勵結婚以來、只陪同婆婆到七個地方拜神外就不曾出過遠門的苗，去一趟德王子村。

真鍋豐平聽說自己足跡踏過的九州、中國等地，完全未將一絃琴培養起來，倒是弟子宇平推廣的土佐一地，如今仍傳承其脈不墜，因此立下死前務必以琴會會土佐同好的心願。湊巧和擔任村長、容易獲得各地訊息的岩井正吉聯絡上，豐平大概也知道這是他生平最後一次旅行，安排了適合老人的悠遊行程前來。

苗獲准外宿一夜，在一名學生陪同下，有時坐著沒有橡皮的鐵輪胎人力車，有時步行，前往高知市東方、德王子村的岩井正吉家。這裡是靠近因《土佐日記》出名的宇多松原的富饒山村，原本是鄉士的岩井家是大地主，藩主都曾經住過他家。宇平塾關閉後，岩井回到這裡，長期擔任村長，素有德望。

穿著短褂披風、頭戴布巾的真鍋豐平，這時已年近八十歲，依然耳聰目明，仔細玩味苗彈奏的音調後，毫不吝惜地誇讚：

「果然如傳聞一樣好，音階的正確和間奏的拿捏，比我過去接觸的任何名手都好。」

那晚，他親自以抬高右手的男人彈奏方式，將他滯留此地所作的名曲《土佐之海》和另外幾首古曲，傳授給苗。

苗完全沒有想到，在自己放棄彈琴、窩居家中的期間，世間不但沒有忘懷一絃琴，宇平琴塾的弟子們還時常相聚，並且率先推舉自己是將來承擔眾望的演奏家。當她知道這些事後，眼前的迷霧一掃而空。豐平還叫來正吉，講述推廣、興盛一絃琴的意義，並將這個使命寄託在宇平塾弟子中最年少、琴技最高的苗身上。苗聽到這話，懊悔自己長期以來的無知同時，也感到體內源源湧出強烈毅力。

翌日的歸途上，她還處在無法清醒過來的感動中。走路時、車中搖晃時，一字不漏地回想這兩天豐平對她說的話。雖然小時候被誇彈得好，但經過漫長的空白，她對自己充滿疑問，豐平不但完全掃除她的疑慮、帶給她自信，還告訴她琴技不能自娛以終，應該分享天下。她怯怯說出她猶豫以女人之身引導這曾是武士專用嗜好的自大，豐平笑著說：

「有什麼好客氣的？音樂沒有男女之別。以前男人彈琴，是因為彈琴之外，還有談論其他禁忌事情的目的。」

毫無隔閡地推了苗一把。

苗從德王子村回來後，表情開朗得不同於以往，公一郎高興地鼓勵她：

「就在白天只教女孩怎麼樣？」

她還無法立刻下定決心。受教於龜岡、宇平和有伯三人，知道他們擁有各自的理論與流派。沒錯，自己學會的琴曲很多，但直接據以教人，不過是宇平或有伯的跟隨者而已。當然，她不能悖離師父的傳授，但師父都是男人，吟唱和彈奏方式都男性化，欠缺女人的細膩表現。雖然不能捨棄彈奏時的勁道和魄力，但女師父教女弟子時，能有自己的技巧比較好。於是在奏法和吟唱中加入獨自的揣摩體認，慢慢研究出堪稱「市橋流」的琴風。

開塾之前的準備期間，她除了制定琴曲系列和教學階段外，也還思考心的問題，認為在技巧之外，必須自然而然擁有不同於男性琴塾的規則。她曾冷眼旁觀在維新前後澤村家中，尤其是祖母抱有的士族驕傲，也知道現在的高知市中，有些名士夫人依然抱有憎惡百姓人家粗俗言行的情緒。因此，她這樣做，與其說是為了自己，或許該說是更進一步想到丈夫的立場，但追根究柢，是自己還活在重視家庭、重視名譽的桎梏中。

翌年，公一郎在城山下的藩廳附近找房子，透過仲介，買下藩主山內家在中島町的別墅。這裡曾經是十六代藩主豐範公夫人住過的豪宅，占地兩千坪，建坪四百坪，和高知城內城一樣，設有謁見廳，院落深幽，一進邸中，便聽不到馬路上的叫賣聲。這位夫人是毛利敬親的女兒，大家稱她長州夫人，長得不醜，但非常矮小，站在落地檯燈對面，燈光也照不到她的頭。因此，嫁來不久，即被送到這棟別墅另住。以前也常聽說矮小公主的傳聞，像是第十三代將軍德川家定的續絃夫人、左大臣一条忠香的女兒明君，也是矮到下轎時只能看到她的頭頂，站在紙門前，脖子還在門把之下，結婚半年後即過世。長州夫人住在這棟別墅的時間不久，離婚後，回到改為公爵的毛利家。豐範公再娶的夫人出身上杉家，從沒來過這棟別墅。這裡一直由山內侯爵家管理，直到現在才出售。

苗聽說要搬家時，心裡立刻想到那位即使夏天也還穿著厚棉背心的矮小夫人。就像土佐在薩長競合的時代淪為政策工具的傳言一樣，她在那位沒有子嗣、返回娘家的夫人身上，突然看到身為望月家媳婦時的自己。那棟豪宅不需整理，可以直接入住。中島町距離通町很近，找一天前往查看，果然是符合二十四萬石諸侯身分的別墅。厚厚的白牆外，環繞著像是護城河的門川。森嚴的大門兩側，是現在已難得見到的佣人長屋。每根柱子、每片瓦都值得細細研究。其中，讓苗最驚訝的是，一大片賞心悅目的杜鵑庭園，泉水四周，錯落有致地呈現出修剪漂亮、不見殘花敗葉的手毬、筆尖、貓背等線條柔美的造型。

苗仔細看過這棟諸侯的豪宅後，覺得住在這裡的人，如果沒有相應的身分地位，會成為坊間的笑話。公一郎做為此地之主名實俱副，自己卻好像沒有那種資格，十分懊惱。有天晚上，鼓起勇氣提出此事，公一郎笑著鼓勵她。

「根本不用擔心那些，妳現在就很好了。如果還擔心，妳就想著自己足以自傲的高明一絃琴技巧，妳的琴藝不是很符合那棟房子嗎？」

她聽了以後，心情為之一輕，像蟬脫去舊殼般向前邁出一步。

苗清楚記得，四十歲那年秋天，在大門的「市橋」門牌下，掛起小小的「市橋流一絃琴教授」招牌，還有紅蜻蜓在上面飛飛停停的情景。掛上招牌雖然令人不好意思，但還是斷然掛上，因為這半年來她耗費苦心編出了彈奏方法，而且，為了表明這裡只收女弟子的意願，打出市橋流的名號還是必需的。

她深知掛牌開塾後，不能掉以輕心，只要有重要的事都請示公一郎。談到弟子必須身家清白、由熟人介紹、教授琴技同時指導日常禮儀時，她笑著說：

「老爺，規定這樣嚴格，大家會不會猶豫不敢來了？這時節聽說每家父母都很寵愛孩子。」

公一郎是有點憂心：

「正因為有這股寵溺孩子的風氣，妳才更要展現典範啊。放任不管，只會亂了風氣，這社會還有人把改變誤為放縱呢。」

開設琴塾一事，公一郎本身似乎也有些意氣之爭。這一年，高知正式實施市制，第一任市長一圓正興是公一郎的老朋友，琴塾和公一郎的爭強心多少有點關係。

夜裡躺在床上，苗東想西想，忽然覺得公一郎是把市橋塾當成自己的孩子。仔細想來，因為沒有孩子，夫妻間沒有值得一談的話題，但自從她透露一絃琴的嗜好以來，兩人之間常以談琴為樂，這段時間，公一郎更是比她還熱心。或許，他買下這棟諸侯豪宅的理由，是想一肩承擔以往士族的聲望，並計畫在這裡開設符合名望的琴塾。聽他充滿熱情述說琴塾的理想時，就好像在述說對自己孩子最好的養育方式，他這分想把琴塾當作孩子、向世人展現的得意想法，也傳達給苗。苗很慶幸他有這分心思，雖然不能解消無子的寂寞，仍深深覺得擁有琴的自己很幸福。

弟子方面，通知以前請託要學琴的七、八個人後，透過家長之間口耳相傳，開塾那天，已有八十人申請。中島町的這棟豪宅，正好有個突出在杜鵑庭園、約有十坪大的房間，三面迴繞榻榻米走廊。這本來是春天賞花、秋天賞月的地方，如今是最適合練琴室的房間設計。八十個女孩一起學習的琴塾，不能沒有詳細的規則，苗先規定守時、問候、言行等作法，不准遲到，不放過省略問候的人。

弟子們雖從大門進來，但不能直接走玄關踏階，要從旁邊的竹門穿過庭院，走進練琴室。這樣做，苗可以看到她們脫鞋子的方式。上課時，沒有輪到的人，就坐在走廊，聆聽別人的彈奏，嚴格禁止竊竊私語。仔細觀察這八十個女孩，雖然都出身良好，但此時已是明治二十二（一八八九）年了，女孩的氣質和苗年輕時已大不相同。說好聽一點，是懂事明理開通，說難聽一點，是時髦的輕佻女孩增加了。雖然沒有任何人是真的低俗，但稍不注意，女孩們就嘰嘰喳喳、興奮得忘記塾規。有人帶著流行的鋼筆或鋁製容器來炫耀，有人過於好動、和服總是有地方綻開，也有毫不活潑的憂鬱女孩，讓苗覺得，若要帶領這樣一群女孩，絕不能只展現笑臉。

凡事開頭最重要，苗一再召集弟子說話，一絃琴和裁縫、插花那些心不在焉也能學會的才藝不同，這是加深教養、培養人格的才藝，需要用心學習。對她們課以嚴格教養的想法深處，是把她們都當作自己的女兒。如果認為是與己無關的別人家女兒，她會輕鬆放過，但若看作是自己的孩子，她想全心全力把她們培養成優雅的女孩。她的決心也是公一郎的決心，這麼一來，原先只是先生不在家時打發時間的業餘嗜好，變成夫妻兩個都全力以赴的事業，他們夫妻的付出，也廣獲世間好評，弟子愈來愈多。

據說市橋塾最盛的時期，弟子達四百人，是開塾多久後才達到這個規模的？大概是四十歲開始教琴的苗那表面溫和、內心充滿對藝術熱情的性格更加圓熟、端莊的言行舉止更加沉穩之時，也就是四十八、九歲時。或許再年輕一點，是四十四、五歲時。這時候已是明治的太平盛世，人們關心子女的教育，市內各處相繼開辦縣立中學和女校。因為這個背景，市橋塾擁有高知市上流家庭子女情操、德操教育重鎮的不可動搖地位，也是全國唯一的一絃琴教習所，名聲逐漸遠揚。

第三部

後面畫著泥金牛車圖案的人力車，吱吱嘎嘎地拉到中島町的市橋家門前。戴著斗笠的車夫先把蘭子抱下車，等候母親園子整理衣裝下車的時間，蘭子站在繫馬石旁，仰望眼前高大的武士宅邸大門。

兩根支撐映著秋陽、發出微弱光澤的安藝瓦簷的柱子，粗得要兩個像今年八歲的蘭子這般大的小孩張開雙臂才能勉強抱住。通過架在壕溝上的花崗石小橋，還要走一段路，才能到達門柱那邊。門柱兩側的長屋，木格子後面的白色拉窗緊閉，蘭子覺得這棟大宅有著難以靠近的威嚴。這裡雖然是琴塾，但招牌低調地掛在高大的門柱上，不像她前些時去上課的「華道教授」、「茶道指南」那樣像和服晒板般顯眼，她突然感到不安，扯著母親的衣袖問：

「這房子裡真的有師父在嗎？」

園子摸摸蘭子頭上的大蝴蝶結、外套領子和袖子後，正色告訴她：

「這裡的師父是位人品非常高貴的人，不會像街上做生意的那樣。妳也要特別用心，今天禮數不周的話，不會答應讓妳入門哦。」

說完，偏頭傾聽一下宅內的動靜，牽著蘭子的手，走上通往玄關的長長石板路，站在玄關踏階前。

蘭子的父親是稅務署長，他們在越前町的家也有瓦頂板心泥牆圍繞，占地寬廣。但是這棟門前有繫馬石、兩側是長屋的豪宅，氣勢森嚴，連身為稅務署長夫人的園子也為之懾服。從大門口到玄關，是幾塊沒有接縫的大磐石，再怎麼放輕腳步，聲音還是響徹遠方。玄關踏階兩旁是厚重的百葉窗，玄關間的大屏風上，寫著蘭子一個字也不認得的漢詩。下女引導她們走過彎彎曲曲的鑲邊榻榻米長廊，來到一間風雅的書房，沒有任何裝飾。園子頻頻點頭四望，蘭子也想起剛才母親說「和街上做生意的不同」的話。

秋陽鋪滿面對庭院處處可見修補痕跡的白色拉窗，閃閃發光。今天可能放假吧，聽不到琴聲，也聽不到任何聲音。當摩擦榻榻米走廊的腳步聲傳來時，母女倆趕緊低身跪下，雙手扶地低頭。蘭子看到穿著細緻白襪的小腳，藏在樸素的木棉直紋和服下襬中。抬眼的瞬間，不覺感到：「啊，好可怕的臉！」那個有著小孩子無從揣度的緊繃表情、梳著小圓髻、身披黑色外套的師父，看起來比自己母親老很多。

大人們抬出介紹人山田男爵的名字，寒暄許久。師父直接詢問蘭子的名字和年齡後，拍拍手，呼叫剛才那個下女：

「請靜把琴拿過來。」

不久，梳著島田髻、低垂眼皮、像是徒弟模樣的人抱著琴和琴臺進來，恭敬行禮後，彈起《今樣》，蘭子覺得似乎以前聽過這類似的聲音。這段時間，上町一帶彈一絃琴的人漸漸增加，走在安靜的住宅區裡，常有不知從哪家傳出的悲哀音色流洩到路上。但是蘭子的記憶不是那種路過的偶然捕捉，是完全沉浸在那音色中、身心都為之歡樂的感受，在她還沒有想起來時，《今樣》結束，師父和顏悅色地問她：

「聽了這首曲子，有什麼感覺？」

蘭子抬頭挺胸，直率說出當時的感想：

「像是很多蠶絲糾纏在一起的聲音。」

母親聽了，有點不好意思地說：

「唉，亂說話。」

師父卻露出笑容，語帶安慰：

「蘭子的琴，想必會彈出蠶絲一般的音色。學習會有點嚴格，早點來上課吧。」

就這樣，蘭子獲准進入外間傳說很難進去的市橋塾。

不知為什麼，此時的情景深深印在蘭子心裡，後來每有關於一絃琴的活動時，總是不可思議地浮現眼中。這時的師父，不像她柔和的語調那樣親切，而是讓蘭子感覺難以靠近。在那窗櫺一塵不染、窗紙繃緊的室內，明明是一片讓人身心緊繃的靜寂，但蘭子在靜優雅彈奏的《今様》琴音中，究竟是想到了什麼？她後來幾度追溯令她聯想到蠶絲糾結聲音的源頭，總是模糊不清，一定是當時仰望森嚴的武家大門後，激起她想像懂事以來祖母就不停說起的內城的華麗。

蘭子的岳田家原本是舊藩時代的步卒武士，她的祖母桂子曾在內城服侍藩主夫人，離職返家、招贅女婿後，家風變得風雅起來，外界稱他們是「御殿風的岳田家」。

桂子十三歲就進入內城，服侍山內家十二代豐資公的夫人、備州池田家的鶴姬整整十年。以前，貧窮武士家為了減少家中吃飯的人口，想方設法送子女進內城服務。要進入內城服侍貴人，一要門路，二要運氣，三要才幹。所謂門路，就是請託上司安排。但是桂子常常告訴家人：

「不是我要賺錢和出人頭地才進城服侍，是藩裡的重臣來拜託我去，父親沒辦法，約定只做到我嫁人為止，才送我進去。」

從這點鄰居從小就看出她的聰明能幹。

山內家歷代藩主中，豐資公是運氣最好的人。堪與幕府第十一代將軍家齊比擬的治世長達三十五年，並得全天壽，七十九歲過世。據說內城熱鬧宛如江戶城的大奧。德川家齊有妾室二十多人，子女五十人。豐資公嫡庶子女共有十一人，因此，內城中不乏種種茶餘飯後的話題。藩主夫人住在西苑，大家稱她西苑夫人。在妻妾共住的內城，正室身邊需要聰明能幹的侍女，以鞏固地位。桂子一進城便受到賞識，到西苑服侍夫人，一直深獲信任，離職後也從不洩漏一點內城的事。

她在成長過程中學到的貴婦教養，終生不棄，也時常懷念內城的生活。尤其是晚年時，常對著孫女蘭子，沉浸在一些無關風月的回憶中。直到現在，岳田家還留著不少西苑夫人年節時賞賜、有山內家三片柏葉家徽的信匣、茶碗、梳妝盒等各種東西，每年立秋前十八天晒衣物的時候，蘭子的父親常常笑著說：

「這些東西要是沒有那些家徽，還可以賣到舊貨店。三片柏葉家徽出現週日市集的舊貨攤上！難看。」

蘭子七歲時祖母去世，她清楚記得祖母生前，工作時也穿著合身的和服、帶子綁在前面，在廳堂時總是穿著裙襬拖地的和服，每天都用髮油把髮髻梳得一絲不亂，耗費時間化上濃妝。還有，祖母平常常用的貴族用語，蘭子最近也模仿起來。桂子嫌土佐話「粗魯」，不只很多用語都使用京都的貴族說法，像化妝是妝扮、睡覺是就寢、價錢是價款等等，而且討厭說話快，話聲向來沉穩緩慢。

從蘭子懂事開始，她都這樣跟蘭子說話：

「蘭兒，該就寢了。」

「蘭兒，要妝扮囉。」

這些教養自然深印在蘭子心裡，言行舉止也不像一般庶民，倒像是王公貴族家的千金。

以前的武士家族，父母必定和長子同住，有關子女的教養，年輕夫妻經常要尊重父母的意見。岳田家一直以學得貴族教養的桂子為傲，蘭子從小就認為祖母是家中最了不起的人。

在祖母的庭訓中，對蘭子影響最大的是「女子的妝扮」，這是得自她服侍西苑夫人、經歷豐資公身邊爭風吃醋的女人之戰的經驗吧。她對蘭子說：

「女孩子絕對不能素顏見人。」

她還透露自己的心得：

「因為不知何時何地會被什麼人看到。」

她雖然不鼓勵還是小孩的蘭子化妝，但仍不厭其煩地囑咐蘭子清晨、黃昏和睡前都要梳頭，她還說只有擦口紅是「不是寡婦的證據」，自己在丈夫生前每天都擦。

她所謂的妝扮，不只是化妝，還包括一年一度的磨鏡，和一天至少換衣兩、三次的習慣。即使是直紋棉服，應對客人時穿的和洗刷工作時穿的有所不同，更講究一點是像西苑夫人那樣，認為如廁穿的衣服再穿到廚房，會沾污食物。

桂子育有三個兒子，因為有這樣的母親，他們在粗獷的土佐人之中，擁有與眾不同的氣概，非常用功，畢業於東京帝國大學，個個出人頭地。在無損家世這方面，岳田家和澤村家一樣。只是，澤村家的袖力行質樸節儉的婦道，嚴格調教苗，岳田家的桂子則是凡事以女人的妝扮為先，這大概源於她長久的內城生活吧。

蘭子的哥哥尚雄出生後第五年的明治十六年（一八八三）十一月，桂子殷殷盼望的孫女蘭子出生，襁褓中就顯得眉清目秀、鼻梁挺直，園子後來偶爾笑說：

「這下，在她祖母面前我就有面子了。在城裡服侍過的人，孫女若一張臉像鍋蓋，不知要怎麼哀嘆噢！」

蘭子長得像婆婆，讓園子放下一顆高懸的心。

蘭子愈長愈美，桂子對她更加憐愛，不僅天天督促她修飾妝容，也不忘記在她心裡牢牢種下符合美人胚子的高遠志向。桂子離城返家後，曾有一次獲准帶著蘭子的父親貢去晉見西苑夫人。她不停地告訴蘭子岳田家的名譽，鍛鍊她，「既然是這個家的長女，凡事輸人就是恥。」的精神。

即使是孩子間的爭吵，她也諄諄訓誡：

「哭喪的臉是下女的臉，妳天生是公主臉，不可散漫淪落到輸人要哭的窘境。」

這是她最經典的一句話，在小孩子的心中特別有效。

人們都說祖母養大的孩子早熟不可愛，蘭子傳承祖母的身教，從小就不像其他小孩那樣大聲笑鬧，六、七歲時已自然散發出端莊典雅的氣質，今年春天就讀小高坂小學後，只要提到稅務署長的千金，知道的人立刻會想起「那個小美人」，親朋熟友更是常來邀請。

「借給我們家當一下花童吧！」

「務必來幫我們獻花給某某人！」

每天上學前，蘭子端坐母親的梳妝臺前，讓下女幫她梳頭。頭頂塞入髮包，將前面的頭髮墊高，鬆鬆綁上燙平的花緞帶。不管已過世的祖母怎麼勸說，還是不抹白粉，只是細心拍上絲瓜水，以防夏天晒黑、冬天皮膚皸裂，再換過和服襯衣的領子和襪袋，才安心出門。一路上，直視前方，快步行走，從不回頭張望在路上閒逛的同齡孩子們，因為「陌生人叫妳，也不可以回應」的家教太徹底。

的確，在一群皮膚黝黑的一年級小學生中，蘭子那不像小孩的相貌太突出，是有被拐騙的危險。

祖母在蘭子入學的前一年，就因病而亡，但她在蘭子懂事以前、諄諄教導的言語，一直跟隨蘭子到很大以後，總是在制止或禁止什麼時就會想起。

例如，當她踮腳想摘伸到瓦頂板心泥牆外的青橘子時，就彷彿會聽到：

「蘭兒，樹上的橘子要低垂碰到肩膀時再摘。」

在學校跟衣服骯髒的小孩玩得開心，放學後想順路去她們家玩時：

「蘭兒，士族的孩子和別人怎能沒有分別？」

有時候不想洗那頭長髮，跑著讓母親追：

「奶奶要是還在，不知要怎麼感嘆噢。」

這句話，比任何人的念叨都能有力阻止蘭子的叛逆。

在祖母的鼓勵下，蘭子六歲開始學插花，七歲學茶道。一般小孩會嫌無聊，找藉口偷懶，她從不抱怨，認真學習。現在學一絃琴，是因為父母認為她也該懂一些音律，於是來叩風評極佳的市橋塾大門。

以前藩令嚴格的時候，視三絃琴為輕浮之物，禁止一般人彈奏，只有盲人、而且限定集中在廿代町一處彈奏謀生。明治維新以後，這道禁令失效，下町一帶流行起三絃琴。但是，上町的舊士族們依然認為三絃是老百姓遊戲的曲調，即使想讓子女學習音律，也還是對三絃琴有所排斥。因此，市橋塾得以繁盛，除了苗的琴藝和人品外，也還有這層因素。

開塾以後，每逢週日，苗都到市集上搜羅練習用的琴。但畢竟是琴手不多的時代，舊貨店裡難得有琴出售。她靈機一動，去找藩政時代的樂器店松葉屋商量，店主答應去找手工靈巧的木匠試做。連旅行畫師龜岡都會製琴，他們當然更沒有問題。不久，松葉屋店頭開始擺出一絃琴，苗告訴弟子：

「我自己都買了好幾把。」

鼓勵她們去買。

蘭子也跟著母親到松葉屋，買了一把用象牙鑲嵌櫻花扇子圖案的琴。師父教她們的選琴心法是，一旦選定自己的琴後，好好珍惜，努力彈奏，即使普通的琴也會變成名琴。蘭子遵守這個叮嚀，小心翼翼照顧她的琴。只是，同門師姊妹的琴中，這種圖案最多，其次是鶯啼梅枝圖。蘭子很不喜歡，一直想要一把有名器之喻的好琴，不過，這是很久以後的事。琴塾日益繁盛，弟子很快就超過三百人，大概素人琴匠在量產壓力下，這種圖案最簡單好做吧。

練琴是每週一次和週日下午的自由時間。平常日子上課非常嚴格，週日雖有弟子暱稱「大師父」的公一郎一起監督，但是氣氛輕鬆，頗有師生聯誼的樂趣。蘭子的練琴日是在週三。放學回家後，脫掉上學穿的真岡棉服和裙褲，換上綢緞背心袍，懷中塞著蘆管，獨自走到中島町的市橋塾。

經過清掃乾淨的繫馬石旁，渡過壕溝，推開竹門，踏著草坪上的石板，左彎右拐走到練琴室，練琴室周圍的棧板上已經擺著幾雙紅色帶子的木屐。蘭子也遵照師父的叮嚀，不扭著身體脫鞋，而是先踏上棧板，跪下，用手脫下鞋子放好，順便把附近的木屐都擺放整齊，再進入練琴室。隔開玄關和練琴室的竹門，時間一過便拴上，遲到者不得入內。蘭子也被教導，不守時的人不只破壞塾規，也是對師父大大不敬。塾裡的禁忌很瑣碎，門窗的開關、問候的方式等都有一定的規則，東張西望和不停眨眼都是低俗的行為，也禁止用舌頭壓著酸漿果皮發出聲音和其他類似的遊戲。

榻榻米走廊圍繞的房間中央，師父背靠壁龕前的柱子而坐，面前有三名弟子撫琴練習。蘭子總覺得師父的神情很像家中神龕裡的佛像。她家的黑漆大型神龕內側貼著金箔，除了歷代祖先的牌位，還有一尊不知是阿彌陀佛還是觀音的佛像穩穩坐在最裡面。每次點燈合掌膜拜時，佛像都以無限慈悲的眼神俯視她，但是當她內心有什麼愧疚時，佛像的眼神便轉為威嚴可怕。

蘭子還沒被師父責罵過，總是乖乖坐在練琴室的最後面，看著很少說話的師父巡視眾多弟子的樣子，就像背後冒著金光的佛像那樣莊嚴偉大。師父自己幾乎不彈不唱，而是由蘭子入門那天彈奏《今樣》的入室弟子靜先行教授，弟子大致學會詞曲後，師父再做指導。練習時，師父手放在膝上，靜靜聆聽，有不對的地方，立刻示意停止，簡短說明。

「這地方要細膩滑溜。」

「這裡的節奏不是欽欽，是七——恩欽。」

師父不會重複第二遍，對多次重複同樣錯誤者很嚴厲，弟子們緊張至極。

學琴結束時，先向琴行禮，再向師父致意，然後離開。接著進來的弟子先向師父致意，再向琴行禮，開始練習。弟子的年齡不一，雖說愈小學習音律愈好，但沒有比八歲的蘭子還小的女孩，多半是十三、四歲到即將出嫁的少女，儘管師父一再提醒她們「勿流於華美」，但都是女孩的練琴室裡仍像花朵盛開般光燦明亮。

教琴是採進度相同者同時教授的方式，這是為了讓弟子能夠記住師父再三強調的協調性，與人合奏時，能不躁進也不緩慢地正確表現。坐在走廊等候的人雖多，但因為平常就訓練她們「聆聽別人練習也是自己在練習」，所以幾乎沒人交頭接耳，在只聽到衣襬摩擦榻榻米聲和腳步聲之中，聽到師父呼叫：

「輪到《姬松》的請進來。」

蘭子大聲回應：

「是。」

她率先坐在師父正前方，套上小小的蘆管，面向著琴。第一次上課時，師父告訴蘭子彈奏的心法，

「這琴只有一根絃，可以原原本本表現出彈奏者的心思。心若是亂，演奏也亂，心若是正，音色自然端正。所以，暫時摒除雜念，凝神靜思，專心彈奏。」

蘭子的童稚心裡，覺得「可以原原本本表現出彈奏者的心思」這句話很有魅力，想照師父吩咐地用

心彈奏。

以前的人教琴，不管理解歌詞與否，即使是小孩，也從《今樣》開始教授，但是這裡為了加深對曲子的理解，是從歌詞最簡單的《姬松》開始教。師父說完，先由靜示範彈奏，再以口授方式，分三次教授詞曲都簡單的《姬松》。

姬松小松、姬松小松、每逢春到添新綠。

蘭子和另外兩人一起在師父指示下彈奏，在家中練習足夠的蘭子，就和在學校裡得意學科的表現一樣，像領導另外兩人似的先唱先彈。因為曲子很短，一曲很快結束後，套著蘆管的手剛放在膝蓋上，師父就說：

「再彈一遍。」

當她抬起手正要彈時，師父提醒她：

「岳田，妳每個音都比別人快，請配合整齊。」

蘭子大聲回答「是」，稍微放慢速度，但還是無法配合另外兩人不順暢的彈奏，不覺又是領導彈奏的形式。教琴結束，兩人離開後，師父訓誡蘭子：

「合奏時必須仔細聆聽前後左右的節奏，加以配合，不能有出入。妳的資質很好，但要注意，別總是貪快。」

蘭子童稚的心靈，把這段話聽成師父誇讚她不錯、但也要為琴技較差的人著想，所以也是開朗回應後，退下。生來就是如此，所有接觸過她的大人都毫無例外地誇讚她的美貌和能力，她已習慣如常，而且，她謹守師父說的「一直專心彈琴」的態度，完全沒有想到自己是受到斥責。

在學校裡，老師應付不了流鼻涕的調皮小鬼時，總是怒吼：

「學學岳田蘭子。」

曾是內城茶道坊主的茶道師父也會搓著手誇獎她：

「蘭子學得好快，講過一次，就不用再講第二次，這樣我可輕鬆了。」

曾是刀劍研磨師的青山流花道師父也不吝言地誇她：

「還是個孩子，就有插花的資質，這是蘭子與生俱來的才德吧。」

對在周遭的讚美聲中長大的蘭子，父母更是另眼相看。

第一次見到師父時，蘭子雖然覺得「啊，好可怕的臉」，但是牢牢遵守師父的叮囑，努力練琴後，就覺得有佛像般威嚴的師父一點也不可怕了。這是蘭子習慣了琴塾後的孩子氣想法，而且，弟子們一致認為比平常日子上課有趣的週日聚會，對她來說，也相當快樂。

平常日子上課時，師父完全不笑，只有週日下午才會舒展眉頭露出悠閒的表情，看到弟子們跑到庭院玩耍，也不責罵。週日時必定看到大師父，他一出現，練琴室的空氣就會變得柔和。既然是大師父，當然不會隨便說好聽的話，批評比師父還嚴格，但在這種都是女生、一根針掉在地上都會引人注意的緊繃氣氛中，唯一的男性反而有緩和劑的效用。大師父長得福泰大耳，留著八字鬍，看似增加了點威嚴，但其實還是內心溫和的個性，弟子們都很清楚，背後暱稱他「你們看著辦主公」。

週日的課程，先由白鬍子的國學家、目前在女校講授國學漢學的林先生，講授一絃琴歌詞出處的《萬葉集》、《古今集》、《新古今集》和平安時代的歌謠《今樣歌》、《催馬樂》等。然後，邀請在坊間設立門戶的洞簫、三絃、十三絃和橫笛的師父來和一絃琴合奏，有時候由代理師父示範演奏。林先生的講義，難懂的地方很多，大家聽得昏昏欲睡，但蘭子總是姿勢端正地聽講，「若不能顯示自己的功夫，終究只是品嘗古人的糟粕」，這番話深深留在耳中。林先生的「不能只是學習」的告誡和「古人的糟粕」的鄙夷，成為她內心的鼓勵。不過，對弟子們來說，週日最期待的，還是大師父親自督促下女準備點心的茶點時間，有裝在盤子裡的鹹煎餅和糖花，還有師父做的黑糖小饅頭。

茶點時間前後可以自由嬉戲，大家爭相跑進庭園。有人站在泉水邊逗弄錦鯉，有人摘下杜鵑花吸吮花蜜，有人躲在樹蔭後面講悄悄話，恢復原本天真無邪的模樣。然後，必定有人起鬨，利用杜鵑花叢玩捉迷藏。庭園的風景四季都有看頭，冬天，一片乾枯的景色中，看著陽光獨舞，心生暖意。夏天，螢火蟲像一串瓔珞般成群停在池邊的水草上，美得讓人屏息。但最美的還是以杜鵑花為主的庭園本身，初夏花朵盛開時，一千五百坪的庭園像是燃起通紅火燄般華麗壯觀。花蔭下若隱若現捉迷藏女孩的紅色衣袖，不時爆開的青春嬌笑，讓偶而來訪的客人跟著笑逐顏開。

「哎呀呀，簡直是讓人眼花撩亂的女孩天堂嘛！」

苗坐在榻榻米迴廊上，看著弟子們遊戲的情景，不自覺地長吁。那絕對不是羨慕她們的年輕，也不是工作勞累的喘氣，或許那是給予弟子有限的自由時間、自己也短暫得到解放後的長嘆吧。

開塾之際，得到一絃琴宗師真鍋豐平的力挺，還有丈夫的強力後盾和舊士族的熱心支援，被周圍拱出來的態勢甚至多於自己的意志，以為可以非常平順地走下去，但是收了弟子後，才發現自己的精神準備還不夠。在四十歲開塾以前，她身邊常見所謂「一期四相」的生老病死，本身遭逢死別之憂，也曾想過自己有一天會是「花謝樹不顯」，接觸三、四百個活潑的女孩後，也無助於那枯竭的心靈。而且，教琴也需要研擬技巧，還要有把弟子看成自己的孩子好好栽培的理想，然而經過兩、三年的歲月，弟子日益增加，光是把她們當作自己的孩子看待，就有很多無法處理的問題。

不論經過多久，她都無法忘記公一郎的恩情，嚴格要求自己，即使收了一千名弟子，也不能忽略家務。宅裡現在還養著雞，肥美的茄子幾乎垂地。立秋前十八天，割下牛扁草晒乾，冬天時醃漬許多醬菜。這些事情她不但親力親為，還因為搬家時公一郎說：

「妳保持現在的樣子就好，不需要裝飾。」

便日常穿著棉服，頭髮自己梳，廚具不輕易買新的，連吹火竹管裂了也照用，用繩子綁住刷子，放入門川沖洗，凡事節儉為上。

搬來這裡以後，學生、下女，加上園丁，家中共有六個人。她密切注意各處。琴塾背負著許多家長的期待，教育他們的女兒，自己也跟著緊繃神經度日。隨著各界對市橋塾的評語愈趨熱絡，傳到耳中的未必都是好話，半嫉妒的中傷也不少，她始終有些介意的是：

「那是召集士族亡靈，故意威嚇平民的聚會。」

「終究只是好人家女孩去的新娘學校，技巧只是冬天黃鶯啾啾啼的程度吧。」

當初開塾是應舊士族之請，要有介紹信才能入門的規定，骨子裡確實是為樹立防止招徠可疑人家子女的藩籬，她捫心自問，身分意識的根依然盤據在她體內。雖然不至於像祖母只因為正月初騎典禮時的看臺和商家百姓排在一起，就感到屈辱而眼眶含淚，或像市橋家婆婆本來要帶她參拜七處神社，只因為上香團中夾雜了商家婦女就取消行程那樣，但她對商家還是有著嫌惡感。就連在東京受過新式教育的公一郎，日常言談中也會不時顯露出這點，因此，她有時候藉著揣測公一郎的心情來寬宥自己。

入塾規定中雖有「有人介紹」、「身家清白」，但並沒有言明「是舊士族」，只要公一郎允許、她也同意，不拘身分也無妨。只是，沒有商家女兒有勇氣獨闖這個士族群聚的琴塾，因此流言也變成她心裡化解不開的結，盤踞不去。

另一件讓她掛心的，是決定只收女弟子時即已想到的事，也是回顧她走過的路時可以輕易明白的事。梅田橋的宇平琴塾除了坂本乙女等一、兩個例外，其餘全是男弟子。她拜入有伯門下那天，女子街頭賣藝、不精一藝的刺人話語之痛，她到現在還能清楚想起。她推翻「一絃琴是男性創始，女子彈得再好也不能自成一派」的定論，開設琴塾，如果市橋塾中不能栽培出一個超越自己的名手，自己身為女琴手的顏面何在？

想到領導琴塾的自己，深深覺得最近比過去漫長歲月歷經的任何場合，都需要更多的忍耐。弟子們十人十樣，有的遲鈍到很想怒聲喝斥，也有的聰明活潑到想摸摸她的頭稱讚。每當她想照著心中所感說出口時，必定想起偏袒是擾亂琴塾秩序最烈的毒藥。即使相信自己的判斷正確，也會想到沒有父母會對自己的孩子有喜有惡。因此，她凡事都不表露感情，堅持嚴格的忍耐表情下，壓抑了一切。

開塾之初，她緊張得夜夜失眠，模模糊糊的夢境中，常常見到死去的祖母。幽冥界的人在夢中雖然不語，但會點頭搖頭表示意思，還有一次笑出聲來。那是看到大西瓜在朝於家後面竹籬圍繞的自流井噴出的泉水上滾動的模樣。她覺得泉水好像把西瓜當皮球玩耍的樣子很有趣，攀著竹籬笆一直看著，祖母不知何時來到身後，發出輕輕的笑聲。

「啊，奶奶。」

她喊出聲時，夢也悠悠醒來。距離天亮還早，紙窗的白色貼近眼前，心中思緒流轉，直到天色泛白，都無法再入睡。

向來不苟言笑的祖母為什麼在夢中忍不住笑出聲來？應該不是圓滾滾的西瓜滑稽轉動的樣子可笑，也不是苗看得忘我的模樣好笑。那時的苗還是小孩，以為自轉的西瓜底下裝有機關。難道是祖母那時已看到今天的她，愛憐地笑她扛著市橋塾奮鬥的模樣？她甚至以為，祖母是在夢中警示，讓她看得目不轉睛的西瓜就像塾中的弟子，沒有生兒育女經驗的她光顧著眾多弟子的自然變動，而忘了注意自己的身邊。

苗雖是市橋塾之主，但對外都是由公一郎出面，以弟子的父兄為後盾。在她心中，無疑還根植著對家庭主婦拋頭露面的遲疑和爭強好勝的心理。

是因為這個緣故嗎？夜夢對她來說，都不太平靜，在頻頻自問「這樣可以嗎」的夜裡，岳田蘭子的臉不可思議地常常浮現。從她入門時的八歲到現在，這女孩很快就像大人一樣容貌端麗，記憶力也超群，所以在夢中出現時也多半是少女的模樣。醒來以後，總會有些想法掠過心頭，最後總是鎖定在那一點：

「那孩子第一次聽到一絃琴時，為什麼想到蠶絲糾結在一起的聲音？」

她拿這與很久以前、自己五歲時聽到龜岡的琴聲，想到行旅四方的朝聖者身世而落淚的情形比較。不論在多少人面前彈奏，她仍保持凝視自身內心深處、自彈自聽的心境。難道那孩子誤以為這琴是很華麗的樂器？想到這裡，忽然有些憂心，覺得不能就此置之不理。夜晚思索時總是不由自主地一心牽掛在蘭子身上，能夠拉回這分心思的，是「必須對弟子一視同仁」的想法。再怎麼掛心，只關注蘭子一人，這分輕率，令她自責。

在京阪和西日本一帶散播種子的真鍋豐平，於明治三十二年（一八九九）、九十一高齡時得全天壽，逝於故鄉松山。同門之中，市橋苗的名聲漸起，評價漸高，也是因為來訪土佐的京都王公貴族們口耳相傳，希望聆聽苗的演奏之故。

苗並不喜歡在人前演奏，但隨著時日過去，一絃琴成為土佐傲視他縣的名物之一，市府方面經常邀請她為那些下鄉視察的貴族和政府高官演奏，她也當作應當承接的使命之一，坦然接受。雖然並非有意識的行為，但她總是正裝端坐彈奏兩首曲目，真鍋豐平的《土佐之海》和另一首對應季節之曲，彈罷離去時，心中難免有著土佐名物給人的印象，比藝妓手舞和三絃戲歌好得太多的自負。

隨著苗的聲譽鵲起，為振興這以全國唯一而揚眉吐氣的土佐一絃琴組織後援會的聲浪漸高，公一郎也加入其中。這個後援會不僅支援一絃琴，也全盤獎勵土佐傳承的優良音樂，訂名為「清風會」。會長是現任縣長，各界名士列名幹事，公一郎和苗也在幹事之列，時為明治二十九年（一八九六）。也在同年，公一郎提議琴塾設立證書制度，有意願的人可以參加考試，及格者發給市橋流一絃琴的證書，至於還想深造、更上層樓的人，發給師父級的真傳證書。這段時期，縣內已見政黨的離合聚散，明治二十七年（一八九四）的第四屆大選時，身邊的人也頻頻拱公一郎出馬，可惜他無意參與政治，一生熱情都傾注在經營琴塾上。

苗回憶自己的修業時代，雖然一直備受誇讚，但宇平琴塾和有伯那裡都沒有這種制度，記憶中因不知自己程度如何而感到心虛的時候不少。市橋塾若不想成為新娘塾，確實必須以琴技為重，證書制度可以做為弟子們的目標，她期望愈多人參加愈好。開塾之後，希望入門的人之中，有些和一絃琴頗有淵源，有的算是宇平的徒孫，也有隨親人到京都大阪赴任時直接受教於真鍋豐平、彈得相當好的人，苗有向她們這些人致意的意思，在開塾一年後選定四名高徒擔任代理師父。

必定彈奏《今樣》給初入門者聽的靜是其中一人，她父親是苗在宇平塾的同門鄉士今井五平太，琴技並不卓越，但他教給靜的曲數比任何人都多，因此苗特別收她為入室徒弟，一手掌管塾中金錢出入和一切事務。

只有完全學會二十首基礎曲子的人才能參加證書考試，事先申請後，考試當天由公一郎抽籤選出曲目，在苗和四名高徒面前演奏。六人各自評分，達到及格分數即發證書，但很難一次就考過。給分最嚴的還是苗，公一郎常常會給同情分，對連考幾次都不及格的人給分很寬。

「光是努力就值得肯定了，這與天分是兩回事。」

這說法有時頗讓苗感到困擾。

內有考試制度，外有後援組織清風會，弟子也已增加至近三百人，練琴室日漸變得狹小，眼看輪流等候上課的弟子坐處侷促，公一郎起意擴建練琴室。他這時的事業重心漸漸從律師本業移轉到銀行董事的工作上，時間方面比較寬裕，也更加專注在振興琴塾上。

木工拆毀藩政時代舊建築時揚起漫天灰塵，家人踩著壁土，談著空地看起來比有建築時狹小等等話題，苗則仰望天空。

「啊，天空好遼闊。」

除了角落那棵高大的椎樹遮蔽了天空一角外，杜鵑庭園上方是一望無際的秋日長空，像是高掛的印染藍布，她看得出神，想著自己已不能後退的未來。

興建中的練琴室相當於主屋幾間房的大小。這段期間，苗又收了兩名弟子，這兩人的印象帶給苗近來沒有的舒暢感。

她已習慣弟子入門時都有家人護送，但這兩人不但無人護送，連介紹信都沒有。仲崎雅美十五歲，戶梶雪江十五歲，兩人毫不畏怯報上姓名的樣子，看起來好像深情的姊妹抱著手牽手跳進瀑布深潭似的決心。雅美雙手扶地，爽朗地說：

「這是我們小小的心願，雖然知道無禮，但因為一心想學一絃琴，請您收我們為弟子。」

低垂的頭梳著雙髻，綁著紅色帶子，身上的碎白點花紋夾衣像洗過幾次，直挺的墊肩褶，儀容整齊。

她們不像有錢人家的女孩，但言行舉止端正，吸引了苗。問起她們的家庭，雅美家是位在北奉公人町的雜貨店，雪江則是同町的便當店。苗一聽，立刻了然於心，她們都是維新以前住在奉公人町長屋裡的步卒子女。步卒雖然屬於武士層級，但地位最低，終年打著赤腳，連下雨天都不能穿鞋。餉錢多半只有四石米，所以很多家庭會做些竹藝和羽子板押畫等副業貼補家用，勤儉度日。明治以後，步卒多半還住在原來的長屋裡做些小生意，雅美和雪江兩家也是這樣吧。

苗像往常一樣，輕拍手掌，叫出靜來，彈一曲《今樣》給她們聽後問：

「妳們聽了有什麼感想？」

只見坐在對面的雅美眼中含淚，猛然低頭，淚珠順勢滴落膝頭，湮濕了碎白點花紋的衣服。

那一瞬間，苗的心猛然被拉回，與遙遠歲月中初次聽到龜岡琴聲、想到朝聖者的漂泊而天真哀泣的自己重疊，不覺噙下湧至喉頭的一股熱脹。現有弟子三百人，每個人入門時都這樣讓她們聽琴，訴說感想，但從來沒有人流淚，她也不知不覺習慣了，把靜的演奏當作單純的入門事務。

她帶著澎湃的懷念心情，注視著為掉淚感到不好意思的雅美。

「妳是第一次聽一絃琴嗎？說說想學琴的理由。」

在她的鼓勵下，雅美用力點頭，有點結巴地說，她家附近的紅葉橋下，不知什麼時候搬來一對乞丐父女，搭起一間簡陋小屋住下，每到黃昏，那位和雅美差不多年紀的女兒便彈奏一絃琴，安慰生病的父親。

雅美聽說這事後，拉著好朋友雪江爬到河堤上，聽到草蓆搭起的牆後傳來父親的嘆息。

「啊，這世間，聽到妳彈的一絃琴，比任何事情都快樂。」

再聽到女兒彈奏的美妙琴音後，雅美便在心中發誓，我也要彈能安慰人心的一絃琴。

苗聽完敘述，想起自己最早也是為了沒有任何娛樂的祖母而彈，因此對雅美生起親切感，不覺把她留到太陽西下之時，細問身家。雅美只讀完簡易小學就留在家裡照顧小雜貨店，每天的時間被釘得死死的，為了積攢一絃琴的學費和買琴的錢，大清早便到河裡撈蛤蜊去賣，這樣一錢、二錢地存下來。雅美下面還有眾多弟妹，生活雖然匱乏，但父母答應她做想做的事，讓她覺得自己很幸福。她那深邃發亮的眼神，應該做夢也不會想到有被拒絕入門的可能。

過去從來沒有無人介紹、直接上門就當場同意的例子，弟子都是知道來歷人家的女兒，像雅美和雪江這種父親沒沒無聞、住家也在武家大宅區以外人家的女孩，完全是頭一次出現。不過，她們雖然是步卒子女，依然是有士族教養的女孩，這是苗對自己唯一的藉口，可以稍微放鬆那嚴格自律、從不曾允許自由的心靈，答應她們入門。

兩人高興地並肩回去後，苗動也不動地坐在客廳裡，凝視臘月灰色天空飄下的白色雪花。她不知道奉公人町那一帶的情況，但是，雅美蹲在晚霞映照的鏡川堤防上，風吹得頭髮揚起，傾聽小屋傳來一絃琴聲的模樣，清楚浮現眼前，藏在心底多年的自己幼時模樣也隨之浮現。當年想求教有伯、獨自苦思的年紀，和雅美一樣是十五歲，這麼看來，那個始終面帶微笑、有點胖胖的雪江，對雅美來說，就如同朝於那樣的好朋友。

那時，苗完全不知道錢的價值，渴望學琴的心雖與金錢無關，但聽了雅美此時若不踩進冰冷河水撈取蛤蜊就無法來學琴的故事，她突然被這琴塾的現況狠狠刺痛。弟子們都是聽從父母的意思來學琴，家長也認為女兒能進市橋塾很有面子，並不真正把學琴當一回事，或者只想當作他日的嫁妝，幾乎看不到一個像她當年那樣想學琴想得快發瘋的人。如今想來，更覺落寞。

紅葉橋下的乞丐父女，或許是維新以後淪落的武家之人，既無棲身之地，亦愁今日之糧，卻還有聆賞一絃琴的閒情逸致。苗覺得很美，對於偷聽琴聲而有心學琴的雅美，也有著許久不曾的深深感動。或許雅美已體會到了一絃琴的精神，她不覺有這個想法，因此對雅美今後的學習，也寄予期待。

寒風中不斷迴繞捶打木頭聲音的練琴室工程，在明治三十年（一八九七）春完工，庭園雖然縮小了，但迴廊圍繞的練琴室是以前的三倍大。木材都是檜木，形式只是原來樣式的擴大，耳目一新的是走廊全都換上玻璃窗。弟子們花費一天的時間在玻璃上呵氣、仔細擦拭，更用糠袋細心摩擦張貼布告的柱子。

不喜歡誇張的苗無意舉行落成紀念之類的儀式，公一郎也是這個意思，只請了近親好友歡慶一晚。但因為場地擴大，平日的外來客突然也跟著增加了。苗向來不和直接進入練琴室的家長寒暄，只隨他們高興聆聽，但清風會成立後，常有會員以客人身分來聽練琴。她經常告訴弟子，如果聆聽別人的練習可以促進自己進步，那麼，讓別人聽自己練習，也是很好的鼓勵，不能忽略客人的簡短批評。

片岡雲海是常客之一。他父親原是藩裡的文書，因此他也能寫，家裡開文具店，但只喜歡吹簫消遣，幾乎隔個兩、三天就來聽琴。他的個性平易近人，即使批評尖銳，還是很受弟子們歡迎。靜也常常不見外地請他書寫貼在宅內的紙張，不只「練琴室」、「廁所」等指示，有時候連變更上課日等其他告示，也請這位鬍子雲海揮毫。

雲海坐在上座附近，兩手交叉塞入袖口，仔細傾聽，不時指出連苗都聽漏的地方。

「妳啊，剛才該彈欽欽時，彈成拎拎了，那不對呦。」

苗突然想起以前的佐竹紋之助。

紋之助不僅時常出入宇平琴塾，還是有伯的後盾，最後還幫有伯料理後事。他的耳朵敏銳，年幼的苗也忌憚他的毒舌。那些記憶雖已如泛黃的圖畫般枯乾老舊，但聽到雲海不時冒出的精準短評時，那幅畫面就緩緩經過腦海。雲海不像紋之助嗜酒，言行舉止也更端正，有時還帶來自傲的洞簫和一絃琴合奏。這幅舊日的老畫重新染上鮮明的色彩甦醒過來，是在新練琴室落成後多久呢？

時序已經入秋，那天，從清晨起就飄著細雨，公一郎到東京出差，格外冷清的黃昏時刻，苗獨自在客廳縫紉，下女推開拉門。

「後門來了個乞丐，說要見太太。」

「若是乞丐，就給點東西讓他回去吧。」

但是下女又說：

「那個乞丐好像很喜歡一絃琴，已經在這附近徘徊多日了，常常在牆外聽我們練琴。」

苗想起以前雅美說過的話，喃喃說：「真是難得啊。」

她來到後門口。

雖然傳說很快就要裝電燈了，但廚房裡還是使用洋燈，為了省油，此刻還沒點上，掛著成串種子袋的廚房裡，只有爐灶裡的火光照明，顯得有點陰暗。下女說的那個乞丐沒有穿雨衣，站在泥土地上。他頭上包著毛巾，衣服已經舊得看不清楚原來的條紋，像是行乞多年了。苗站在榻榻米上招呼他，他像影子似的搖晃向前兩、三步，拿下毛巾說：

「苗小姐，還記得我嗎？」

啊，那個聲音！

苗急忙在腦中搜尋時，灶中的火勢也突然轟然燒起，廚房裡面霎時變亮，照出那張臉來。

「啊！」

她張口結舌，說不出話來，只能直勾勾盯著對方，心中兀自焦急。

「沒錯，是佐竹紋之助，很遺憾，我還這樣活著，妳倒發了，很好。」

語氣還是以前那樣彆扭。苗的心口翻騰，眼眶一熱，當場跪下，反覆地說：「紋之助先生，您來了，真的來了。」

接著突然想到，伸手邀他，「時間剛好，我們邊吃晚飯邊敘舊吧。」

滿臉白色鬍碴的紋之助眼睛一亮，拒絕說：

「若是為了這個，我就不會等到現在才出現在妳面前。妳心無旁騖，專心教琴，培養能夠繼承自己的人，很好。」

他突然往後退，抱起放在門邊的細長型布袋，遞到苗的面前。

「我以前答應過妳。可是手發抖後，不能再做新的，妳委屈點，就用這個吧。」

交給苗後，瀟灑地揮揮手，咧開缺牙的嘴唇，說：

「算起來，有三十五年了，實現了平生的願望，我也可以死了。」

他迅速用毛巾包住頭臉，不給苗開口的機會，瞬間消失在門外。

一切如夢一般瞬間發生，苗呆立不動，直到下女跑過來揀起灶中掉出的柴火時，她才回過神來。

「在這雨中，也沒撐傘。」

拿起手邊的傘，穿上木屐，急忙奔到巷外，昏暗的中島町路上，已看不見類似的人影。

苗佇立原地，直到兩鬢濕透，心中數度呼喚消失在黑暗中的身影，想著紋之助那令人憂心的將來。

自己雖然會把他和雲海的影像重疊，但並非時常想起，還以為他早就死了，如今他還活著，忽然出現眼前，情況就不一樣了。最後一次見面是在有伯七七忌日那天，紋之助即使善於養生，也早已超過七十歲。她並不想窺探這漫長歲月中他是如何生活的，記得開設琴塾時，從製作新琴的松葉屋口中也問不出他的消息，以為他還是像以前一樣、不、比以前更過分，不顧家業，繼續沉浸酒中的日子。他今天為什麼一舉跨越都已懶得屈指去算的漫長歲月，突然來到這裡？苗又想起以前美代常常調侃說：

「紋之助先生一談到苗小姐，眼神就變了。」

不禁也想到，漫長的歲月之塵不僅堆積在紋之助身上，也堆積在自己身上。

那個梳著島田髻、匆匆經過雁切橋竹林的苗，已經不在了。四十歲開塾以來，不再穿著紅色，樸素得直接穿上祖母遺留的素面條紋和服都非常合適，養成人稱「不笑師父」、從不顯露感情的習慣。少女時代可以凡事只想到自己，但這樣做無法領導琴塾，如果今天硬拉紋之助進屋敍舊，也許會聽到他直言不諱地說：

「苗小姐，妳也有年紀了。臉老了，心也老了。事業成功就會這樣嗎？完全沒有當年的影子囉。」

或許，今日匆匆一瞥，反而是幸福。如果今天這不無安慰的重逢能完全解放心靈，她此刻或許會為「為什麼沒有留住他？沒有留住他問現在的居處和生活？」的遺憾而放聲大哭。

她折返屋裡，打開紋之助交給她的布包，果然，是有伯的遺愛、她曾在週日市集舊貨攤上驚鴻一瞥的白龍琴。會說「果然」，是當紋之助說「時隔三十五年的約定」、「不是新製的」時，那些話有緊緊填滿她空洞多年的胸中小盒的感覺。即使不看布包內容，也可以想到是紋之助重視對她的承諾，但因為手會發抖、無法重新打造，只好尋找當年交給美代的白龍，完成多年來的宿願。

當年，紋之助要為有伯製琴時，順便跟她說「也幫妳做一把」，她一直認為那是客套話。直到現在，雖然還有一點想望，但她真正想的是，與其得到一把新琴，她更渴望得到沁入有伯心血和汗水的白龍琴。當初紋之助隨手把這琴送給美代時，她嚥下想說出口的話，是囿於「武家女孩不能有物欲」的教養。後來在週日市集重逢時，心中舉棋不定，再度失之交臂，就在終於認定它是和自己無緣之物時，卻又來到自己手上。她體內升高自負心情的同時，也深深感慨，琴終究有回到最適合擁有它的人手上的命運。

她把琴拿到客廳，挑起燈芯，仔細再看，和那天在塵土飛揚的週日市集中看到的樣子完全不同。龍的紅色雙眼像燃燒似的透明，每一片鱗都磨得發亮，琴身兩端的尺寸也有縮小，整個看起來比她記憶中的小很多。她把琴放到琴臺上，雖然還是比普通尺寸的琴大一些，但不用有伯的特製琴臺，也能夠彈奏。一定是紋之助用那發抖的手為她刨鑿銼磨而成的。

她雙手捧琴放在膝上，像是按壓心中匆匆來去的思緒般，感嘆這真真漫長的三十五年。有伯早已過世，紋之助像幽魂般自霧中突然出現又消失，美代命運毫無消息，娘家的祖母及父母也都相繼離世。雖都已是遠遠飛逝的往事，但就像昨日般溫暖，不能斷言都已忘懷。直到現在，她還是獨鍾從宇平塾拿回的手毬琴，不管松葉屋怎麼進言，心意都不曾轉到別的琴上，她想，是心底某處還在一逕等待這把白龍琴吧。

對那終生記得並完成單方面隨口承諾的紋之助，她強烈希望能夠從旁幫助他的生活。以她現在的財力，再藉助住在家裡學生的腳力，在這狹小的高知市內，應該不難找出紋之助的落腳處。如果說出事由，公一郎可能比她更積極。

「住到我們家裡也行。他喜歡喝酒，就算每天盡情地喝，也喝不完我們的家產。」

如果這個願望能夠實現，她獲贈這把一直是她的宿願的琴的心情也會輕鬆幾分。

那夜，她敞開練琴室的窗戶，琴臺放在靠近庭園的地方，面對從今天起正式屬於自己的白龍琴。入夜以後，雨也停歇，房間內的落地燈光朦朧照到泉水畔茂密的淡紅萩葉上，更遠處的杜鵑小山仍靜佇在漆黑的幽暗中。她突然想到，紋之助會不會躲在幽暗的花叢中靜聽琴聲？是否一別以後，紋之助都知道她的一舉一動？從她拋棄在通町立下的二十年誓言再度開始彈琴，到遷居中島町後夜夜彈奏的琴聲，紋之助是不是悉數聽進耳裡？這個推測並非完全無的放矢。紋之助一定常以乞丐風貌徘徊在庭園外、後門邊，就像以前在宇平塾和有伯那裡一樣，聽到塾裡的練習琴聲，也會嘖舌批判：

「不行啦，小丫頭的遊戲。」

有時候還會無名火起吧。

在那種日子裡，他也會仔細玩味苗在弟子回去後獨自彈奏的琴聲，對她隨著年齡增長，不再有年輕的爭強好勝，而展現閒寂之趣的琴技，有著紋之助式的建議、誇讚吧。此刻，苗只想彈給眼前的紋之助聽。她閉目凝神，彈起那天以來沒再彈過、但做夢也忘不了的《漁火》。

欽——欽，彈出第一個高音時，即已感覺這把從美代身邊不知輾轉經過多少人手的琴，經過了三十五年，音色依然未變，而且更加好彈。聽說堪稱名器的樂器都能讀懂彈奏者的心情。紋之助很清楚這點，在小幅度修改它後，每天仍以素人之手取悅它、彈奏它。通常，改造過的樂器音色不清，但紋之助畢竟手藝不凡，白龍發出磐石的音色，苗被透過蘆管穿達而來的強大反應牽引，心緒漸漸高昂，忘我地沉入曲中。

「無明之夢莫醒轉。」

這最後一句歌詞，對睽隔三十五年後獲得紋之助贈送此琴的苗來說，是胸口滿溢、無法輕易唱出的歌詞。她連續彈了三遍，終於按捺不住，穿上木屐，走下幽暗的庭園裡。天空不知何時已滿天星斗，衣襬碰落的萩葉露珠激起小小的漣漪後，整面泉水變成無數星星的棲地。苗佇立在泉水畔的石頭上，凝視水中北斗七星的長柄杓，火燙的臉頰漸漸退燒，突然想到：

「還是別去揭穿紋之助的居處和送他生活費，比較好吧？」

那樣做可能失之輕率。

那個人迷上一絃琴、迷上彈奏者，為此散盡家財猶無怨無悔，如果此時出手干涉他的生活，恐怕不是嚴重激怒他，就是迫他立刻銷聲匿跡。或許，看到紋之助的境遇會感到哀傷，是出於對自己現在生活的滿足。或許，紋之助覺得那自由自在、天涯海角任飄泊的生活反而瀟灑。要感謝他以白龍相贈，唯有在琴道上不停鑽研前進。這麼想後，心中再度喚回剛才在路上突然掠過心頭的「驚鴻一瞥的幸福」。

想了整夜，苗覺得應該去為過世多年的有伯掃墓。翌日，她沒帶隨從，掃墓用的小桶子裝著剛摘的庭園秋草，獨自前往潮江山。那次為有伯送葬到此後，不曾再來過，有點擔心記不得路，但此刻的她有著務必找出佐竹家墓園的強烈意志。多年前，在鏡川畔聽到美代的告白。只記得當時血色般的滿天晚霞，還有那又癢又痛的蕁麻疹即將冒出皮膚的嫌惡感。但時間的妙藥每年為這記憶敷上一層薄薄的皮膜，這皮層累積了三十年的厚度後，對美代的憎惡幾乎完全風化，甚至對壯年屈居陋屋的師父產生同情。在狹小的居室裡共同起臥，他把生活不如意的焦躁發洩在眼前的美代身上，也不無可能。美代畢竟是美代，就像其他下女也幾乎都是這樣，不會違逆主人的意思吧。

即使苗早一點有此理解與體諒，但曾遭痛苦背叛的她，恐怕也不會再度懷念師父、想念美代。開塾後猶豫是否要將《漁火》放入練習曲目時，總是陷入拿起一張濕紙般的無解心情裡。而在昨日，白龍回到手中，專心彈奏《漁火》後，走到庭園，望著浮星萬點的幽暗水池，不可思議地感到體內的惡血完全流乾淨了。按下對紋之助的多餘關照是其一，同時，對有伯和美代的感情糾結也幾乎消失。經過昨晚一宵，更加確定這分感受，也終於在三十多年後的今天，再度踏上葬禮以後的第一次掃墓之路。

當時的送葬行列確實轉入瑞光寺後面的小路。如今，接近秋分的潮江山上，雜草已長得都可以藏著毒蛇般又高又密，掩蓋了泥土地面。她用小桶子的柄杓撥開野草，摸索記憶中的路途。突然看到一棵山茶花樹，想起紋之助說過「以此為記」。從這棵茶花樹左邊往上走不遠，就是通達佐竹家墓園的輕鬆路途，走進那眼熟的豆柘植矮籬中，汗濕貼在身上的衣服還沒迎風吹乾的機會，就看到墓園一隅有個依山而立、周圍掛著草蓆的簡陋小屋。

「紋之助原來住在這裡啊。」

她還是有所猶豫，沒有衝過去，但窺測屋中情況，毫無氣息，似乎此刻無人。她躡手躡腳走了過去，從入口處的草蓆窺看屋裡，鋪在地上的雙層蓆子，周圍是鍋碗瓢盆和籐製衣箱，生活用品一應俱全，雖然不曾看過這些東西，但可以推測就是紋之助的所有物。

打量墓園四周，本來占地一大片的佐竹家墓園變小了，陽光充足的南側被一道低矮石牆隔開，豎著不是姓佐竹的新墳的塔形木牌。顯然是佐竹家墓園有部分讓渡給別人家。大概是紋之助能賣的都賣光以後，把這片因為是土佐藩專屬樂器匠身分而擁有的廣大墓園分割零售了。自古以來，世間慣說連祖傳墓地都賣掉的墮落子孫，是脫離人道的畜牲外道，但她看到眼前的狀態，並沒有悲慘的感覺。

她彷彿聽到紋之助瀟灑地大放厥詞：

「人坐著時只要半張榻榻米，躺下時只要一張榻榻米。我這樣誠心守墓，祖先也會高興吧。反正在我這一代就要絕滅的家，也不需要占用這麼大的墓園，分一點給別人，也是功德一件。」

也許，紋之助把這沒有鄰居的墓園生活，當作漫長生涯盡頭的最佳安居之處而喜愛，正沉浸在濃濃的滿足感中。

有伯的墳墓在佐竹家的華麗墓碑旁邊。一如她的推測，還沒有豎立墓碑，只有一根腐朽的塔形木牌斜斜插在石頭堆上。不過，打掃得很乾淨，長滿青苔的石頭縫中沒有冒出雜草，雖然沒有花，但代替竹筒、半埋在地裡的陶製花筒裡也沒有積水落葉。

她把沖洗有伯背部的想法轉移為把水澆在石頭上，再把紅色雞冠花和粉紅色萩葉插在花筒裡，點燃線香，從懷中取出一根琴絃，捲成一團，供在石上。雙手合掌，說：

「師父，是我，好久不見了。」

只說出這些話，便不可思議地，心底一片澄澈透明，沒有什麼可說的了。三十年歲月之功果然不凡，光是跪在師父墓前，心中之塵便悉數飛揚而去，一切還諸於空。墓園四周不時吹起習習和風，風吹過後，一個呼吸，響起像是樹上果實一齊掉落的聲音，吹攏在閉目凝神的她的肩膀上。

正月二日午後，市橋塾照例有個新春初彈儀式。蘭子一直在意第一次梳起的島田髻會碰到衣領，脖子盡量向前伸著，離開了越前町自家。陽光透亮刺眼，但風還很冷，她把今早剛拆掉繃線的和服長袖疊在胸前，輕輕按住厚厚的翻折袖口下襬，目不斜視地向前行。這個時候，市內幾乎都在過新曆春節了，但有些懷舊的頑固人家依然不插門松，還像平常在過日子一樣。行經春節裝飾形形色色的市區時，突然梅香撲鼻，和髮鬢的油味糾纏瞬間，蘭子一陣暈眩，停下腳步。

她想起昨天黎明時分，抱著整套梳髮道具去梳新春髮髻時，熟識的梳頭師傅為她抹上大量濃稠的髮油，繫上銀色櫻瓣點點的粉紅色髮飾後，開玩笑說：

「小姐是已經有了『新髮巧妝給郎看』的他啊？還是沒有？」

蘭子剛聽到時，心底氣得暗罵「真沒禮貌」，但隔一會兒，心防飄然瓦解，不覺對鏡微笑。

因為她突然想到，「郎君」這個詞聽來，雖然有點不正經，但是若問新春髮型想給誰看，除了父母親之外，就是琴塾的大師父了。

她就讀的小高坂簡易小學，窮人家小孩和討厭讀書的孩子多半中途輟學，在依然未就學的兒童還很多的情況下，她胸前一直別著紅色的班長名牌、獲頒優等生獎狀，然後進入高知市唯一的縣立女中。那是小學畢業後每班只有一、兩個人能夠繼續升學的時代，她穿著深藍色混紡裙褲上有一條白線的女校制服模樣，特別醒目。

「那個小姐讀縣立女中耶。」

光從這句話，就可以知道她本身優秀，父母熱心教育，家世良好。

進入女校後，天生好贏的個性讓她凡事不落人後。不僅學業成績，就連音樂、體操和習字，「老師誇獎的總是岳田」已成常例。其實，她也是咬緊牙根、非繼續維持那分驕傲不可。學科裡面，她最頭痛的是代數，每到考試，就苦苦哀求平日不太親近的哥哥教她，即使因為聽不懂而被哥哥用手指戳頭，還是哭著跟著他。

蘭子從沒受過父母責罵，只畏懼哥哥，因為哥哥總是不客氣地直指她的缺點。

「蘭子，妳一點也不像小孩子。」

「這傢伙被慣壞了，人家誇獎她，一副理所當然的表情。」

「明明是女孩子，一點也不可愛，親切和藹一點好不好？」

的確，蘭子從小就不會大聲笑鬧，被誇獎時也沒有喜孜孜的表情，視聊天和恭維是卑下行為，她認為這一切都符合祖母生前所說「絕不落於人後」的認知。祖母常叮囑她：

「蘭兒，說話要謹慎。」

不能讓長輩同一句話說兩遍，不能追根究柢，多話是女人最忌諱的惡習。因此，她從小就很能忍，即使別人說她冷淡、難以捉摸，只要是有損品格的事情，她無論如何都不讓步。

此刻，梳頭師傅前前後後打量她一番後說：

「真是教人著迷啊，這位小姐真是完美得沒有一個缺點。現在才梳是晚了點，被稱讚也不會感謝我們。不過，在我這梳頭的看來，小姐連頭型都很完美，不論什麼髮型，都有梳的價值。」

一旁的母親和下女聽了，都不覺笑了出來，回去後還告訴父親：

「梳頭師傅連蘭子的頭型都誇。」

蘭子本身則面無表情，當然也沒有搭腔。

如同哥哥所指的一樣，她習慣得到誇獎和寵愛，可是，真正讓她高興的，只有琴塾大師父的誇讚。同樣是誇讚，她就是覺得大師父的誇讚比其他人的有價值。週日的茶點時間，大師父從點心缽裡挑出薯條乾遞給她。

「來，岳田君，妳喜歡這個吧。」

她覺得這個薯條乾特別美味。

練琴之後，聽到大師父說：

「岳田君，今天按徽特別正確，是勤練的結果吧。」

她的心情便雀躍起來，比偶而得到師父誇讚時還要高興。

沉默寡言的師父很少誇讚學生，像要彌補似的，大師父常常誇讚弟子，從不吝言讚美。有的弟子還「被師父盯著，手都會發抖，但是看到大師父的眼睛，就笑了出來」。

蘭子也喜歡大師父親切的眼神，一接觸那眼神，心中的依戀便如泉水般湧起。

她從學齡前開始學習的各種才藝中，茶道師父搬到外縣，插花塾漸漸式微而關閉，只有一絃琴，除了學校考試期間外，沒有缺席過一次，能夠這麼勤學，原因之一是看到大師父柔和的眼神讓她感到舒坦。他總是說：「蘭子是在市橋塾長大的。」

這話也是向大家誇讚蘭子從不太會分辨音色的八歲那年秋天，到即將迎接十六歲的今天的努力。

蘭子在市橋塾開塾翌年入門，所學的東西都牢記不忘，在塾內已是老手，代理師父忙不過來的時候，常常拜託她指導新弟子。有的弟子不管學了多久也不見長進，蘭子受託代理教琴，是她的琴技受到認可，以靜為首的四位代理師父都坦言：

「現在，塾中弟子無出蘭子之右的。」

時常在座旁聽的雲海也不吝稱讚：

「岳田君是才貌雙全，未來不可限量。」

聽到這些讚美，蘭子並不覺得自己特別幸運，對雲海的讚美也無感謝之意。回顧塾中的八年，每年都心情愉快，是讓人舒坦的好地方，最高興的是去年春天一舉通過證書考試，得到大師父的熱切讚揚。

不論何時何人，入門沒有三、四年，無法彈出證書考試的所有試題曲。蘭子去年沒有參加，是不願意像別人考了幾次都不及格那樣丟臉。從短短的《今樣》到《須磨》、《須賀之曲》，有曲無詞的《六段》、《刈菰曲》、《八種調》，再到大曲的《四季山》、《後之月》、《松竹梅》，考試過程中有險阻的山坡，非常嚴格，直到現在，拿到證書的前輩能考兩次就過，已算優秀，通常是考了三、四次後才如願以償。

考試是在蘭子入門時謁見師父的簡素練琴室舉行的，師父和大師父坐在正前方，代理師父一旁列席。那時，蘭子抽到的《翁遊》、《野地之錦》和《六段》，湊巧都是歡樂明快的曲子。演奏之前，她只是突然感覺指尖冰涼，心想是櫻花開時的寒氣所致嗎？隨即心無雜念，專注在琴絃上彈奏。也不等到轉往隔壁房間討論，大師父就破例當場宣布：

「很好，及格了，各位意見如何？」

代理師父一一表示同意，最後輪到師父，她語氣平靜地說：

「蘭子以前的節奏有點快，現在完全正確了，對她這八年來努力的成果，我也沒有異議。」

蘭子從師父手中接過裝在黑漆盤中的證書。

那天回家時，經過沒水的護城壕邊，蘭子滿心歡喜。比起師父還記得她以前合奏時總是快人家一拍，讓她瞬間心中一冷的事實，大師父微笑力挺的那段話，更令她念念不忘。

「岳田君的聲音很美，上下轉韻自如，而且節拍精確。這不是平庸的琴手所能，未來可期，要更加努力。」

那時，一陣風吹起壕底的落花，如牡丹雪般飛舞包住她全身的光景，至今還鮮明印在眼底。

縣立女中並不特別規範學生的髮型，但禁止以濃稠髮油梳起的髮髻進入教室，學生多半是紮馬尾，即使要梳髮髻，也只簡單沾水就好。會梳正式髮髻的學生都是在休長假時，才去給梳頭師傅梳。像蘭子這樣，十六歲才第一次梳髮髻，是有點晚。一方面是切切叮嚀她要注意妝扮的祖母過世已久，另方面是專心學校課業，心思沒放在這上面。直到二年級春節假期時，才在母親的鼓勵下，第一次給梳頭師傅梳髮髻。剛才的梅花香味令她頭暈，或許是已醉在昨天以來的髮油味道中，也或許是對跨出日常裝扮一步的大女孩裝扮感到困惑的一種不安吧。

她從各式各樣風箏飛揚的高知城公園廣場經過枯萎蓮花低垂的壕溝旁，走到帶屋町時，耀眼春裝往來的路上，有個特別顯眼的藍綠色和服身影向這邊走來，她停步注視，對方也發現到她，把長長的袖口按在胸前，小跑步過來，還不忘先道聲恭喜：

「姊姊，新年快樂。今年也請多多指導。」

然後打量彼此的髮型，同時脫口而出：

「展子，妳也是第一次梳髮髻？」

「蘭子姊好適合這髮型哦。」

不覺相視而笑。

坂東展子在女校比蘭子低一年，在塾裡是一個拿團扇、一個拿摺扇、腦袋湊在一起說悄悄話的好朋友。她家經營明治以後市內第一家的土佐醫院，父親是院長，和蘭子的父親都是清風會幹事，財力與地位是沒話說，但清風會裡還是有人嫉妒他。

「醫以術隱，其實他本來是個暴發戶。」

據說展子母親家本來經營小小的乾貨店，改朝換代時，利用不可告人的方法突然攢下鉅財，將當時是下級武士次子的父親招贅為養子，送他去讀醫校，然後開設這家醫院。直到現在，還有人稱土佐醫院是乾貨醫院。這是蘭子在母親和一位熟識的夫人聊天時聽到的。

「明治都已經三十多年了，現在還有人拘泥於出身。」

「唉，窮雖窮，士族還是在意血統啊。」

聽到這番對話，她也覺得不無道理。

展子有雙烏溜溜的大眼睛，長得漂亮，嬌生慣養，個性開朗。但在蘭子眼中，覺得展子對人太開放，沒有心機，所以常有男孩把信塞進她的袖子裡。

「姊姊，我也很困擾呀，這東西不能讓母親看到。」

她每次拜託蘭子處理情書時，蘭子都猜她一定是走在路上時東張西望、對陌生人微笑。要不，就是茫然失神，被可疑男子拉住袖子都沒察覺。那時，蘭子會告訴她：

「我奶奶說，女孩子走路時要把袖子按在胸前，姿態端莊。」

在塾裡，她們兩個都很出色，雲海常說：

「坂東展子是牡丹，岳田蘭子是桔梗。桔梗的視線深邃。兩花爭豔，塾中有絢爛之趣。」

聽到這個讚美，展子立即羞紅了臉，蘭子則假裝沒聽到，離座而去、兩人個性雖然如此不同，但還是很合得來。

兩個女孩頭頂銀光閃閃的髮飾，穿著亮麗的新衣站在路上說話，就像燦爛的陽光般讓人目眩神馳，來來往往的行人不停窺看。蘭子介意這些視線，主動移步，兩人並肩而行。展子從袖子裡拿出白手帕包遞給了蘭子。

「姊姊，這是我送妳的新年禮物。」

拿在手中搖晃，聽到沙拉沙拉的愉快聲響。

「我知道，是沙包。」

「沒錯，是紅豆的。」

展子昂起脖子回答。蘭子邊走邊打開手帕包，裡面有五個兩色碎緞縫成的可愛沙包。

沙包是土佐女孩一年四季不可或缺的遊戲，裡面的裝填物以紅豆的聲音最好聽，觸感也最好。可是紅豆很貴，一般女孩用不起，多半是用小石子、小樹果，還有極少數是用米粒，自己做來玩。正好蘭子一直想有個紅豆做的沙包，所以非常高興，聽到展子調皮地說是從春節熬煮的紅豆粥材料中偷偷弄出來的，不覺笑著真心道謝。

「謝謝妳，展子，真的謝謝妳。」

展子邊走邊湊過頭來。

「姊，這個沙包說不定不是新年禮物，而是預先的賀禮哦。」

她會這樣說，是因為清風會員元旦在坂東家喝春酒時，聊到音樂後，話題自然扯到市橋塾。

「市橋塾愈來愈興隆，弟子已超過四百人了。」

「那是高知縣的驕傲，有聲名遠播的高水準琴塾，大家還要同心協力，讓它更加發展才是。」

談興愈來愈熱，忽然話題一轉。

「不過，市橋夫人沒有孩子，你們看繼承之事該如何？」

「她幾歲了？」

「現在確實需要確定繼承人，好擬訂以後的計畫。」

「現在談這個太早了吧。而且，市橋塾是他們夫妻的，豈容我們這些外人置喙？」

「話不能這麼講，琴塾雖然是他們夫妻的，但它的存在已是半公共的，隨便搞砸了，豈不糟糕。」

酒席上熱烈討論，在談到該由誰來繼承時，有個人名屢屢被提到。

「妳知道名字出現最多的是誰嗎？」

展子壓低聲音，故作神祕：

「就是岳田蘭子。」

然後喜孜孜地說：

「我是這麼想，父親也說大家都這麼認為。」

那時，蘭子只想到展子與沖沖透露這種大事的不妥，便制止她說：

「展子，不要一直提我的名字，師父討厭這種胡謅的閒話。」

她毫不動心，主動結束這個話題。

如果只是這樣，展子這番只是稍微具體一點的熟悉誇讚言語，或許不久就會忘記，但不知是什麼因緣，那天晚上，父親口中也說出了同樣的話，於是變成了有如刻在心中不輕易消失的話語。

正月初二的琴塾裡，每個人都盛裝以赴。大師父穿著短褂裙褲禮服，師父也穿著正式的五紋禮服，代理師父們也換上新裝，來拜年的清風會成員也沒人穿便服，這種時候就可以看出市橋塾的分量。按照往年，新春初彈是由弟子分組合奏《群松》、《千代之友》和《松竹梅》，再由代理師父示範演奏後，暢飲春酒，然後散會。

喝春酒時，師父親手做的烤鰻魚分送各桌，師父和大師父繞轉各桌斟酒。蘭子一直摸著髮鬢，只想著大師父繞過來時會不會讚美這個髮型。可是，不太會喝酒的大師父來到蘭子這桌時已經有些醉意，大聲說：

「啊，岳田君，過年大餐吃了很多雞肉吧？」

蘭子不覺滿臉通紅，小聲回答：「沒有」，反常地把下巴縮進衣領裡。

說到雞肉，是兩年前某個週日茶點時間，大家圍著大師父在走廊聊天時，不知誰突然問：

「大師父，您最喜歡吃現捕現殺的鯨魚是吧？」

那時，大師父慌忙捻著鬍子說：

「嗯，是啊，那個好吃，肉軟又有滋養。」

然後突然反擊：

「你們又喜歡吃什麼呢？不會只吃烤芋頭、大紅豆吧？也會吃很多肉吧？」

大家齊聲埋怨：「好過分。」

聽說高知東方、靠近室戶的海岸，曾經捕獲一隻誤游上岸的鯨魚，當場宰殺肢解，拿到市區販售，所以現在商人販賣鯨魚的柔軟紅肉時還會吆喝：

「現捕現殺的鯨魚，要不要？」

當時，鯨魚是不太高級的食物，煮過鯨魚的鍋子要泡在門川好幾天，再拿到陽光下曝晒，喜歡吃鯨魚肉的人也會遭受異樣的眼光。大師父是東京學成返鄉的人，所以弟子們以為吃鯨魚肉是新風俗，但被揭穿這個嗜好後，為了自我解嘲，也想調侃弟子們。

那時，蘭子覺得自己必須代表大家挺身而出。

「大師父，我雖然討厭吃肉，但是很喜歡雞肉。」

她沒說謊，過世的祖母常常告訴她：

「蘭兒，人的身體和草木一樣，如果不時常補充精力，就會枯萎的。」

說到補充精力的食物，富貴人家嫌青魚和鮪魚不好，所以不吃，只吃白肉的魚，餐桌上偶而有雞肉。因為這個習慣，祖母身體不舒服時，立刻派下女去買雞，看到雞肚子裡還留著成串黃澄澄的未生蛋，更會抿嘴而笑。

祖母喜歡的美食不限於雞肉，她常把蘭子抱在膝上，餵她透明的麥芽糖，把精工製作的鯛魚鬆捏成一小坨，放進她嘴裡，蘭子從小就能分辨美食和普通食物的滋味。大師父不覺問：

「岳田君吃雞肉?真想不到。」

她立刻回答：

「大師父，雞肉是最好的美食，我祖母這麼說的。」

這時剛好經過的師父看著大師父說：

「下午兩點剛過，就討論晚飯的菜色了?」

大師父回答說：

「不，只是聊到雞肉，下回我也嘗嘗看。」

說著，起身走到對面。

那時，蘭子覺得師父言語柔和，聽不出有刺，但立刻想到這是休息時間也不能在練琴室談論食物的申斥。聽說這棟大宅過得很節儉，只有大師父的餐盤中有生魚片，師父和其他人早午飯都只配醬菜。女孩子竟然高談闊論吃雞肉，可能會惹師父生氣。

蘭子羞愧自己多話，決定以後要特別注意休息時間的話題，沒想到今天的春酒宴上大師父又談起雞肉這個話題。不過，大師父沒有多說，只是用畫著金銀鶴龜的酒瓶幫每個人的杯子斟滿屠蘇酒，

「不論男孩女孩，就這一杯即可。祝福各位像藝術與美之神，乾杯！」

敬完酒後，轉往下一桌。

回家時，蘭子對新髮型的緊張心情已完全放鬆，來時向前突出的脖子，也像平常一樣恢復挺直。

「大師父好過分哦。」

她心裡不停嘀咕，但心情絕不低落。大師父還記得兩年前說過的話，讓她很高興，即使在女中全校三百多個學生中被選為學生代表，也沒有在市橋塾三百個弟子中獲得大師父另眼相看那樣高興。在學校和在琴塾裡興奮的感覺，完全不同。

岳田家也和琴塾一樣，初一大宴賓客，初二夜晚闔家團圓，家中也模仿新春初彈的儀式，共享和樂時光。習慣上，一家四口中，母親園子先打退堂鼓。

「我只會煮飯做菜，沒有任何拿手才藝，就不獻醜了。」

父親貢會表演一首前些日子開始學習的謠曲，就讀高知師範學校的哥哥尚雄勉為其難地表演口琴，

總是壓軸的蘭子以一絃琴饗宴大家。

這天晚上，園子調侃丈夫說：

「好像賴在《鶴龜》屋門前不動了。」

「不會，我明年就要進展到《羽衣》了。」

貢嘴上不認輸，還是平板唱出《鶴龜》中的「院中沙串金銀珠」歌詞。尚雄吹完不怎麼悠揚的《縱使敵軍千百萬》後，蘭子編著島田髻，在熟悉的琴上彈出白天在琴塾合奏的《松竹梅》和《千代之友》。

傳說今年四月就要裝電燈了，這時映著最後的煤油燈光，銀色的髮飾發出淡光，蘭子邊彈邊唱「歲月更新復歸來，明日瀟灑……」的模樣，像女學生脫胎換骨成端莊美麗的小姐，有著劇院舞臺華麗表演那般無可挑剔的美。一曲彈罷，貢鼓掌叫好。

「不愧是市橋塾真傳的琴技！」

「蘭子的演奏和其他弟子就是不同。」

語帶無限珍惜。

除了表情有點不悅的尚雄說：「又要增添蘭子的驕傲了」，屋裡充滿歡樂的氣氛。

就連恭敬坐在門檻外的下女都說：

「真的沒有什麼可以難倒我們小姐的，我們都要埋怨神明太偏心了。」

園子在多年後也感慨地說：

「我從蘭子小時候起，就像仰頭看她似的撫養她。」

蘭子可說是天生具備吸引身邊眾人所有讚美的魅力。

那天晚上，蘭子上床後，父親的誇讚言語中最讓她震撼的一句是：

「蘭子的琴藝，將來有望繼承市橋塾。」

這話鮮明浮現心中。那句話和早上展子透露的話語重疊，在心中急速膨脹。以前，因為繼承了祖母的氣性，一心好強而專心練琴，也因為時時刻刻端正自持的戒律，尊敬師父，堅守教誨。但當琴塾繼承人的說法浮現後，感覺一路走來的自己霎時光彩煥發起來。

師父沉默寡言，凡事低調，但在蘭子眼中，是「權勢無與倫比的人」。這從塾中擁有的良家子女的人數凌駕縣內第一女校的學生，以及她的一顰一笑不只對弟子有很大的影響，也隱然具有策動土佐醫院院長等高知實力人士的力量便可知。就蘭子所知，放眼高知各界，像師父那樣傑出的女人絕無僅有，像師父那樣名重一時的女人也不見其他，去問任何人，都對師父沒有惡言，從德操來說，她也近乎完人。

父親口中的「繼承琴塾」，只是指一絃琴的技巧吧，但聽展子的轉述，不只是琴技，另外還有領導龐大琴塾的權力，以及讓弟子尊敬的人格，她很高興自己被喻為具備這一切意義。

這也是自己從小沒有犯錯、努力讀書、一直都是模範生、舉止端莊、寫情書的不良分子無從近身之故，想到這裡，又想起師父和自己有不少共通點。聽說師父的端正禮儀都來自她祖母的身教，讓蘭子也想起一同度過幼年時光的祖母；聽說師父出身桑樹大宅的澤村家，家世清白，蘭子也以生在出了藩主夫人侍女的岳田家為傲。

她雖然還不知道繼承琴塾有多少實現的可能性，但一天之內聽到兩個人這樣說，心思自然也被捧高，更添努力練琴的意願。過去，第一目標是牢牢記住學過的琴曲，但以正月初二這天為界，她感覺到再向前跨出一步、更熱心積極的自己。

師父很少在弟子面前演奏，偶而為糾正弟子彈錯的部分，簡短示範一下。那個時候，蘭子一定磨尖耳朵傾聽，不放過任何微妙的音色。「師父最特別」的想法成為她眼前的一個目標，激發自己無論如何都要達成的欲望；而且，不只是琴技，也要展開觀看整個琴塾的眼光。因為都是女孩子，師父的訓詞中，有一條是避免無謂的小爭執。

「在塾裡，大家公平交往，特別親密並非好事。」

但是，朋友之間若有人氣味特別相投也沒辦法，三百個弟子自然分成幾派，不是自己圈子人自然遠離，幾乎不曾交談。這時的蘭子，便鼓勵沉默的自己擴大交友範圍。

人與人的相聚很有意思，三百個人未必都知道彼此的家世，通常是藉父親的地位和財力分類。像蘭子，就和跟她擁有類似身家地位的展子交情很好，平常只穿棉服的人也會選擇相應的朋友聚集。雖然師父嚴詞訓誡，但上課時，穿綢緞的蘭子派和棉布派總是離得很遠。但現在，蘭子對以前毫不關心的同學，也會主動搭訕。看到蘭子的轉變，展子用流行的語詞「斷然」說她。

「姊姊，最近生氣勃勃，『斷然』出落得更漂亮了，是明年就要畢業的關係嗎？」

但她只感到這話如輕風過耳，一心向著前方疾奔。尚未接觸社會的她。完全不知繼承琴塾後的具體模樣，只能預測至少是超出一般女性嫁人的老路，擁有非常耀眼而有權勢的將來。想到這個，就興奮莫名。

明治三十一年（一八九八）四月十一日，是江口地區七百戶人家首度安裝電燈的日子。從這個地區開始，依序送電到蘭子家的越前町、市橋塾的中島町等地，高知市民就像整年歡度慶典一樣歡欣鼓舞。煤油燈再怎麼挑高燈芯，燈光也照不到馬路上，但是五燭光的電燈就很有照明效果。傍晚時分，所有的電燈一起打開，整個城市像掛滿節慶燈籠似的光燦如畫。蘭子在學校學到，東京的鹿鳴館在明治二十年（一八八八）初就已裝上電燈，知道高知的文明發展和東京還有十年的差距。比較起來，流行歌曲就傳遞得比較快，去年東京流行的兵庫民謠《徹今宵》，現在便正風靡高知。四、五年前流行的歌曲也不見式微，弟子中有人喜歡搞笑，趁師父不在的時候小聲唱這些歌給別人聽。甲午戰爭後的大好景氣終於擴大到高知，綢緞莊生意興隆，一般人的穿著都有改善，也可零零星星看到和服底下穿著靴子的時髦男女，但是，塾中禁止帶入流行的風氣依然未變。

那年夏天，蘭子看見練琴室上框貼出一張雲海手墨：

「授與證書仲崎雅美」

又聽到旁邊的人說：

「雅美好像一次就考過了。」

「真的？好厲害，不過，雅美真的彈得很好。」

雅美？蘭子歪著頭，啊啊，想起來了。因為上課日不同，有些同學平常見不到面，週日休息不來的人也多，因此無法全部記住三百個人的臉和名字。但是雅美高䠷聰明的模樣立即浮現在蘭子眼前，那是今年春天的某個休息時間，大家在杜鵑盛開的庭園裡玩耍時。當時分為東西兩軍對戰的丟沙包遊戲只剩下展子，她手上俐落地拋接著三個沙包，嘴裡流利地念著：

一二三四五六七，請問阿姊何處去？
我是九州鹿兒島，西鄉隆盛家千金，
明治十年西南役，父死沙場不見歸，
此行為父掃墓去，但借一貫助我行。

假山上的展子，紅色的衣袖和蓬鬆的菜籽色和服帶，規律地左搖右晃，完全沒有念錯，也沒有忘詞，順利結束時，圍繞身邊的同伴都鬆口氣，一起拍手歡呼。

那時，蘭子偶然回頭，看見師父坐在走廊上望著這邊，雅美恭敬站在一旁，師父笑著問：

「雅美，紅葉橋下的乞丐還在嗎？」

「一年前就已不見身影，小屋也塌毀了，現在沒有人住。」

「是嗎？真遺憾啊。如果還在，雅美可以彈給他們聽了。」

說完，像沒事一樣，對著庭園為展子鼓掌。

那短暫的一幕，蘭子為何深深印在眼底？師父平常避免偏心，在教琴和教養以外，不太介入弟子的私生活，不曾見過師父這樣閒聊只有她和弟子兩人知道的事情。那時，蘭子心底湧起一個小小的疑惑，帶著從未有過的一點點嫉妒心情，看著雅美那有凍瘡痕跡的手，和貼在漂洗多次的碎白花點和服衣領上的乾淨白領。

蘭子不知道雅美的功力如何，但開塾翌年就入門的自己毫不懈怠地努力練琴，到第八年才拿到證書，怎麼也想不到比自己晚入門許久的雅美，能和被雲海及代理師父譽為天才的自己一樣，才考一次就突破證書的難關。

蘭子站在布告下，想起師父跟雅美說話時的溫柔眼神。

「師父偏愛雅美！」

這念頭才閃過瞬間，隨即慚愧自己有這種卑劣的想法，羞紅了臉。

她本想向旁邊兩、三個交頭接耳像小學生的女孩打聽雅美的事，但這是多少有些愧疚想法的她做不出來的事。在另一層意義上，這也是不能對展子等身邊人說的事。因為，每次上課都穿著新穎絲綢的人，不會脫離平常的話題，去談總是一襲棉服來去階級的人。即使沒有這層意識，在家庭的長期薰陶下，也會自然形成不同世界的區隔。那和上流家庭婦女應該努力避開最近熱鬧新聞版面上的自由派與國民派選戰之爭、官府干涉選舉引發的騷動等各種麻煩事一樣，以蘭子的身分，很難正經地談到雅美。

但只要豎起耳朵，仍會零零星星聽到雅美的事。蘭子發現自己過去這麼長的一段時間都只和身邊一小撮人交往，對其他同學一無所知。有心注意後，發現有人談起雅美時都充滿敬意和讚美。

「昨天我的和服綻線，是雅美幫我縫好的。」

「雅美幫我寫《土佐之海》的譜哦，這樣就不會彈錯了。」

「雅美正在學《枯尾花》，那曲子好長，很難耶。」

每句話裡都洋溢著雅美非常親切、琴技很好的感覺，每次聽到，蘭子都心中一震。

她從沒想過自己在塾裡的評價。就像在學校和家裡的地位已定，在這裡，也是長輩眼中最大的希望、晚輩眼中最佳的模範，她對此深信不疑。此刻，這個長期堅定不移的自信有一點一點動搖的感覺，彷彿聽到取代自己的人正一步步接近寶座的腳步聲，不覺心中有刺。但是，她仍有著高尚的認知，認為憎惡別人、詛咒別人是卑劣的情緒，於是，這個心中刺反而鞭策著自己更謹言慎行、更努力學習。

不過，想聽雅美琴技的祕密願望，意外地很快就達成了。那年秋天的某個週日，師父說：

「仲崎彈完《枯尾花》了，今天和岳田合奏看看。」

塾中很少人會彈這首大曲，在弟子們的簇擁觀摩中，蘭子第一次和雅美交手。

那天，雲海和大師父正好也在。她們面對師父，對好兩把琴的調子，雅美突然按住裙襬，離開坐墊，向蘭子一拜，客氣寒暄。

「岳田小姐，我是笨拙的新手，請多多指教。」

雅美比蘭子小一歲，但晚了六年入門，身為晚輩，初次合奏，理當致意。但蘭子像被人攻其不備似的有點慌張，嵌著蘆管的手放在膝上，輕輕還以目視禮。剛才走進練琴室時，看到雅美彎身排好踏板上鞋子的背影。如果是她，會先進練琴室找到亂放鞋子的女孩，告訴她：

「趕快去擺好，讓師父看到，會挨罵的。」

但雅美只是自己動手一一擺好，進了練琴室，也一副完全沒有這回事的表情。

蘭子相信，別人有過失，直接提醒當事人注意，是這塾中前輩的義務，像雅美那樣暗中整理妥當的作法，不能作為表率。她雖然這麼想，但類似輸了的想法像窗縫透進的風，吹進心裡。在那時就有落後一步的感覺，此刻雅美突然致意，感覺又落後了半步。這種腳步蹬空的心情，使得她在緊接著開始的《枯尾花》合奏中，出現兩個說不上錯誤的不協調之音。

合奏結束時，弟子們一起鼓掌，雲海也毫不吝惜地誇讚：

「兩位不愧是一次就拿到證書的好手，我都聽得入迷了，真是美妙動聽的滿分演奏！」

但師父確實聽到了那兩處不協調，下一次上課時，特別叫來蘭子，以不曾有過的較重語氣提醒她：

「那個『伊勢的海女』和『無君的庭院』部分，妳的節奏快了一點，那裡不是攸咿、欽，而是攸——咿、欽地慢慢彈出，這曲《枯尾花》就像序文敘述的『七條皇后逝後作』一樣，不適合輕快彈奏。」

這是師父第一次直接提醒蘭子，她不覺羞紅了臉，但師父像追剿似的又說：

「還有，妳一開始就用輪音，在這塾裡，輪音應該是堅決禁止的。」

直接指出蘭子必須好好反省的地方。

輪音是在彈奏音之間加上裝飾音，像欽、欽的聲音就會發出欽崚、欽崚的華麗音色，市橋塾認為這樣有傷琴的品格，一開始就嚴格禁止。但是弟子們偷彈流行謠曲時特別喜歡用輪音，有民俗樂曲的情趣笑鬧之意，蘭子並沒有加入她們的陣營，那天只是有點失手而已。

師父提醒她後，她慌忙四顧。師父大概也顧慮到這點，旁邊並沒有其他人，不會有人知道這事，她鬆了一口氣。但是從那天開始，師父說的每一個字都像縫進和服的針，不停刺痛著她，有時還錯覺那根針是師父後面的雅美扎過來的。

雖然彈奏輪音不對，但被指出兩處瑕疵，她覺得有些委屈。她學《枯尾花》已是一年前的事，突然要和剛剛學會的雅美合奏，是不是有一點苛求她了？師父平常一再叮嚀，學過的曲子要每天複習，不可稍忘。但像蘭子這樣已經學會五十多首曲子的人，每天都複習一遍，近乎不可能。如果是平常塾裡常彈的練習曲，因為聽熟了，乍然要彈奏也沒問題，但是她學《枯尾花》以來，沒聽過任何一人練習此曲。還有，她和雅美不同，還要上學，每天有習題和考試。更何況，稅務署長千金和雜貨店丫頭的身分不同，她還有一些難以拒絕的社交活動。

想到這裡，又想到師父拿《枯尾花》的序來提醒自己，是因為雅美能夠正確表現那分情緒。也就是說，沒有上學的雅美能夠從歌詞中完全理解《古今集》所載的這首《枯尾花》和歌。這麼說來，合奏之時，雅美不但和以節奏正確為傲的蘭子沒有一分一毫的差距、音色對得極準外，兩把琴如幾十人合奏般響亮，也說不定只是雅美的琴發出的音色。想到這裡，蘭子背脊滑過一道寒意。那天，雅美也是穿著素面條紋和服，繫上小巧的棉布帶，未施脂粉，靦腆地搓著粗糙的手。但蘭子知道人不可貌相，深知雅美不可小覷。

不過，蘭子沒把這些經過和雅美的事情告訴家裡，也沒對展子說，一直藏在心裡，沒有表現出來。岳田家的庭訓是「不落人後」，正因為這是她首度感受到的不安，更無論如何都不能說出來，從而堅定認知，唯有比以前更加努力練習，更加提升自己被譽為塾中第一人的琴技。

十六歲那年底，蘭子開始把早飯前的練習當作日課。不是只有一個季節的冬訓或夏訓，而是三百六十五天，不論雨雪晴陰，六點即起，結結實實練一個小時，從最早練過的《姫松小松》開始，一曲不漏地認真複習。沒有人要她這樣做，冬天手指僵硬，夏天蚊蟲糾纏，不管前夜熬得多晚，不管學校是否考試，她都不曾停止這個日課，意志力堅強到讓人不覺得她是剛在春節梳起髮髻的女孩。

她愈是投入琴中，就愈在意雅美的琴技。就她暗中觀察，師父在雅美練習時不無特別用心。弟子練琴時師父從不廢話，但在雅美彈奏時會凝神聆聽，事後的短評偶而帶有對其他弟子所無的感情。不過，蘭子安慰自己這些都是神經過敏，因為她最近的突飛猛進得到大師父的青睞，給予破格待遇，時常命令她在其他弟子前示範演奏。這個時候，師父絕無異議，也不推薦雅美合奏，只是默默接受大師父的安排。這樣看來，雅美還是起步較晚，和蘭子尚有差距。那曲《枯尾花》只是剛剛學會、練習正勤，而有威脅到蘭子的氣勢。但是，蘭子絕不因此驕傲自滿，為了實證起步之差，必須持續清晨練習。

蘭子十八歲那年春天，以第一名自四年制縣立女中畢業。這時，已有零星上門談論的婚事，但她本人想再繼續學一絃琴，父母也捨不得太早嫁走獨生女兒，因此她以練琴的理由，在家中自由度日。她聽從父母的建議，重新學習以前學過的插花和茶道，也新學和服剪裁，除了去這些地方，中島町那邊走得比以前更頻繁了，「在市橋塾長大」的她，更在這裡度過大半的青春時光。

後來，當蘭子衰老、心境也平靜以後，回顧年輕時光，才明白大師父的存在，是當時她心中多大的興奮啊。因為常去東京出差，大師父的話題總是稀奇有趣，不只最先把錫製玩具、摺疊式皮包、酸酸甜甜的水果糖等東西帶回高知，灌輸大家各種新知識，也比師父好溝通。最重要的是，她對大師父的眼神到一舉一動，都帶有好感，這也可說是蘭子朦朧的初戀吧。

不過，戀慕男人的心思，是輕浮的商家女孩才有的，不是士族保守門風下、凡事都須立於人上之人的感情，這個規矩還留在蘭子心中，只是她未曾察覺。女校畢業後，同年齡的女孩都做著戀愛結婚的甜蜜美夢，她對這些不屑一顧，就像人們說的「跟蘭子談一絃琴，她就高興」，她一心一意關注的，還是塾中有大師父這事。

三百多個弟子來來去去，相關的傳聞通常會在同伴之間流傳一陣。夏初之際，蘭子聽到和雅美同出同進的雪江的奇怪消息。她是直接聽縣立女中的學妹說的。雪江家的便當店突然倒閉，雪江只好到新地的料理屋當藝妓。聽說他們家遭此不幸，是因為老實的父親幫人作保受到連累，不但全部家當都被沒收，雪江和妹妹也不得不賣身償債。蘭子想起最近是沒看到那個可愛圓臉的雪江，但只覺得那是和自己完全無關的遙遠世界，還告誡學妹說：

「還是別說人家的閒話比較好，在塾裡只要說練琴的事。」

任何學習總是有始無終，入門時規規矩矩問候的人要走時，學習自然變得斷斷續續，或是持續缺課，讓琴塾門檻變高了，別說是退塾時的致意，連告知要走的人都很少，消息漸漸杳然是常態。但是雪江的傳聞一直拖著尾巴，總不消失。如果是在維新前後的變動期間，士族女兒賣身並不稀奇，但在明治已經三十多年的現在，又是良家子女聚集的市橋塾中出了淪落藝妓的弟子，就是一件大事了。弟子們好奇心甚於同情心、又帶點興奮地談論雪江，毫不厭煩。

雪江賣身那天，平常笑口常開的她眼睛哭得紅腫，抱著一絃琴被人口販子帶走。她抱著父親的腿苦苦哀求，「讓我帶著一絃琴挨家挨戶行乞也好，藝妓這事饒了我吧。」在母親臥病、弟弟去做學徒的一家離散命運中，雪江感嘆：「我唯一的幸福，就是學了一絃琴。」這些傳聞不知是誰帶來塾裡，暗中傳述，弟子們雖然覺得悲哀，但也和蘭子一樣，像在窺看與己無關的戲劇。

蘭子本來就不喜歡談論別人的流言，尤其是她的潔癖氣質，更不允許她談論向醉客賣弄風情媚態的風塵女子。只要發現塾中有人談論，她都予以勸誡。就在梅雨過後、暑氣遽增時，她從父親嘴裡聽到這個流言。工作應酬很多的貢，那天很晚到家，一邊換衣服，一邊對在走廊乘涼的蘭子說：

「聽說新地的菊水樓有個會彈一絃琴的藝妓。唱小曲和彈三絃的藝妓是很常見，彈一絃琴的藝妓就稀奇了，很受客人歡迎。」

接著，又帶點憂慮的口氣說：

「不是說藝妓不能彈一絃琴，但願不會影響市橋塾就好。」

蘭子突然想起雪江，連番追問父親那個女孩的名字是雪江嗎？是在市橋塾學過琴的嗎？但是父親知道的不多，

「或許有調查的必要。」

話題就此打住。

但是，這番話在蘭子心中飛快轉動，那天晚上幾乎搧著扇子，直到天色發亮。她聽父親說起這事時，感覺是自己丟醜般瞬間滿臉通紅，心跳加速。那個感覺不但沒有隨著時間過去而變淡，反而愈來愈濃烈。

蘭子知道父親會擔心，因為他是清風會的幹事，但蘭子自己更不願意塾裡的醜事外洩。在蘭子眼中，父親只是塾外的人，坦白說，發生這種傳聞，她對父親深感抱歉。或許，她十六歲那年正月聽到展子和父親說的「繼承琴塾」，就像惡靈附身般，無形中決定了她未來不可動搖的命運。她無一日懈怠地認真練琴，是為了繼承琴塾做準備，盡量和顏悅色與師妹們交談，親身體現塾規示範，都是出於視市橋塾為己物的心態。

父親的一句話，或許只是流言的碎片，但蘭子感覺是抱住一個沉重的習題，一直留在心中一隅，不時激發自己。冷靜想想，一絃琴藝妓是不是雪江，並沒有確切的證據，蘭子卻認定是她，只因為這是父親指摘出來的事。不曾遭到貶抑的蘭子，認為擔任清風會幹事的父親揭露這件她視為己物的琴塾醜事，衝著代表琴塾的光榮，她必須設法洗刷琴塾污名，盡孝養之實。

但實際上，她並沒有什麼好主意。有天，心焦之下，約了展子一同回家，告訴她這件事，展子在塾裡也不怎麼傾向雪江，雖然很驚訝，卻只說了：

「啊呀，真是！」

就沒再說什麼，挖出展子的遲鈍，反而讓蘭子更生焦慮。

天滿宮的夏日祭那天，市橋家大門掛起了紅燈籠，還會請大家享用師父親手做的淡雪羊羹。中午過後，弟子們興奮地等候時間到來。蘭子稍微晚到，走進練琴室時，看見坐在兩個新人前面彈奏《今樣》的那個背影，一陣驚愕，繞到前面一看，果然是雅美。過去，給新入門者的示範演奏，除了靜以外，一直是她。她相當驚訝，假裝要去洗手間，快步走到庭園，蹲在洗手盆旁邊。為什麼撇開我而選擇雅美？她激動不已。雖然學習有先後，但都是拿到證書的人，找雅美示範彈奏，並無奇怪之處，可是她的激動無法輕易平息。雅美今天的頭髮還是沒上髮油，穿著漿得筆挺的白底浴衣，繫上普通的紅腰帶，模樣清爽煥發，一副就要超越蘭子、逼近代理師父地位的氣勢。

究竟是誰命令雅美示範彈奏的？推敲起來，在這非週日的時候，大師父不在，師父也坐在壁龕前聽其他弟子彈奏，可能是靜請雅美代勞，這樣想後，心情稍為舒坦。但即使如此，蘭子仍守住最後一條底線不願諒解，還是因為雪江。她認為雅美知道雪江的事，讓這樣的雅美示範彈奏，有違塾規。如果師父不知道一絃琴藝妓的流言，今後像重用自己一樣重用雅美，那將是琴塾之恥，是己身之恥，更對不起平常關心塾事的父親。

陽光燦爛的午後，庭園裡蟬聲聒噪，在洗手盆旁，連琴聲都聽不見了。蘭子把手帕浸水，擰乾後，暫時佇立原處，擦拭頸部的汗。練琴時間不許自由行動，但她回到練琴室時，座位已散開，正是快樂的茶點時間。今天來上課的約有七、八十人。木箱裡端出來的一個個小碟子上，裝著一塊塊軟綿滑溜的雪白羊羹，附上牙籤，依序從這雙手傳到那雙手。

蘭子突然看到，雅美也夾在靜和隅田等代理師父中間，精神抖擻地傳送廚房端出來的木箱，那模樣看起來實在像技勝一籌的代理師父地位。霎時，剛才的激動又回來了，自己都知道臉紅得發燙。

弟子們拿到點心後，重重圍住壁龕前的師父，開心享用，師父也笑吟吟地吃著，還說：

「夏天彈琴是和院子裡的蟬競爭，只要集中念力去彈，蟬也會認輸而沉默下來呢。」

才說完，像打暗號似的，聒噪的蟬聲一起停止，在舉座哄然的笑聲中，蘭子連最愛的淡雪羊羹都無法下嚥。

坐在中間的她突然高聲說：

「師父，有一件事想請教您。」

她越過所有驚愕回頭的視線，直視師父。

「師父平常就告誡我們彈奏一絃琴的規則，但如果有人收受金錢彈奏一絃琴娛樂別人，該怎麼辦？」

她一口氣說完。

瞬間，座中悄然無聲，師父平靜地用手帕按拭嘴角後說：

「那是什麼意思？請再說詳細一點。」

她安撫地看著蘭子，但是蘭子不肯罷休。

「就是不久前還在這裡學琴的戸梶雪江。她在新地當藝妓，聽說以彈一絃琴為賣點，大獲好評。師父說過，一絃琴不是喝酒助興戲彈之物，雪江這事您認為如何？」

蘭子太過緊張，變成詰問的口氣，聲音大得似乎不只要讓師父，也要讓舉座弟子們都聽到。她的遣詞用句雖然恭敬，但這是開塾以來首次有弟子當著滿座同學的面堂堂對師父說話，所有的人都不敢動彈，靜觀其變，師父眉間明顯烙上陰影。

「岳田君，那件事等一下再單獨跟我說吧，不論什麼事，都不要在大眾面前說別人的閒話。」

「不，師父。」

當時的情勢也無法阻止蘭子。

「我不是故意還嘴，但這事是家父告訴我的。家父也說，這個流言有傷市橋塾的名聲，大家非好好考慮不可。

「我們大家都是一心一意努力學習到今天，不能忍受和新地的藝妓擺在一起，如果雪江在客人面前吹噓和我們是同門，我們都會想哭。」

蘭子回頭望著大家，像在問：「是不是啊？」

師父表情難堪地說：

「我知道了。」

她暫且接受這個事實，既然打出清風會幹事的名義，不能聽過就算。

「既然是令尊說的，想必無誤，但為了謹慎起見，我們還要調查。」

「師父。」

蘭子再進逼一步。

「師父，如果是真的，您打算怎麼做？我認為就算把雪江逐出師門，也要保住琴塾的名譽。」

「逐出師門」這話脫口而出時，蘭子感到抱著的煙火砰然炸開，衝擊力道不但讓自己渾身發抖，一座的人也大幅搖晃，有人害怕得縮著肩膀。在心情激動、想直接訴諸師父之前，她心裡並沒有「逐出師門」的念頭，怎麼會突然脫口而出呢？大概是要對父親、對社會力挽琴塾名譽的迫切想法，在她腦中描繪出古時候最嚴厲的師徒規章，也期待師父能有贊同此想的痛快回答。

師父倒抽一口冷氣，表情冷凝，一言不發。像受到座中沉默的牽引，聒噪的蟬聲也戛然靜止，只隱隱聽到牆外嘈雜人聲夾雜著神樂鼓笛聲。那是天滿宮的鑾駕出巡，傳說鑽過鑾轎下方，夏天不會生病，所以信眾一路爭相追著鑾駕繞到中島町來。市橋塾師徒也習慣在門口列隊迎接鑾駕，送至路口，獻上供品，鑽過鑾轎底下。

可是，在這緊繃的氣氛中，無人敢提起這事。在熱得髮油都要溶化流下的暑氣中，也不敢搖扇。就在大家靜待師父開口之時，最後一排有人出聲。

「師父，很抱歉，關於那件事，請讓我替雪江申辯。」

是雅美。師父看到這平常低調含蓄的女孩眼中的苦惱神色，像得救似的說：

「妳知道原因嗎？別客氣，請說。」

雅美語氣沉重，一字一句為雪江說出心聲。

據雅美說，突然遭逢巨變的雪江告別大家後不久，就去新地了。雅美實在為她惋惜，有一天，帶著一絃琴去菊水樓探望雪江。完全不知道風塵世界的雅美以為菊水樓裡面也有可以彈琴安慰雪江的地方，

沒想到被帶進許多藝妓聚集的藝妓房間，立刻引來大家圍觀，

「哎呦，這女孩帶來稀奇的東西耶，給我看、給我看。」

「啊，這就是好人家女孩彈的一絃琴？」

手指靈巧的人拿過琴去，試彈流行的法界節和東雲節，也有人拜託雅美彈奏兩、三首曲子來聽。藝妓多半會彈三絃琴，有人很快就記住雅美彈的一絃琴曲調。

「意外簡單哩。」

大家七嘴八舌鬧過一陣後，不知是誰乘興抱著一絃琴去宴會廳演奏。

雅美說，事情就是這樣，雪江一直謹遵師父教誨，不會不知分寸在客人面前賣弄才藝。

「這都是我行事輕率所致，雪江是無辜的，要罰就罰我吧。」

她垂首扶地告罪。

在雅美的說明中，流言的主人不是雪江，而是一個有小聰明的藝妓賣弄亂彈，這樣，就和市橋塾沒有任何關係了。其實，不限於一絃琴，只要是簡單的管絃樂器，根本不拘何人何處製造、又如何彈奏。以前藩令規定三絃專屬盲人彈奏時，下町一帶也流行用三絃伴奏卑猥的歌謠。市橋塾提升一絃琴品格的事實雖不可動搖，但看不到的地方其實也控制不到。

師父的眉頭略為舒展，但蘭子把這些話當作是向自己挑戰，當著師父的面，膝蓋斜轉向後，說：

「那我要問問雅美，妳是說我捏造家父的話嗎？我特意把家父擔心琴塾名譽的話……」

蘭子這時早已忘記父親並沒有斷言傳聞的主角是雪江，雅美雖怯於她的囂張氣焰，還是努力辯白：

「不是，我絲毫沒有這種想法，只是聽到逐出師門這話，非常震驚，如果傳聞的主角不是雪江，卻陷入這個窘境，雪江和我都不知有多傷心啊，我只是想到這點。雪江現在的樂趣只剩工作空檔時彈彈一

絃琴而已。」

蘭子並不接受她的辯解。

「雅美，凡事都有個限度，感情再怎麼好，去探望墮入風塵的朋友，還彈珍貴的一絃琴給那種人聽，應該不被允許吧。」

蘭子接著轉回頭來，說：

「師父，謠言的主角即使不是雪江，光是挑起這種流言，就已使琴塾陷入不名譽了。始作俑者的雅美也該一起接受處置，不是嗎？家父一定希望這樣。」

蘭子的語氣愈來愈激動，最後連雅美也要一起處分的話都說出口，所有的人懼於這不尋常的事態，全都視線低垂，不敢抬頭。天滿宮的鑾駕已經過去，蟬聲大噪中，按捺不住啜泣的是雅美，師父瞥了她一眼，平靜地說：

「這話到此為止吧。一絃琴的地位確實很重要，所以我會好好調查，很快會做出大家都認同的處置。在那以前，這件事不許對外亂說。

「接下來的練習，照舊繼續。」

說完，起身回到裡面的房間。

坐在最前排的一名弟子，發現師父坐過的藺草墊上有兩條黑印，知道那是師父膝蓋滴落汗水的痕跡。師父平常不出汗，夏天穿著正式和服，看起來也清爽，今天這場議論竟然讓師父汗流浹背，但考慮到事態嚴重，她沒對任何人說。

收走碗碟恢復原樣的練琴室裡，展子和其他兩、三人湊到蘭子身邊，大家都不知道該說什麼好，展子拿著扇子幫滿面潮紅的蘭子送風。

「很熱吧，蘭子。」

另一個女孩也說：

「要把手帕打濕嗎？」

只能說些無關緊要的話，不只她們，除了雅美，今天列席的弟子心情都是這樣。也就是說，她們都讚揚蘭子名正言順的合理主張，對雅美只有些微的同情，但是即使同情雅美也不能忽視身為塾生的驕傲。要說她們的感受，最震撼的還是兩個都拿到證書的前輩激烈的言語交鋒，那平常就不是女孩該做之事，但是嚴格規範她們「不能爬樹、爭吵、過河」的師父並未斥責，只平靜地說要好好調查，這也是前所未有的事。正因為沒人對琴塾的存在方式有那麼深刻的想法，因此都受到了強烈的衝擊，不理會師父嚴格禁止外傳的命令，很多人還是忍不住向父母傾訴。

蘭子是其中之一，她完全不認為今天點燃舌戰的火苗有錯。反而對自己有勇氣解決父親也擔心的事情，感到滿足，也期待著師父會因此討厭那貼切詮釋《枯尾花》的雅美。

這事非稟報父親不可。

晚餐陪同父母吃飯時，蘭子述說詳細經過。

「是嗎？妳在眾人面前發飆啦？」

貢雖然驚訝，但沒有責備的意思。

「這或許也不是壞事，師父總會以某種形式解決的。」

他消極說完，又一改態度為全面肯定。

「蘭子的意見有理，對其他塾生，也要這樣不時給點刺激，振奮一下才好。」

那晚，蘭子數度回想白天塾裡的爭論，每一次都在好像有人輕撫背部的舒適恍惚感中解放自己。塾生雖有三百人，但沒有人像她那樣熱愛琴塾、守護琴塾，平常沉默寡言的她那樣條理分明，在舉座面前披瀝對琴塾的一片赤心，以師父為首舉座的頌讚聲彷彿湧至耳邊。大家都認為蘭子不只琴技優異，也兼具矯惡為正的精神和堂堂發表信念的勇氣，是心性堅定可靠的人。在這分自負之中，自認將來代表琴塾亦無愧的她微微探出頭來。

這件事如同父親的預測，沒有輕易做罷，大約兩個月後，是九月底的週日。

那天，代理師父指示：

「有重要事情宣布，大家往前面擠，安靜坐好。」

按照指示，並排而坐的弟子超過兩百人。

那天，庭園的聒噪蟬聲，被泉水四周如劫火燃燒般盛開的龍爪花取代，弟子們的緊張都鎖定那件事，身體比上次還僵硬。

不知是故意還是偶然，今天的練琴室中，除了雲海，還有四、五位家長，穿著家居服的大師父和家居服上披著黑外套的師父，背靠壁龕，並肩而坐，大師父開口：

「這次，耳聞市橋塾開設以來的不祥事件，誠屬遺憾。」

他面露憂色地說：

「自古以來，一絃琴是基於高貴傳統、培養情操、鍛鍊人格之物，絕非人前賣弄、酒席助興的工具，想必各位已知。但未能充分貫徹此念，而生此不祥事件，身為指導，我也難辭其咎，深自反省，並對犯禁者依本塾方針處罰。

「亦即，淪入藝籍的戶梶雪江，即日起逐出師門，爾後概與本塾無關。至於引發此事之仲崎雅美君，令其在家閉門思過一月。

「希望各位慎重看待此事，仔細思考，勿再重蹈覆轍，宜更努力學習，主動體現一絃琴精神。」

大師父不似平日，用非常繁文縟節的語氣發表對兩人的處分，大家對如此意外的嚴厲處分，一時驚訝，但是沒有人搜尋蘭子和雅美此刻何在。上次看到兩人爭執的部分年長弟子，也從大師父的正色宣布，了解事情的重大，在這還有逐出師門、閉門思過這種懲罰存在的塾中，感到某種恐懼。

塾規裡面並沒有明文記載逐出師門和閉門思過的懲處，蘭子脫口而出的話語變成現實並且宣布，讓她感到十分滿足。這不只在眾人面前證明自己的意見是正確的，也確實傳達出大師父和師父對於琴塾的存在方式，理念與她相同，父親交辦的難題也悉數解決。而且，雖然沒有特別意識到，但也不能說她沒有綢緞組不能輸給棉布組的爭強好勝心理，在她等於宣告大獲全勝的心中，憋了許久的悶氣一掃而空。

雅美這天沒來，聽說下個練琴日她來時，看到極力贊成公一郎處置的雲海書寫的告示，轉身就走。平常與雅美比較親近的年輕弟子，在就像懲罰罪犯的塾規處置前，也忌憚旁人耳目，不敢招呼垂頭喪氣離開的雅美，只是默默目送。雖然社會風氣已開，但是琴塾的方針即是師父的命令，她們不敢違逆，也因此促發她們在這裡是學習一絃琴的新自覺，塾中彌漫著更奇妙的空氣。

十月中旬的清冷早晨，苗像往常一樣，隨著雞鳴起身，是家中最早起床的人。當她正要拉開大門的門閂時，看見門縫間夾著一張疊紙。她抽出來，打開閱讀。

不過是連做茅房踏板都不成的一絃琴，只因藝妓彈奏與否，即下逐出師門處置。於此欲見一絃亦不得之世，豈非問罪之人己身之罪乎？

是以略帶習癖的筆跡寫的諷刺文。

苗的眼前灰濛濛一片，一個踉蹌，撐著門柱站穩後，立刻撕碎紙張，丟進門川沖走。河水下層混濁淤積，但清晨的河水上層還很清澈，潺潺流動。蹲在小橋上，撒落撕碎的紙屑，看著它們像花瓣般擴散，漸飄漸遠。看著還無人往來的街道，處理掉諷刺文的苗，耳中一直響著「己身之罪」四字，那正是事件以來夜夜浮上心頭的無比痛苦。

天滿宮神祭那天，苗聽蘭子打著父親名義、愈說愈激動的話語，想起「馬踏紫雲英，田中亦無聲」這個比喻。她是想把琴塾當作柔軟的紫雲英田，任憑三百匹小馬在裡面爭吵胡鬧，也不驚動外人。但弟子鬧事，她對公一郎會不好意思，想盡可能以一己智慧來解決。事情會鬧得那樣大，是因為想到蘭子父親和公一郎的關係，如果琴塾能按照己意自由處置，當時一定會在眾人面前嚴厲制止蘭子發言。她如果是蘭子，不會當著眾人的面直接訴諸師父，會透過代理師父轉述，或是在代理師父見證下悄悄告訴師父。想到這裡，她驟然感到，即使持續了十年的師徒關係，自己的心情絲毫沒有移轉到蘭子身上。指責弟子如同責己，是要完全追究自己的責任，但可以說蘭子真的沒有一點驕慢嗎？隨即便想起雅美低垂雙眼低調為雪江辯護的模樣。不提她們各自的說詞，兩者態度的不同，究竟從何而來？從而想起她們入門之時，一個認為琴聲華麗如絲線糾結，一個是聽到乞丐陋屋裡的孝女彈奏而決心學琴。這不是出身的差異，是天生性情的差異。苗做如此想的根據，是想起很久很久以前聽到龜岡琴聲而流淚的自己。而且，蘭子那種高談闊論的語氣，就連已經習慣人前說話的她都被懾服。因此，心中也暗自認同，那的確是從小備受誇讚、如同雲海所說天生才貌雙全的人才有的本事。

當苗按下這多餘的想法，平靜敘述事情經過後，公一郎斷然表示：

「就照岳田蘭子說的做吧。放置不管，有損琴塾的威信。趁著事情還沒有鬧開，立刻斷絕和仲崎及戶梶的關係。」

苗大感意外，平常諄諄告誡弟子不可回嘴的她想挽回。

「老爺，不能調查清楚後再處分嗎？」

公一郎口齒清晰、不顧一切地說：

「光是引起流言蜚語，以前的武士就要切腹謝罪了，琴塾的立場是重視名譽吧。」

以前，有關琴塾的經營，苗對公一郎的意見不曾提出異議，但是這件事，只聽蘭子片面之詞，並不公平，於是再度申辯。

「要說斷絕關係，雪江是早就停止了，但雅美獲得您親自頒發的證書，是塾中的模範生，依我看，這樣做太過分，也沒有前例。」

公一郎重新考慮，這種情況，徵詢清風會的意見比較妥當，但為這事召集幹事會，又過於誇張，於是決定先和平常比較談得來的兩、三個幹事商量，苗也想等他們商量後再做打算。

可是，因為都曾是衛戍部隊的關係，公一郎商量的兩個人，意見比他還嚴苛。

「沒有上士輸給步卒的道理，就算現在沒落了，瘦死的駱駝比馬肥，士族就是士族。」

「應該就此展示琴塾的權威，為了今後，處置不能手軟。」

反而搧風點火，一副無論如何都不退讓的架勢。

土佐人性情激動，有凡事不做到底絕不罷休的傾向。苗雖然清楚公一郎的立場，但聽到這毫無思考餘地的最後通牒時，心中一片漆黑。結婚以來，她沒有一點違逆公一郎的念頭，就連自己領導的琴塾，經營管理都採取「丈夫的指示就是我的想法」的方針，此時，她第一次感到自己心裡萌生別的枝葉。

但她沒有顯露內心的激動，當公一郎爽朗地說：

「不祥的事最好從根截斷，下個週日我會向大家宣布。」

「那就交代靜，請她安排吧。」

她表面上雖然接受，心情卻沉入無底深淵。那天晚上，難得的沒有做任何事，也很少說話，早早上床。

她一直追問自己，聽到逐出師門、閉門思過這些現在聽來都覺得可怕的字眼時，為何無法抗辯？論是非曲直，蘭子的主張或許是對的，但是琴塾和一絃琴的格調，什麼時候高到要如此嚴厲地處分弟子？尋思起來，令她驚愕惶惑。她也生長在模範士族之家，思想深處未必沒有輕視步卒和商家百姓的自負，但前提是，音樂是四海平等，任何人都不能妨礙它的廣泛普及。

縱使塾裡有那樣的規定，在東京帝大學法律、已是知名律師的公一郎，平常不也把「法律即人」當作口頭禪？這種小事不是可以睜一隻眼、閉一隻眼就過去了嗎？她怯怯窺看自己反覆思索的心中，發現在不得偏袒弟子的公正中，還是有著特別憐惜雅美的心思；而在這反面，則有覺得蘭子可憎的惡意。正因為羞愧這兩者都是偏離人道的感情，只有努力壓抑，在違反自己意思的懲處發表後，心中如壓上重石般疼痛。

那天，低調辯解的雅美眼眸清澈透明，愈說愈激動的蘭子眼眸，也無一點可憎的陰影，能那樣熊熊燃燒，是因為她堅信自己是對的嗎？即使如此，苗還是拿她與自己黯淡的十八歲來比較。

「那孩子為什麼總是那種一無所懼、洋洋自得的高傲態度呢？」

其中，確實浮現出公一郎的影子。

苗不是要戴著有色眼鏡來看，但是練琴時、休息時、懇親會時，公一郎對蘭子必定比對其他弟子多說兩、三句話，那可能被理解成是帶有感情的話語。蘭子回應時眼中喜悅的光采、臉頰的微微泛紅，絕對不是小孩子的童稚反應。想到這裡，突然一股熱焰在她體內擴散。公一郎偏袒蘭子，跟自己偏心雅美有點不同，那是超出琴技評價、單純的男人與女人……她猛然回神，嚴厲憎惡成為這種卑賤感情俘虜的自己。她相信從年輕時就毫無趣味，被喻為「石部金吉鐵之丞大人」的公一郎的堅定，而且，小時候聽祖母講過「石童丸」的故事，說到男人看到女人頭髮變成蛇糾纏在一起的幻象，突然厭惡浮世而出家為僧，她做夢也不願意把這心思想成是嫉妒，因此不得不贊成公一郎的處置。

這回，她深刻感到帶領眾多女孩的琴塾之長的難為了。青紗蚊帳中，一夜悶悶到天明，但是來到眾人面前，依然不改清澈如水的平靜態度。年輕時開始，她的忍耐度就不落人後，但各個時候的情況不同，自己該屈服的地方也不同。不過，她還是在心裡設下防線，再怎麼不對，都不要懷疑公一郎和蘭子的感情。

堆積這分心情的處分宣布時，以及看到那張諷刺文時，她愷切知道下町人對琴塾的敵視，預感雅美恐怕就此離開琴塾。

苗認為她是不知融通的耿直孩子，交代她要閉門思過，她在堅定執行、不碰琴也不出門後，一定會自行抽身走出人們的流言之外。但是一個月的閉門思過期間過後，雅美還是出現在練琴室。她形容憔悴、神情落寞，苗不覺有股奔到她身邊說說話的衝動，但是宣布處分後的塾中空氣，讓平常就不會那樣行動的苗更加自我控制。

「這孩子果然真心喜歡一絃琴。」

勇敢啊，不凡啊，苗在心中獨思，心意突然失去平衡，想以不論身在何處都只豎耳聆聽雅美的練習，來代替不能去安慰她。

翌年，世道平靜，沒有直接影響百姓生活的大事，頂多只是前年流行的「鐵道唱歌」如今也蔓延到土佐。在這昇平的世道中，市橋塾欣逢開塾十五週年，曾經拒絕清風會提議舉辦十週年慶的苗，這回在眾人強力勸說下，對「加強琴塾制度和出版教本」的計畫有點動心。

塾生總數有增無減，三百多人全靠三位代理師父和苗一人處理，難免有顧及不到末端之憾。公一郎也表示，想將過去一次考試通過才能拿到證書的制度改為分三階段應試，以鼓勵弟子。更重要的是，苗自己早就覺得有出版譜本的必要。現在塾中使用的琴譜是真鍋豐平在嘉永元年編寫的《須磨琴入門》前後篇，這個譜本收錄的曲子很少，弟子必須將其他曲子一一抄寫在紙上。在大部分曲子還是口述的狀態下，經過歲月流轉，或是末端轉述過程中有所曲解，恐有變成完全不同曲子的顧慮。

苗細數記憶中的曲子，從啟蒙的龜岡、宇平塾和有伯三人處直接學到的曲子，確實超過兩百首，加上聽會的曲子，數目實在龐大。從中取捨選擇，定正曲、製正譜、傳於後世，是推廣一絃琴不可或缺意義重大的工作。只是，制定譜本，不是口頭說說那樣簡單，有些曲子類似，節奏混合、歌詞錯誤的情況不少。公一郎也形容這項作業，猶如撿拾桂濱的小石頭，一顆顆用清水沖洗後，再排在一起比較，挑選出想要的那樣困難。但這不只是為了土佐一家市橋塾的方便，以後推廣到全國，將是比任何東西都珍貴、具有堪與西洋五線譜比擬之普遍價值的寶貝，因此清風會也召開幹事會，一致決定全面支援。

在這背後，也有高度評價市橋塾對逐出師門事件的態度的意思。幹事之中，也有有意扶植機構與內容皆臻完整的市橋塾成為女子音樂學院的念頭。清風會選出六位聽力過人的編纂委員協助此事，但若非實際彈奏者，沒有直接助益，苗還是決定單靠己力，撥開古曲的記憶，進入抄譜階段後，再由三名代理師父協助。沖洗一顆顆小石子，凝神靜聽藏在石子中的海潮聲，還是自己一個人去體會進行比較容易。

起意有這番作為時，苗五十一歲，兩鬢散見白絲，但依然耳聰目明，齒牙不缺，還有不輸年輕弟子的充實氣力。每天，弟子回去後，她還留在練琴室，有時忙到入夜，還不休息，打開電燈，把記憶寫在紙上，落筆時又生起別的記憶，彈彈寫寫，努力不輟。約一年半後，選出四十二曲，完成分等定級的作業。琴譜是直寫從一到十二的音階，右側以假名註記口述的三絃琴音，雖然沒有表現節奏的微妙處，但聽慣的曲子可以依譜自行練習。原有的曲子中，分古曲和新曲，古曲是源自遙遠古代的古傳之曲，收進《今樣》、《須磨》，放棄艱難的《古操》，新曲則從嘉永年間以降、大量產生的曲子中選出三十七首，另外收進箏曲的《六段》、《八段》、《刈菰曲》三首。新曲是以練習曲和間奏為主，也收入較難的《殘月》、《雪》，但有關情愛的曲子，一首也沒有。

她很早就對弟子說：

「寄情花鳥的情愛詩歌還可以，但不宜以一絃琴彈奏思念男人的歌曲。」

這是因為考慮市橋塾的教本還肩負教育女子的目的。

放棄《朝妻船》、《戀之橋》等雖然可惜，但在肅穆的練琴室氣氛中，是不宜朗朗吟唱這些曲子的，再考慮甜蜜戀情的旋律盪漾餘波，優先貫徹塾規的想法自然生起。大概，在她討厭「戀愛就像發情貓」話題的心底，也有連她自己都未察覺的少女時代不懂戀愛造成的怨懟吧。

在她逐一捨棄戀歌的另一面，卻一直心繫那首名曲《漁火》，直到最後，都無法決定取捨與否。《漁火》不是戀歌，卻是蘊含她這一生唯一動心的曲子。有伯或許察覺到她的孺慕之情，曲終的「無明之夢莫醒轉」，清清楚楚寄託了他為此情煩惱迷惘的心思。連那個言語刻薄的紋之助都毫不吝惜地讚不絕口，她自己修業的幾十年間，也難得遇上這樣的佳曲。如果就此捨棄，恐怕以後永無重現之日，實在可惜。但是，直到今天，她都不曾傳授此曲給任何人，也不曾在人前彈奏過，擅自將一直祕密珍藏的東西突然收入正曲中，還是相當猶豫。

說真的，她很想只對清風會選出的編纂委員或公一郎演奏，聽取意見，但那就像把自己赤裸裸的心突然暴露在人前一樣，一時還無法決定。後來，她又有了新想法，想讓一直覺得和自己年輕時模樣重疊的雅美聽一次，在琴塾目前的狀況下很難得遂的這個願望，愈是壓抑，愈趨濃厚。

遙遠歲月中的某一天，在有伯簡陋住家的入口，她第一次聽到此曲，雙腳像被釘住不能動彈似地感動。氣質和彈奏都類似她的雅美，經過這些年的薰陶，是否能虛心聆聽這首曲子呢？這分期待一直藏在她心中，終於決定付諸實行，是在四十一首正曲幾已決定、譜本接近完成的早春時節。三百弟子中獨挑一位、又是曾受閉門思過處分的人，在授課時間外找來，如果傳了出去，會有麻煩，但現在她有譜本作業艱困這個堂皇的擋箭牌。還有一點，是她心底深處已隱隱感到，那件事以後，雅美雖仍低調來上課，但從已逢雙十年華和家庭的狀況來看，想必不久也將離開琴塾。女孩子總要出嫁，從家世來看，很難嫁到一個能讓她繼續學琴的婆家。

苗在中島町掛起招牌十多年，前前後後培養近七百位弟子，但拿到證書的只有七、八人。而且，在她眼中，這些人都還各有缺點，只有雅美的琴技完全符合她心意。既然如此，原原本本將她的真實心意移轉給雅美，身為塾長，這一點任性，當不為過。這不是背叛公一郎，而是自己的一種專心致志。

非上課日的一天午後，雅美跟著苗派去的使者回來，以為又要挨罵，神情緊張。但苗什麼也沒說，只告訴她：

「雅美，能靜靜聽我現在要彈的曲子嗎？」

苗讓低垂著肩頻頻點頭的雅美坐在面前，向琴深深一拜後，立刻彈起前奏。

琴是白龍，彈奏者是琴藝高超的苗，在門窗緊閉的寬敞練琴室裡，從前奏開始，琴音拖著清寂的餘韻。繼「八十氏川多杭椿」的清唱之後，歌聲漸漸高亢，「平等院內後夜鐘」後，她也以全身力量抓彈出有伯當年以奔騰之勢彈出的間奏部分，然後靜靜移到「無明之夢莫醒轉」，最後「欽」地一聲收琴。

當苗抬起臉時，雅美早已跪下，扶地深深叩首，說：

「師父，謝謝您，謝謝您。」

苗看著平日沉默寡言嫻靜的雅美感激得全身顫抖，自己也感動得滲出眼淚。視線移往北窗，看見杜鵑小山的後面，春光中怒放的備後梅，白燦勝雪，想起這首《漁火》誕生迄今的三十多年歲月。曲子的命運著實不可思議，她如果照當年的暗誓，終生放棄一絃琴，這首曲子勢將連同她對有伯的回憶一起埋葬。縱使她還會彈琴，但如果沒有遇到雅美，也無法堅定將它編入正曲的決心。

想到這裡，或許該道謝的是自己。她在這猶如心靈被洗淨的思緒下，說出要傳授這首曲子，並清楚交代欣喜得眼睛發亮的雅美。

「這個要求或許很難，但妳今天一天內就要記住。以後也不要隨便在人前彈奏，也絕對不能忘記。拜託了。」

一如苗的期待，黃昏時，雅美已記住《漁火》全曲，她回去後，苗的心房豁然開朗，有股無法形容的安定感。這首曲子如果收在正曲譜本中，確實是可以流傳下去，但是一絃琴譜不像五線譜那樣精確，無法標出很多細微轉折的地方，最重要的是，如果不傾注心力口述，就無法正確教出曲子的氣氛。琴譜終究只是為防止記憶後退之物，光是看譜，很難彈出完全未知的曲子。不管今後人世如何變遷，只要移植給了雅美，即使苗死後，只要雅美還活著，曲子就還存在，因為已加入譜本中，也可以別的方式再傳給其他的琴手。

那夜，苗細細思量差點讓這首曲子滅絕的危險。從須磨發祥、在京都大阪成長的一絃琴，在本家已然式微的現在，在土佐一地、而且都是女子的市橋塾相傳不墜，盛況綿延，自己身為塾長，卻一直拘泥於過去，這分狹隘，實在有憾。她不曾像今天這樣，覺得歲月之功值得感謝，五十二歲了，第一次感覺陽光照進眼中。

苗辛苦完成的一絃琴正曲譜本是全國唯一的一絃琴譜，成為後來彈奏者很大的指導。原稿成於明治三十四年（一九〇一）三月，在庭園杜鵑盛開的六月九日，市橋塾舉行木板印刷裝訂本的開帙儀式。

苗不喜歡華麗的活動，過去除了新春初彈以外，連發表會都盡量避免。因此，儀式日期決定後，從公一郎到下人，霎時忙碌起來，園丁、房屋裝修師和榻榻米師傅頻繁出入。清風會更是活躍，連夜在練琴室裡開幹事會議，讚揚市橋苗的偉業同時，也意氣昂揚，塑造這個「不僅讓高知縣，也讓全國知道市橋塾高雅有品味的盛況的機會。」

所以原則上雖是市橋塾主辦，但實際業務幾乎都由清風會負責，苗只需說出希望，然後一切交給他們即可。協商費時是為了嚴選來賓，在市長及其他縣市名人之外，苗堅持加入以前宇平塾的同門，就所知的消息，寄送請帖。其實，她最希望坐在壁龕前第一排觀賞這可能是她今生唯一盛會的人，就是佐竹紋之助，但她還是按下再度走訪潮江山墓園的心思。她安慰自己，或許，紋之助已非此世之人，如果還活著，當天在宅邸外也可以聽到華麗盛大的演奏，那是最適合他的聆賞方式。

此外，苗幾乎每晚送茶過去的幹事會議席，熱中談論琴塾繼承人這個話題，令她有些介意。幹事們以雲海為首，都是熟知琴塾內情的人。

「雖然晚了一、兩年，不過，這次也可當作是師父的五十大壽，聽說在長生壽宴中決定第二代繼承人，大吉大利。」

「要立繼承人，就要從弟子中挑選。本來應該是傳子衣缽，如果沒有，肯定是要弟子繼承。」

有人說得更具體。

「說到改革琴塾的制度，師父當然是校長，代理師父是教師，但中間安置一個下任校長，也就是校長後補如何？這樣，市橋塾的架構就鞏固了。」

每次聽到這些話，她都當作是大家希望琴塾更加發展的好意，就連公一郎也愉快附和。

「是啊，說得有理。」

苗在一旁，也笑著聽聽就算。

這個原以為只是茶餘酒後助興的話題，突然變成紛沓而來的壓力，是在開帙儀式前不久。

那夜，來寫請帖的雲海把白信封攤在房中等墨水乾時，點燃一卷菸，輕鬆地說：

「等一下要寫儀式節目單，怎麼樣，把宣布繼承人這個項目加在最後吧？或者出其不意，在餘興節目之前宣布，也很有趣。」

苗驚愕得如同一把利刃刺進胸口。

「啊？」

一時找不到回應的話。

事情已經發展到這個地步了？她懊惱還一直糊裡糊塗的自己，眼前彷彿一時罩上黑幕。當大家說要為她辦五十壽宴時，她輕鬆地聽過即忘，是因為她毫無老的自覺，從沒想過自己的年齡在世人眼中如何。的確，俗話說：「人命五十年」，四十過後，陸續聽到同年之人的訃報，但是直到現在，她還和年輕時一樣能津津有味地咀嚼晒得乾透的醃黃蘿蔔，看報寫譜都不需要老花眼鏡，尤其是計畫出版琴譜以來，自覺體內充滿了前所未有的體力和氣力。而今，人們如此迫切地談論繼承人，不外是看到她的衰老，感知她引退之期將近。這樣想時，不禁滋生一股年華老去而起的悲傷。

此外，不管多想正面解釋那些話語，沒有子嗣的心結，終究無法紓解，聽到繼承人這個詞，思緒總是往那方面去。縱使是男孩，只要有孩子，旁人不會這麼肆無忌憚急著討論這事。在聽到雲海的話以前，她都把那些話當作是為琴塾著想的善意，拂去心中的介意，但想到人們談論時那已經決定的口氣，那些瞬間又變成類似敵意的感情。幸好，她有長年在心中培育的忍耐做為武器，身為三百多弟子的大家長，更加磨練有成。因此，在雲海面前，不粗魯追問，也不顯露驚慌之態。

幹事會這樣挑明地說，或許已得到公一郎的同意。公一郎天生與人為善，預料她凡事皆順從的性情，應該是輕鬆認為：「為了如同我們孩子般培養的琴塾未來安泰，現在打樁墊石，妳應該別無異議吧。」而推動這事。即使如此，他究竟看中誰來繼承呢？想到這裡，苗突然感到無法呼吸，胸口凝結，心情再也開朗不起來。不論如何，她還沒有主動盤問緣由的勇氣，只能一心相信公一郎。

苗自覺出生以來最盛大的儀式日益接近，她雖然不管雜務，心中的緊張仍日益升高。慎重決定當天弟子演奏的曲目和人選時，她也接受周圍強烈的要求，將親自彈奏大曲《殘月》。在宇平琴塾，《殘月》也是出師前最後教授的曲子，間奏的技巧細膩艱難，而且，自古以來，認定演奏者必須是具備相應品格之人。在塾中，三名代理雖然知道此曲，但無法自在彈奏，獲得證書的弟子中也無人學過。

每天客去人散的深夜時分，苗把白龍琴放到廊前，獨自練習《殘月》。接觸一絃琴數十年，每次總是全神貫注地專心彈奏。此刻面對大曲《殘月》，再次感受到少女時代跟隨有伯學琴以來的激昂心情。那時，曾經埋怨師父為何如此嚴厲，而今才知，每一節嚴格鍛鍊矯正的成果都活在她體內。體內充滿意想不到的力道，在忘我彈奏中，感到衣帶周圍都已汗濕。有時候霍地起身，打開玻璃門，花期雖盡，迎接枝枒時節的清涼夜氣依然舒暢，嵌著蘆管的手指就掛在門框上，茫然佇立。

在舉塾緊張興奮的氣氛中，隨著日子接近，蘭子不時感到心臟亂跳，深怕別人察覺她心中的激動，於是緊跟著便環顧四周。自從十六歲那年正月聽到展子悄悄透露那事以來，一心期待的日子就是開帙儀式那天嗎？想到這裡，兩頰不覺微紅。昨晚在玄關迎接父親回家時，父親問她：

「師父有說什麼嗎？」

蘭子搖頭說：

「什麼也沒說。」

父親的表情似有所知，看那樣子，可能清風會幹事們已經談妥了。

蘭子擔任第二代塾長的事情，猜不透會以什麼形式宣布。是突然在開帙儀式中宣布，還是師父在事前告知她，或者，先知會蘭子父親再轉告她？躺在床上想像這些個場面，心情漸漸亢奮起來。蘭子一直有著不管形式如何、但時間正漸漸接近的預感，因此昨晚父親問起時，更激烈挑動她的心情。同時，她也把這想作是父親非常期待她能成為繼承人的表現，興奮地以為，還是在開帙儀式當天滿座來賓面前風光宣布，更讓父親高興吧。

琴塾方面，不久即把儀式節目大綱發給弟子，並貼出當天的演奏曲目和演奏者姓名。除了邀演的外賓、三名代理和師父的獨奏外，弟子演奏的曲目有《井手之花》、《須賀之曲》、《後之月》、《明石》、《伊勢海》、《四季山》、《八段》等七首，從三百弟子中選出六十人，少則五人、多則十人一起合奏。蘭子的名字在《四季山》下面的五人之首，雅美的名字則未出現在任何曲目下。

仰望布告的眾多眼睛似乎認為這六十人未必是按琴技高低而選，在竊竊私語聲中，蘭子忽然聽到：

「當天都要穿繡有家徽的黑色正式和服，穿不起有家徽的單衣和服的人名字不會出現在這裡。」

整個五月天穿夾衣和服還可以，但六月開始換穿單衣，還未出嫁的少女雖然都沒有黑色單衣和服，但有錢人家可以立刻訂製出來。那個聲音中有著不同於羨慕和嫉妒的現實體認。

蘭子聽到後面有人叫她，推開人潮走出去，是代理師父靜，說師父叫她過去。師父從來不曾叫弟子進她房間，蘭子心跳個不停，突然想起父親。自從那天被問以後，她心裡總覺得虧欠了父親什麼，今天或許能讓父親高興了。她期待那一瞬間，緊張地進屋，師父平靜如常。

「儀式當天，妳代表弟子致賀詞。本來內容應該由妳自己來寫，但這次是重要的儀式，所以先準備了草稿。妳和靜商量後，把這個謄在白紙上，好好練習，當天別出錯了。」

代表弟子致賀詞，肯定是當天最高的榮譽，但心中壓著繼承人這事的蘭子，拋不開期待落空的感覺。回家吃晚飯時，垂著肩膀向父母報告這事，父親高興得猛點頭，轉頭對母親說：

「是嗎？我也預料可能會有那個安排，全國第一的市橋塾弟子總代表，這就如同得到蘭子琴技僅次於師父的保證。」

平常不管瑣碎事情的他，這時難得地特別關心，希望蘭子當天的氣勢不能輸人，要花大錢訂製最高等級的黑色家徽和服。

父親問的「師父有說什麼沒有」，就是這件事嗎？蘭子一時安下心來，但回到自己房間後，思緒自然又流向繼承人那邊。前後四年間，她一直細心培育這棵希望之芽，如今牢牢生根、繁榮自己的將來，已然無疑。父親雖然沒有明說，但大人之間可能已經談好，或許會在慶典之後突然宣布。這麼一來，整個塾中最盼望六月九日到來的，不就是自己嗎？

擔心梅雨來搗亂的當日天氣，上午十點時已是晴空萬里，微風輕送，庭園中豔紅、緋紅、朱色等色澤差異微妙的杜鵑叢叢盛開。一塵不染的練琴室，外面張掛著紅白布幔，裡面拆下隔間，壁龕也鋪上白綾，擺上正曲譜本、香爐、用紙、硯臺等。上座右側是五十多位來賓的坐墊，左側是塾長市橋苗的座位，儀式訂在下午兩點半準時開始。

這天，來賓皆穿著一等禮服的黑色家徽和服，弟子們能籌辦出來的也都穿上五徽和服，依序坐在席前。大家坐定以後，儀式主人苗身穿舊有的黑色家徽和服，頭髮也是自己梳的樸素髮髻，向眾人深深一鞠躬。

「我編纂的一絃琴正曲譜本，雖是粗拙至極的作業，但終能完稿成冊。今日欣逢開帙儀式，承蒙多位嘉賓蒞臨，誠屬光榮。」

平穩周到的致詞後，一名代理師父捧著白檜木方盤上的綵帶束，向來賓和儀式主人展示、行禮後，由清風會會長高知醫院院長千金田井瑞子膝行向前，捧起壁龕前的譜本，向師父展示後，再向來賓、弟子們展示。接著，由另一位代理師父宣讀訂製譜本的簡單經過，最後由弟子代表向師父獻上賀詞，叫到了岳田蘭子的名字。

蘭子穿著天蠶絲縐綢染出秋草花色的黑色闊袖和服，繫著織錦帶子，碎步走到師父面前，以吃齋念佛般的恭敬心情高舉抄寫的賀詞，用長年學琴鍛鍊出來的嘹喨美聲，朗朗誦出。

松風吟動，千代之壽，悠揚不絕。清明治世，君恩浩蕩，唯心所感，猶勝生母。苗子之君，今世授我，雅樂之道……

流利朗誦著古典音調的華美文字同時，蘭子的心也漸漸掉入恍惚的境界。

今晨五點起床，梳起高島田髻，插上祖母留下的玳瑁髮飾時，梳頭師不停挑起她婚事的話題。

「只要大小姐點頭，什麼好姻緣都有，保證其中有特別優秀的。」

蘭子照樣冷冷回應：

「謝謝你，不過，我現在還不想嫁，我有琴。」

沒再多說。

對於結婚，蘭子還沒有想法，但是率領擁有三百人的高雅琴塾之夢，已鮮明擺在眼前。師父只是琴技高超，大師父只是讓人喜歡，蘭子的夢想則更加膨脹，遠比那不知結果如何的婚姻更加強烈吸引她的心思。今天的師父，在縣長為首的高知縣名流齊聚一堂的莊嚴隆重席面上，既輝煌又光芒四射，有一天將會取代那個地位的自己，正代表大家獻上感謝和祝賀之詞，對此充滿無以言喻的滿足感。

蘭子淡妝的臉頰更紅，繼續高聲朗誦：

「師恩深重，更不待言。濟濟多賢，同侍尊前，榮喜之心，達九重天。嗚乎、敬具。」

清亮的聲音在結尾時拉高一階，深深一拜時，彷彿看到師父眼角微微閃光。

接著是來賓輪流致詞，然後是紀念演奏會。蘭子再次趨前，擔任《四季山》的演奏人之一，之後是大阪請來的兩位箏曲名家贊助演出。當盲眼的坂部檢校彈完祝賀曲《雲上》、東檢校彈完《羽衣》，最後是苗的《殘月》。

琴塾從沒正式辦過演奏會，沒有人聽過苗的獨奏，更別說是祕曲《殘月》了，大家都屏息以待。苗彎身向前，向琴一禮後，輕撫白龍，緩緩彈起前奏。歌詞初唱時低沉而落寞：

岸邊松葉掩，月向海上移。
世如無常夢，由來最易醒。
悟覺皆有死，即住真如境。

之後是一長段間奏，進入終章。

幽幽無消息，又逢忌日來。

又逢忌日來。苗的聲音深深透進聽得出神的眾人心裡，拖著長長的尾音，斂聲之後，有瞬間的沉默。直到有人從夢中甦醒，一聲長嘆後開始鼓掌，眾人才隨聲附和，如雷掌聲響遍練琴室裡，久久不息。這曲不只聲聞縣內縣外、也將傳諸後世的《殘月》，贏得當日一名在座來賓的讚嘆：

「這已近乎神技了。一節吟唱、一段彈奏，都帶有無限餘情，像是點點珠玉，落在聽者心中，一根琴絃能感動人如此，音樂的力量實在驚人。」

接著，廣開慶宴，各色料理陸續端進大廳，座中一轉而為熱鬧的氣氛。蘭子忘記了沒有宣布繼承人這事，呆呆佇立走廊一隅。師父演奏的氣勢何其凌厲磅礴，到現在還讓她驚嘆未定，餘韻猶在耳中繚繞。那副瘦削身軀不但湧出莫名的力道，而且拍子精準，一撥一彈，深入不亂，加上聲音柔韌有勁。正因為她不曾聽過師父演奏，所以此刻受到的衝擊無法以言語道盡。今天是不拘師徒身分，大家同樂，弟子們混在來賓中，圍著各色杯盤，話題都集中在師父的演奏上。蘭子聽到那些「淡泊之趣」、「澄澈的音色」、「典雅的極致」等讚語，心中隱隱感到不對勁。

師父的演奏聽起來確實是音色清澄、典雅含蓄，但蘊藏在那根絃下的，是如鋼鐵般堅硬、可以顛覆別人的自信。所有的讚語都點出她的天賦和鑽研四十年的努力成果，但蘭子還看出師父那不容人接近的隱藏心思。「師父該不會？」蘭子心緒躁動，無法不認為，「雖然不太可能，但今天的演奏是向我展示實力的意思嗎？」剛才在致詞時念到「猶勝生母，苗子之君」，難道師父確實是向傳言將繼承其後者展現父母的潛力嗎？這麼一想，今天眾口交讚、無可挑剔的演奏，或許也是師父暗中向蘭子挑戰。

「不能彈到這個程度，就不能繼我的衣缽。」

蘭子的心突然揪緊起來。

來賓和清風會的成員喝了酒，個個表情鬆懈，到處有人大聲划酒拳，也有人抱著酒壺走到薄暮時分的杜鵑假山。蘭子想躲開雲海等人的美詞諛言。

「噢，這位是弟子代表，美貌美聲朗誦美文的風情，煞是動人。」

往廁所走去，忽然想起雅美。她不在今天的演奏者之中，但只要是在籍弟子，應該會全體出席擔任接待工作。蘭子並無意搜尋，但繞過玄關回來時，看到拿著「脫鞋處」木牌站在那裡的雅美。

大門到正門鋪板之間，一旁架著木板，充當特製的脫鞋場，穿著平常的雅美和四、五名新進弟子，忙著遞送早歸客人的鞋子。

「唉，看管鞋子的。」

蘭子心中掠過一絲憐憫，但只是一瞬間，回到大廳時，她腦中已完全沒有雅美，代之而起的是一股安穩的溫暖想法。

三年前的那件事，蘭子只想到琴塾的名譽，鼓起勇氣向師父進言，但也不能斷言她完全沒有「師父就此討厭雅美」的企圖。果然，閉門思過的處分之後，雅美的影子完全淡化，師父沒再和雅美特別交談，但也不能說她就此完全斷絕疑慮。塾中賞識雅美琴技的人很多，雖然沒有說出來，但她們同情雅美的際遇，蘭子也感覺得到。今天，當她們看到一個是弟子代表、一個是看管鞋子的對比後，自能判斷兩人在塾中的地位，也會收斂多餘的同情吧。今天的任務分派是師父的意志，師父的意志在這塾裡是絕對的權威，因此，如同藉此對那件事做出最後的了結。

座中相當騷亂，眾人各自表演餘興節目，可能事先有所準備，有來賓精心裝扮、在壁龕前跳舞。哄然爆笑聲中，弟子們也不服輸，變戲法或聲音模仿，蘭子也被要求獨唱《美麗的天然》。當輕快的歌聲唱出「人們愉快聽著、這美麗天然的音樂」時，她體內除了先前的安穩，又加上類似鬥志的新力量，滿面紅潮地在掌聲中唱完整首歌。撰寫賀詞的文士谷脇素文將當天的情景，詳盡寫滿了十張紙，加上畫家山岡清翠的素描，贈與市橋塾，市橋家以此為傳家之寶，慎重保存。

儀式順利結束後，練琴的日子裡，弟子們也都心情鬆散，任憑薰風吹過敞開的大廳，爭相談論盛大儀式的情景，師父也不斥止。在這琴塾內外都還浮躁的氣氛中，蘭子已從儀式隔日起，更加認真早上的練習，無一日懈怠。既然接受苗以《殘月》挑戰，她就要有青出於藍的堅定心理準備。師父七歲開始學琴，自己八歲起步，這一年的差距，只有以練習量來填補。那天雖未宣布繼承人選，但看到雅美負責看管鞋子，塾中再無其他相當的對手，她已毫不懷疑地相信，最近定有消息。

聽過《殘月》以來，蘭子似乎已清楚看見學琴的目標，除了尋求師父那種化名匠雕琢為音的端正外，也要讓人對自己的琴技刮目相看。即使如此，蘭子還是常常陷入沉思，別人形容是淡泊、但她聽來蒼勁如鋼的琴聲，是從平日溫柔敦厚的師父身上何處發出來的？師父從小跟隨男師父學琴，自己則在都是女生的市橋塾成長，是這個差異的關係嗎？若要指出師父演奏的唯一缺點，就是琴趣略顯寂寞。如果是她，在滿座嘉賓的慶賀席上，會再調緊琴絃，多一點歡樂氣息。她心中能萌生這細微的批判之芽，不外是日日盡力勤練之功。

這個時候，蘭子用的還是八歲那年秋天在松葉屋買的櫻花扇面琴。十一年來，未曾一日歇息地彈奏折磨下，共鳴的音色雖好，但終究不出學習用琴之域，最近特別感覺它的界限。尤其是聽過師父演奏《殘月》那把琴的聲音後，愈發嫌棄這把老舊尋常的琴。開始覺得，若是寄望琴技更上層樓，就要有一把能激勵自己的好琴。某天，蘭子幫靜處理事務時，隨口問起這事。平常總是對新弟子說：「弘法無需選筆，有選琴的時間不如拿來練習、練習」的靜，以像透露重大祕密的語氣說：

「師父絕對不讓別人碰觸那把琴，我只看過一次，名字是白龍，背面有圓形圖案的印記。尺寸是屬於男人用的琴，以普通力道無法彈奏，除了師父，沒人彈得動。」

語氣中清楚顯露對「師父可望不可及」的仰慕。

靜的父親也是宇平琴塾的弟子，因為這層關係，也知道圓形圖印琴的價值，但蘭子是第一次聽說佐竹紋之助的名字。因為他如今已是喻為夢幻名匠、充滿真真假假傳說的人，因此靜口中的紋之助形象，已遠遠脫離現實，諸如只要得到圓形圖印琴瞬間琴技即達名人境界，以及若是藏著不彈、琴每晚都會哭泣等等的故事。蘭子聽得睜大眼睛，好奇：「師父怎麼得到那把琴的？」

靜對這一點，也不改神祕意味地說：

「還是有緣吧。師父以前在宇平塾學琴，這琴看出師父前途不可限量，因而主動找上她的吧。」

她說是琴主動找到師父的這句話，深深刺激了蘭子，讓她也想一賭自己的將來。如果繼承琴塾，還拿這把櫻花圖案的學習琴面對弟子，不僅丟人，也有阻礙琴技更上層樓的遺憾。於她問起佐竹紋之助是否還活著？靜說：

「這已經是我父親那一代的事情了，即使還活著，也很老了。」

這麼說，並沒有人聽說過他的死訊。這成為蘭子唯一的希望，務必要請佐竹紋之助打造一把專屬自己的琴。

蘭子拚命思索，如果紋之助還活著，就算跪在聽力嚴苛的他面前，也要展現自己的琴技，請他製作一把能與白龍分庭抗禮的好琴。憑藉父親現在的地位，上天下地，也要把他找出來。但若搜尋的結果，他已不在人世，想到這裡，心底霎時發寒。總之，她心意已定，圓形圖印的琴能否飛入自己的懷抱，是能否繼承琴塾的關鍵。

不久，時序進入土佐的梅雨時期，為了去除對樂器最不利的濕氣，塾中連日用紅絹布擦拭學習用琴，晾乾新的琴絃，不讓它變成廢絃，再用厚布包好放入罐中，以順利度過這個季節。蘭子的晨課，也因為耳中還留著白龍的音色，又逢細雨緩飄時節，琴絃鬆散，即使彈奏很有自信的曲子，琴聲有時候也無法隨心所欲，連自己都感到焦慮。稟報父親搜尋紋之助的事情後，父親爽快答應，也贊成順便訂製新琴，拜託熟識的高知警察署長幫忙，但是還沒有消息。

梅雨漸密，下個不停，青綠樹叢更見茂密時，蘭子望眼欲穿的紋之助下落終於找到。警察署長正好要請蘭子擔任向外縣來賓獻花的任務，也大為贊同搜尋曾為藩主家御用工匠世家的名人佐竹紋之助，通令高知市所有分駐所貼出布告尋人，結果得到的報告是：

「棲身潮江山墓園乞食模樣的男子可能是他。」

消息是以前通町佐竹老家附近的酒館老老闆透露的，現在當家的小老闆說：

「因為家父交代過，只有那個人可以免費送他燒酎。但年紀已大，喝再多也不過五合，大概可撐個十天。」

話說的很模糊。這家酒館和佐竹家一起出入土佐藩，紋之助的父親曾經幫助酒館彌補虧損。因為這個因緣，第二代也會伸手援助淪落的對方，真是難得的佳話。在世道變遷、不顧義理人情的世風下，竟然還有這種堅實商人的口頭互信。雖然紋之助賣掉祖產墓園換取謀生之糧，但若沒有這些市井小民資助，大概也無法苟活到今天。

警察署長為確認那人身分，派屬下前往察看。遮不了雨的破草蓆小屋中，地上不停冒出水來，紋之助在那裡，幾乎是泡在水裡。叫他也沒動靜，從那樣子推測，不是衰老無力，就是罹患什麼重病。署長認為既然目睹這個狀況，就不能擱置不管，雖然理由不很充分，但還是想將他送到三年前在西弘小路興建的市立傳染病院療養。但傳染病院只收赤痢、霍亂患者，不知市政當局是否願意接受他。因為紋之助曾是藩御用商人的背景，署長笑說：

「應該可以通融，畢竟是連上級武士貧病落魄都所在多有的時代啊。」

他這樣說，好像是因為蘭子的父親和這人一樣，也抱著步卒武士飛黃騰達的得意。

蘭子在一旁聆聽，但惶惑不安的顫抖從膝蓋蔓延上來。紋之助活著固然可喜，但沒把握他還能製琴，而且，如果送進人們避之唯恐不及的傳染病院，不但無法會面，就算他將來康復出院，也因為曾經置身在那細菌巢窟的醫院，她可能也沒有勇氣接近他。這樣一來，心願豈不斷絕無望？在心情低落的蘭子身邊，父親並未露出失望的神色，當署長說：

「到這個地步，應該當作人道問題處理了。與其說紋之助對高知縣的一絃琴普及有多大貢獻，不如說對偶然發現的罹病乞丐伸出援救之手，更關係我們的名聲。」

蘭子的父親也表示支持。

「就把紋之助送去醫院吧，我去說服市政當局。」

蘭子心想，如果紋之助近期內製作新琴無望，繼承人的事情可能會因此告吹，心情鬱悶。她會賭一把，是因為聽到靜說圓形圖印琴的神通之力，但現在有點後悔，要是當初沒問就好了。如果是不能製琴的紋之助，那麼，人是死是活，都跟她沒有關係。不過，進一步想，自己能掌握到這曾經無人不知、無人不曉的一絃琴名匠的下落，還是有點得意。尤其是對只聽過父親提起紋之助事蹟的靜，能告訴她紋之助的現況，也只有父親是高知名流的蘭子做得到。這麼想時，她恨不得早一刻向靜透露這個消息，與奮之餘，又起了一個念頭。即使不能製作新琴，只要紋之助的記憶還確實，就可以請他找出過去所製作舊琴的下落。蘭子自己也想出了怎麼把琴弄到手的方法。聽說圓形圖印琴的特徵是不論經過多少年，遭逢多長的雨期，音色都不會亂。與其央求他鞭策老邁之軀製作新琴，不如搜尋他氣力充實的壯年時期作品。想到這裡，蘭子的心又雀躍了起來。

所謂「徇門作風」這個詞，就是從這時候出現的嗎？送紋之助進傳染病院的事情遲遲沒有進展。梅雨過後，就是晴空萬里的夏天。傍晚時分，練琴的時間若略微超過，就是泉水四周流螢飛舞、伸手即得、放入袖中當螢火蟲燈籠的歡樂時刻。

蘭子向靜透露紋之助的消息後，愈發感到自己在塾中的優勢，經常幫忙處理一些事務時，也突然發現弟子出席簿上已無仲崎雅美的名字。弟子每次上課時就在出席簿上畫斜線，連續三個月無故缺席，自然除名。六月的開帙儀式時還看過雅美，她有正式申請退學嗎？雖然問一下靜就會知道，但不知為什麼，有關雅美的事情，她就是無法輕鬆說出口，而且儀式那天也看到兩人地位的差距，雅美會離開，應是自然的結果。即使不是，已經二十歲的雅美，也可能因為婚事而退學。這下，蘭子不再有掛心的事了。

不過，繼承人的消息依舊杳然。開帙儀式前談得那麼熱絡的清風會，後來也悄然無聲，父親和展子也沒再說什麼。蘭子雖然還惦記潮江山的紋之助，但也沒有勇氣獨自去拜訪那個有點可怕的老人。日子就這麼過去，九月中時，練琴室貼出了緊急布告，不是慣例的雲海筆跡，而是出自大師父之手。

「九月×日星期日，在籍弟子全體盡量撥冗出席。詳情當天公布。」

看到布告時，蘭子心跳急速，該來的終於來了嗎？「詳情當天公布」這句話過去不曾出現過，字又是大師父親筆，可以推測，內容一定與市橋家有關。蘭子突然想到，成為繼承人後，與公一郎的關係更親近了，頓時，輕輕把手貼在涼風吹過猶然發燙的兩頰上。

她迫不及待要告訴父親這事，但又覺得還不確定，說出來不妥。在布告貼出以前，她是那麼迷惘猶豫，那天以後，她變得興奮篤定，自己都發現平常在下女阿清眼中「小姐上學以後愈來愈優雅，簡直像個公主」的嫻靜模樣，突然變得愛笑了。公布之日前夕，蘭子興致勃勃走到客廳，貢才剛剛送走客人，正在添加走廊的蚊香。

「還有蚊子嗎？」

蘭子撒嬌地斜坐在廊邊，貢悠閒地仰望星空，突然想到似地說：

「對了，潮江山的紋之助還沒送進醫院，就死在墓園那簡陋小屋中了。」

「啊，什麼時候？」

蘭子坐直身體回問。

「夏初的時候吧，負責的巡警去探望時，人已經死了，年紀大了，沒辦法。」

他說得輕鬆，但蘭子胸口一陣悶脹，抗議說：

「那麼大的事情，怎麼不早點告訴我呢？」

「我也不是故意保持沉默啊，雖說曾經名重一時，但現在也不能工作，和妳也不會有關係。盡快忘掉老流浪漢的死，琴就到松葉屋訂製新的吧。」

蘭子無精打采地退下，回到房間後，胸中的顫抖久久無法平息。

她一直相信，即使紋之助不能親手製琴，只要他的記憶確實，自己必定可以得到圓形圖印的琴，但他一死，這一線光明也跟著消失。她眼前忽然閃過一片黑影，難道明天的公布……念頭一直朝壞的方向擴散。甚至有點埋怨父親思慮不周，偏偏選在今天晚上說這件事，但其實不說也無妨，害她短暫開朗昂揚的心情又萎縮下來。

不過，第二天早晨，她的好心情恢復大半。為迎接今天的佳音，從頭髮、緞帶、和服帶到鞋子，都一一仔細檢查，數度對鏡確認後，忍住差點說出口的「我今天會帶好消息回來」，走出家門。

途中，經過公園山坡下的馬路，突然起意走到杉樹圍繞的小祠前合掌一拜。秋分過後的陽光清亮，萬物乾爽，看到小蝴蝶在微暗小祠四周翩躚飛舞，蘭子不覺面露微笑。今天的一切都讓人歡喜，她硬把昨晚的的不祥之報壓在心底，心情振奮。

遵照布告，在籍的弟子幾乎全員到齊，拆掉隔間的寬敞練琴室裡，平常見不到的人也來了許多。依照代理師父的指示，往大廳前面擠，最後面的人連腳趾都靠在門檻上了。放眼望去，不見雲海等常來旁聽的人，全都是弟子，代理師父和下女幫忙分發盆裝的果乾。蘭子故意退到門檻邊，打量這個好像自家人慶祝的宴會，鎮定心情，等候那興奮瞬間的到來。

舉座安靜下來後，正面的紙門打開，穿著單衣和服的大師父先出現，像保護身後的人似的把師父推出來，也穿著平常服飾的師父胸前有一大包東西。大廳內瞬間寂然無聲。不久後，坐在中後段的弟子都好奇地伸頭張望師父的懷中之物，蘭子也稍微抬起腰觀看。那個包裹很像黃色棉衿包住的嬰兒，確實是看到了毛茸茸的漆黑柔軟胎髮。

「為什麼把嬰兒抱來這裡？」

所有的人都很好奇，坐在壁龕前的公一郎笑個不停。

「今天有件事，要非正式地向大家宣布。」

語氣不像平常宣布事情那樣堅硬，眼光一直不離旁邊的嬰兒。

「我們夫妻長久未有子嗣，現在，老天終於賞賜給我們了。

「至於女兒的名字，因為是苗的孩子，秧苗長大後變為稻米，所以叫稻子，雖然還是以後的事，但她將來會繼承這個琴塾，要靠大家照顧，請大家多多關照。」

完全一副寄望於孩子的父親語氣。弟子們聽了，驚呼連連，忘了師父平常的叮嚀，吱吱喳喳，聲音愈來愈大，興奮的弟子七嘴八舌地大聲發問，公一郎笑吟吟地回答。

「唔？這個啊，生日是最熱的七月二十日，發育順利，已經到廟裡拜過了。」

「啊？是啊，稻子確實在這個家出生。以前沒讓人看，是因為是女孩，要等到她膽子大一點時才能出來見人啊。」

他還催促苗：

「讓大家看看吧，現在就開始和大家好好相處，早點把琴學好。」

一直眉開眼笑哄著嬰兒的師父，把黃色的襁褓稍稍往前推出。

「過來看吧，要好好疼她啊。」

受到這話吸引，前排的二十多人陸續起身趨前，後面的人也跟著向前，秩序大亂，「輪流啦，輪流看啦！」、「不可以摸」、「一個人三十秒」，場面喧鬧，被圍在人牆中的大師父和師父也不斥止，只是瞇著眼睛笑。

蘭子眼角瞄著這番景象，站起身來，只記得自己轉身走到院子，繞到棧板那邊找鞋子，之後就像闖入幽暗迷宮般，不知道走到哪裡，又是怎麼走到的。

事情出現意想不到的發展，起初以為是大師父夫妻在開玩笑，她還差點笑出來，但聽到公一郎清楚說出「將來會繼承這個琴塾」時，才知道那句話像一枝瞄準自己的毒箭直射而來，貫穿自己的胸腔。她感到最丟臉的是，過去大家都在談、自己也深信不疑的琴塾繼承人之事，掀開布幕，竟是這樣的結果。

她灰心至極，腳步虛浮，回過神時，人已坐在來時路上曾合掌膜拜的公園小祠走廊上。腐朽的走廊吱嘎作響，她踉蹌起身時，突然看到掛在幽暗格子裡的許多許願牌，其中有個盤成一團的白蛇圖案正直視自己，讓她瞬間想到。

「啊，這是師父的眼睛！」

剛才穿心而來的毒箭，就是如同這白蛇般執著的師父設計的陰謀。

還是未婚的蘭子雖然不懂年長女性的生理，但也知道五十二歲的師父現在沒有生兒育女的道理。就算奇蹟發生，如果是在七月二十日生產，那麼，六月九日的開帙儀式時，師父的肚子應該相當醒目。那個嬰兒肯定是抱來的養女，他們夫妻在蘭子面前堂堂宣布這個瞞天大謊，除了讓她知道「師父果然討厭我」之外無他，深入再想，更發現，「師父深深恨我啊」。

今天以前，蘭子覺得師父是像佛龕上的菩薩那樣心正不動、參透一切的人，沒想到在那平靜的面容下，一直壓抑著厭憎她的激烈感情。她從小被教育「師恩重於親恩」，總是抱著後退三尺、不敢踐踏其影的想法尊敬師父，招致怨懟的根由究竟在哪裡？八歲那年秋天，穿著紫色外套初訪琴塾以來漫長緊繃的歲月，一舉湧上心頭，受騙的委屈與空虛，使她像罹患瘧疾似的全身顫抖不停。在連父親都說是「妳在琴塾中長大」的成長期中，師父一直教導她行為端正和人際信義，她都奉行不渝，不敢稍忘，師父卻徹底辜負了她，而且當著緊急召集的滿座弟子這樣對待她，讓她十二年來對師父的崇敬瞬間化為體內源源噴出的怨恨。現在想起來，師父明顯偏心雅美，這一定是師父對自己在眾人面前指責雅美過失之事展開的陰狠報復。

原來師父是嘴上仁義道德、卻一肚子壞水的人，自己跟隨堂皇說道理的師父起舞，像鼻子前面吊著胡蘿蔔而被任意驅使的騾子，真是悽慘、委屈、可悲得無地自容。雖然俗話說：「女人一念執著，即化為白蛇」，師父以一己之力排除琴塾內外擁戴蘭子繼承的氣勢，肯定是如同這間小祠裡白蛇許願牌似的一念執著的鬥爭。

蘭子像要躲開白蛇的眼睛，搖搖晃晃地起身走開，有如全身被剝光似的羞恥無處排解，也不敢就此回家，再度回神時，人已站在學琴時常常繞路過去的大河岸邊。是堀川嗎？她含淚呆立，看著水蠅在有點混濁的緩緩流水上划起的漣漪。她忽然想到，師父排斥我的理由，該不會是大師父對我說話親切吧？想到這裡，心口鼓譟發燙，師父的形象霎時從雲端跌落，以一個初老女人的面貌出現在她眼前。如此一來，她曾經安心細數的與師父的類似點全都流逝，只剩下比較那永遠穿著素面條紋和服，不施脂粉、兩鬢微白的對手，和自己今早離家時鏡中迷人光采的心思。蘭子眼中浮現師父的臉，推測師父一定是嫉妒她天生的嬌美，甚於她的琴技和沒有污點的人格，想挽回丈夫的關心，才想到弄出那個嬰兒當養女。這麼想時，長年的師徒關係霎時瓦解，只剩怨恨一逕擴大。奇怪的是，當她想起公一郎看著嬰兒怡然自得的表情時，心頭雖有一絲陰影，也不想趕走那盤據在底處的淡淡思念。她忽然覺得大師父很可憐，但應該是因為自己幫他描繪出被強悍妻子壓制的好丈夫形象吧。

蘭子心想，我不要再見到那個人的臉了。出生以來不曾被人貶抑，也不曾有過丟臉記憶、無時無處都受到溫暖厚愛的她，自認比婚姻還重要的今生唯一大願，卻以這種方式破滅，讓她無顏面對世人，也無言可對雙親，她黯然神傷，委屈得淚水直落。

那時，有人拍她的肩膀，「小姐、小姐。」淚眼回望，一個和母親同樣年紀的高雅婦人訝異地看著她。黃昏時刻，年輕女孩蹲在河邊呆看水流的消沉模樣，是有點不尋常。蘭子慌忙用手帕揮揮身體，深深一鞠躬，瞥見這棟房子板牆門柱上釘著「寺田」的門牌。

被誤以為要跳河的羞恥，讓她匆匆離開，一段路後回頭張望，婦人還站在門前目送。夕陽照在一旁茂密的丹桂樹上，發出金黃色的光芒。不知為什麼，她覺得再也不會看到這個景色了，景象深深印入眼中，這是因為她已為自己的一絃琴定下就止於今日，不再有明天的命運嗎？

向弟子們公開介紹嬰兒那天，苗確實在人牆中間看到喧鬧大廳最後面搖搖晃晃站起的蘭子頭上的淡紫色緞帶。因為是逆光，她看不清蘭子的表情，但肯定是面容慘白、神情呆滯地離開。雖說是預料中事，仍不免心痛，但想到開帙儀式前就緊逼而來的各種聲音將就此平息，知道這是必要的痛。

她向來覺得，人和重於一切，但是，她怎麼也無法配合人們對琴塾繼承人的期待。一絃琴雖然需要體力、氣力，但坐著就能彈唱，只要有心，一百歲時也還可以領導琴塾。直接促使設立此塾的老前輩真鍋豐平，八十四歲才讓出宗師之位，兩年前九十一歲過世之前還巡迴全國，以第一級琴手之姿馳名各方。毫無衰老自覺的苗，以現在的氣力，大有直追豐平、繼續彈奏的意志，即使退一步，接受幹事會的建議，「必須深植市橋塾的根基，必須開枝散葉。」

要從弟子中選出後繼者，看得上眼的也只有仲崎雅美。但是上次事件的教訓，她知道沒有讓上級武士子女奉步卒出身女孩為第二代師父的道理，早已放棄這個想法，只是言行都未表示。而且，大家公然把繼承人指向蘭子，與其說是為了市橋塾的發展，不如說是蘭子自我推銷的策略奏效。隨著開帙儀式接近，她已感到幹事會即將輕易說出那個名字的壓力，也在心理打定主意，縱使壓力再大、再緊，自己還是非得守住最後底線不可。

不管氣氛弄得多不和諧，就是不能讓岳田蘭子繼承琴塾。苗的心意如此堅決，根據之一是，蘭子的演奏欠缺一絃琴本來的精神。她認為，繼承者就算具備百分之九十九的條件，但只要有一點不足，就等同沒有資格。聆聽過告訴她一絃琴是在山中自彈自聽的龜岡，以及潦倒死於客旅的有伯那從靈魂深處滲透出來的琴聲，不知是天性不同還是詮釋有異，她覺得蘭子的琴就像迎春小鳥那金泥塗滿天地似的清麗啼鳴。

在雲海詢問是否寫上宣布繼承人項目的翌日，公一郎向苗提起這事。

公一郎似乎想得很輕鬆，晚餐時對苗說：

「大家一直在談這件事，怎麼樣，就決定宣布吧？」

雖然是夫妻間第一次談到這個話題，但他的語氣就像醞釀許久的好事終於要公諸於眾一樣。

沒有指名道姓，但苗一聽就知，她環顧四周，看見下女和長工還在工作，靜也在隔壁房間整理東西，而且這不是一句話就可以說完的事情，於是暫時回答說：

「那件事我自有想法，以後再說。」

公一郎悠閒地一邊剔牙一邊說：

「對方也是獨生女，不搬過來住也行，只是形式上做個樣子。」

態度篤定地走往客廳。

在只有一盞二十燭光燈泡的昏暗廚房裡，苗吃著飯，眼睛卻凝視著大鍋下的火勢。可能因為要熬煮豆子，灶口又放進一些生柴火，火勢雖溫，但不時夾著嗶嗶啵啵的聲音，倏地便燃起一陣大火，每一次都把黑亮的廚房內部瞬間染紅。那是木柴裡殘留的樹脂燃燒時的力量，她看著看著，想到自己平常只是悶悶燃燒的平靜個性，來到這一生的關鍵時刻時，也非得燃起高高的火燄不可。

隨著繼承人話題讓人議論紛紛，苗也一直煩惱，違逆有恩於她的清風會和公一郎的意願，堅持己意，真的是正確之路嗎？不知所從的最後，又像往常一樣，在心裡呼喚祖母。時時告誡她「爭鬥是女子之罪」的祖母，這時是會提出強烈的意見，認為：

「就聽從大家的指示，何必頂撞？」

或者，對於自己也非常喜歡的一絃琴意義被蘭子曲解，會反過來鼓勵她：

「女子也有面臨關鍵點的時候，只要妳秉持赤誠，循理述說，大家不會不了解的。」

如果是為了私事，以她經年累月修得的功力，再大的事情她都可以忍耐，但這是如今也享譽全國音樂界的土佐一絃琴，一換了領導人就改變風格，她無論如何都不允許。但是，那些自詡耳聽的人，能理解多少她的主張，她實在沒有把握。就連一直聆聽她琴聲的公一郎，對蘭子的演奏不但讚不絕口，還說：「岳田君的音樂才華真的很高，可以試著作曲。」鼓勵蘭子嘗試連苗都不敢一試的作曲。

因此，苗更加認為，現在塾裡塾外能夠正確繼承一絃琴傳統精神的，除了自己，就是仲崎雅美了。

如果現在對公一郎說出拒絕的理由，可以想見他會訝異地反駁：

「那麼困難的事還是別說較好。現在不論問誰，都會說岳田君和妳一模一樣，是這琴塾的一流好手。」

苗找不出能夠形容很久以前拂過心中的那種寂寞的言詞，來說服公一郎。

所謂明鏡也照不到自己背後，英明如公一郎也會如此迷糊，究竟要如何點醒他？苗滿懷焦慮，走進公一郎等候的房間時，也還未拿定主意，只能說：

「老爺，剛才那事等儀式結束後再談吧？現在為了準備，忙不過來。」

「這樣啊？」

公一郎雖然暫時同意，但沒有就此罷休。

「妳的想法是什麼？如果有打算，說來聽聽嘛。」

接著又補充說：

「凡事都有時機，機運來時做什麼都順利。妳是不是以為大家勸妳退休？絕對不是這樣。妳還是塾長，這只是決定一個輔佐的人。大家想讓妳在儀式之後輕鬆一些，一起慶祝而已。」

苗的視線游移不定。

「我確實有想法，只是還不能說出來。繼承琴塾對我來說，是一輩子的大事，我還沒有能相對應的心理準備，而且我行事遲鈍。」

「這很簡單，只要宣布名字就好，其他事情以後再慢慢來。」

「即使這樣，在儀式以前，我還是沒有腹案。」

「這樣說話很不像妳。」

公一郎聲音略大，忽然看到苗的眼中有光。

那未必是眼淚，但苗映著燈光閃爍的眼神中，有著十幾年前女兒節那夜拚命哀求准許她彈琴時的神色，當那個記憶回來時，公一郎噤聲了。同樣是沒有化妝的素淨臉龐，與當年還不諳世故的家庭主婦相較，擔負十多年琴塾責任的現在，容貌已見壓抑無法訴說辛苦的蒼老之兆。院子裡傳來低沉的蟲鳴，沉默中，公一郎像告訴自己似的一字一字說：

「有妳才有市橋塾，如果有想法，就照妳想的去做吧，只是要費心說服那些建議的人。幸好，還沒有跟岳田家提這件事。」

苗聽了，離開坐墊，深深一拜。

「老爺，我不辯解自己的任性。」

在無法透露心思的努力陳述下，公一郎意外乾脆地退讓，對此，苗感激的心情無以言喻。公一郎一定得努力不著痕跡地向清風會眾人解釋，想到這裡，她認為那模糊不成的問題必須急辦了。

那夜，像往常一樣，公一郎先睡下，苗查看火燭後，關掉電燈，躺在他旁邊。公一郎必須在完全黑暗中才能入睡，所以睡時一定關燈，房間的黑暗霎時變得濃重，朦朧浮現面向院子白色的紙門。一切如常，應該很快就聽到公一郎的鼾聲，但是今晚沒有，只聽見蟲聲嘰嘰。公一郎突然開口：

「苗，妳不喜歡岳田蘭子嗎？」

苗感覺心思被窺透，羞愧得渾身發熱，調勻呼吸後，平靜地說：

「有嗎？都一樣是可愛的弟子啊。」

隨即笑著掩飾：

「老爺才是支持岳田蘭子有點過頭了吧？小心『愛之適足以害之』哦。」

就算是在丈夫面前，也不願原原本本顯露污穢心思的堅定意志絕不鬆懈，只略微暗示即可。黑暗中，只有一句話交鋒，又恢復原狀。苗驚訝自己心思被揭穿而非常清澈的腦中，怎麼也無法消除「雖然看透我的心思，但老爺自己也有愧疚」的想法。如果是一般夫妻，可能立刻就引發口角，但她以修飾過的漂亮言語化解這個危機的內心中，即使有種種疑慮，也依然鮮明有著對公一郎的感恩。試想二十五年前，他迎娶原該在澤村家蠶室終老一生的自己為繼室，而且允許自己以人妻身分投入藝道世界，方有今日的成就，不論經過多少年，這感恩的念頭都會纏著她的心不放。還有，沒有孩子顯然是苗有缺陷，在這時節，欺壓丈夫的悍婦很多，苗對丈夫的恭敬被譽為當世的典範，也是當然的。正因為如此，夜深人靜時，獨自暗暗尋思，感謝交際應酬雖多卻毫無緋聞的公一郎同時，也嘆息他在繼承人問題上那麼容易受到旁人影響，還是因為他心裡有個無子寂寞空虛的大洞吧。想到這裡，在蘭子的事情上，就絕不能讓他嗅到絲毫怨懟的氣氛，這分心思一輩子都要裹上厚重的外衣來面對丈夫。

靠著公一郎的定奪，開帙儀式順利完成，苗抱著平生唯此一次的想法彈奏的《殘月》也獲得意想不到的好評。正當她難得放鬆心情的時候，竟然聽到靜說蘭子太想得到圓形圖印琴，跑到墓園陋屋找到紋之助。苗因為太過驚訝和憤怒，瞬間眼前像燃起一道沖天火柱般。紋之助既然個性乖僻，不理會世俗，自然比常人更加倍知恥。就因為如此，苗才一直壓抑著拜訪他、援助他的衝動，蘭子卻竟然這樣做，何其殘酷，讓她無言以對。當紋之助被和一絃琴完全無關的一介捕吏搖醒時，大概羞憤交加得渾身顫抖，故意閉口不語。如果蘭子是親身前往，跪在他枕邊訴求心願，苗還覺得其情可憫，但她利用父親權勢來施壓，是對紋之助莫大的侮辱。紋之助一定是拚命忍住破口大罵的怒氣，暗嘆世風日下。想到蘭子的心思不同於當年憧憬圓形圖印琴的琴手，一定是因為聽到苗彈奏的《殘月》，注意到白龍，歸結出白龍主人就是塾長的想法而有此作為，更讓苗覺得是不可忍。蘭子的作為不僅踐踏蹂躪紋之助的自尊，也徹底粉碎自己身為其師的深深顧慮。即使知道厭惡別人是罪、憎恨別人是罪，但這世上還是有寧可背負此罪也必須矯正為直的情況，她堅定這個想法，就像表面枯敗的柴火到了節骨眼上也有不得不燃燒起來的氣勢一樣。

不久後，難得夜晚外出的苗，幾乎夜夜提著燈籠獨自走出後門，她只告訴公一郎是去娘家澤村家，但去做什麼則沒說。維新以後，澤村家也過得順順利利，信之在縣政廳的民政部上班，和表妹文子結婚，生了三個男孩，現在正是需要加強孩子教育的時期，過著公私兩頭忙的日子。社會上對女人常常回娘家還是持嚴厲批判的態度，過去，苗也和娘家疏於往來，但是遇上這等大事，還是只能求助於娘家，而且弟妹是血緣之親，比外人容易說出想法。苗要弟弟夫妻嚴守祕密後透露此事，經過文子的奔走，七月初時講定，抱養她娘家一個懷了第六胎且即將臨盆的遠親的孩子。苗在知道懷孕無望後，抱養孩子的想法不時浮現心頭，但那時還可以安心地把塾中弟子當成自己孩子般來自我安慰。在正常情況下可能已有兩、三個孫子的五十二歲年紀下此決心，也知道這就像揹著七、八十公斤的重物攀爬高坡一樣痛苦。

年輕時早睡早起，不暴飲暴食，和同年齡的人比起來，苗雖自負身體還算健朗，但依然可以清楚聽到衰老悄悄接近的腳步聲。她自己知道，即使老得不那麼快，但也無法回到從前。想到未來，難免心虛，一直從旁鼓勵支撐她決心的，就是對撫育她的祖母的印象，只要閉上眼睛，眼簾裡就會浮現包著紅絹的竹製哺乳筒。

祖母那時也是苗現在這個年紀吧。沒有奶粉，只靠過濾後的米漿餵養剛出生的苗，那無日無夜、全心照顧的辛勞，苗此刻似能感同身受。在為養子煩心的日子裡，也不是沒有想過，索性不要剛出生的嬰兒，直接領養九歲、十歲，甚至二十歲的女子也行，但既然有「能夠取代蘭子」的不可動搖的條件限制，就以愈小學琴愈好為理由，作為堵住清風會嘴巴的藉口。在她的決心深處，是把「我是有婦女典範之譽的桑樹大宅袖姑養大的孫女，不可能應付不了這點艱難」的想法當作護身符。當她終於下定決心，向公一郎吐露時，向來大方的他也一時言塞，抱著胳膊沉思，無法立刻應允。五十二歲的苗和五十四歲的公一郎，兩人都還無病無災，但再過十年，腰腿是否健朗，誰也不敢保證，在把嬰孩撫養長大的二十年後，更是沒有把握，現在的承諾可以說是相當大的賭注。

以把市橋家振興到此地步的當家身分來看，把家運交給未來長成如何都不知道的嬰兒，似乎太冒險，不如領養知道身家來歷的孩子繼承家業，照顧夫妻倆的老後，這樣家庭財產都可保安泰。再想到琴塾的未來，在那孩子取代苗成為塾長的漫長歲月間，不能說是沒有疑慮。他左想右想，這實在是苗鑽牛角尖的想法，站在見多識廣的公一郎立場，必須制止。可是，苗一再說：

「雖然遲了，但我還是想試試親手撫養小孩，親手幫他換尿布，餵他喝奶，一定可以產生親生母子一樣的感情。」

她不屈不撓一個勁兒地訴說，對於未來，話說得肯定，態度也毫無遲疑。

「讓這孩子繼承琴塾，我會花費一輩子的心血好好教養他，也會嚴格訓練他的琴藝。」

那是完全不擔心年齡已過五十、想做母親的心理準備已然堅定的姿態。公一郎第一次看到這樣強勢的苗，一種類似感動的想法，讓他不得不讓步。

關於孩子的生家，起初兩人都非常期望能夠符合市橋家，還限定是女孩。但求人的一方沒得堅持，條件漸漸放寬，最後讓步到「只要有人肯讓養孩子就好」。仗著文子的機靈，終於得到在江口小村經營文具店的青木夫妻答應讓養腹中的第六個孩子，那時，苗不知道感到多大的欣慰。其他條件都可以放棄，唯獨堅持必須是腹中的胎兒，終究還是為了保密起見。如果是已出生的孩子，即使只在生家停留四、五天，以後孩子不見了，一定會引起鄰居的懷疑。如果在剪斷臍帶後就神不知鬼不覺地帶走孩子，父母可以聲稱是死產或流產。在小小的高知市裡，盡量不要留下流言的種子。一切都透過文子居中交涉，苗沒有直接露面，謹慎又謹慎地等待那天到來。

青木文具店並不窮困，夫妻都疼愛子女，因為已經生養了五個孩子，第六個孩子送去繼承市橋家，他們似乎非常高興。苗後來回想，孩子還在娘胎裡就訂下承諾，是多麼大的賭注啊！無論是男孩或是女孩，苗都氣定神閒，心甘情願接受命運的安排。但如果是沒出息的孩子怎麼辦？如果是男孩，不但無法達成取代蘭子的目的，還要初老的父母費心照顧，殃及琴塾的面子和公一郎的立場，一切將變成地獄般的苦楚。即使如此，在漫長的梅雨季中，苗還是在雨停之時，把棉花鋪在房間裡，縫著男女皆宜的黃色包巾，和像是給人偶穿的肚衣和尿布。同時腦中還不時閃過這種種複雜的思緒。

本來，這些準備工作在年輕時做才適合。有時心中還會感到畏怯，如果別人看見她舔著縫線、數度試著穿過針孔的模樣，不知會怎麼說？但偶而也會生起勇猛之心，不管人家說什麼，這就是母親的工作。雖想仗恃祖母的經驗，但祖母生養過三個子女，苗則未曾生養，還是有這點不同，不懂的地方還是得避人耳目地走進娘家後門去請教弟妹。準備過程中，不知不覺地移情在嬰兒肚衣上，興奮得夜半都會夢見抱著穿上這件肚衣的孩子。

七月二十日夜，估計街上乘涼的行人都已絕跡時，文子來通報說：「順利產下四肢健全的女嬰」，苗高興得瞬間四肢鬆軟，簡直像虛脫一般，嚇得文子忙問：

「大姊，怎麼啦？」

嬰兒已經抱到澤村家。沒有月亮的路上，苗跌跌撞撞地和文子直奔西町，心中「贏定了」的想法恐怕還勝過去看「我的孩子」的喜悅。

後來，贈送青木夫妻豐厚禮金的同時，也拿到一紙「爾後與市橋家無任何關係」的保證書，為了謹慎起見，還叮囑對方：

「就從今夜起，忘記這個孩子，以後就算在路上相逢，也是不相干的陌生人，不得搭訕寒暄。」

女嬰帶回中島町後，公一郎也告訴所有的下人：

「優曇華❶也有開花之日，太太今晚產下一女。」

並且再三叮囑大家，這事對外還是極端祕密。

嬰兒是足月而生，臉像梅乾般皺成一團，苗擔心得每天請文子過來幫忙照顧，十天過後，才鼓起勇氣，親自幫嬰兒洗澡。這個長不足兩尺的小小生命來到只有大人的家中這天起，苗的眼前豁然開啟一個過去想像不到的世界，面對只會用哭鬧表達意思的嬰兒，她整天手忙腳亂，卻不覺得累。更好玩的是，公一郎當初答應她的時候曾說：

「既然有心理準備，就由妳獨自負責養育。我雖然贊同，可是到了這個年紀，已經沒辦法對付嬰兒，恐怕不能幫妳。」

可是他現在每天都像觀看稀奇的實驗動物般觀察嬰兒：

「有一點像人的表情了。」

「這個小小圓圓的腦袋裡，每天都想些什麼呢？」

「哼，這小東西的指甲也會長長哩。」

第七晚幫她取名字，接近第三十三天參拜神社的日子時，已急得催促苗準備公布這個消息了。這時，知道弟子們幫這孩子取了「天賜寶貝」暱稱的苗，再次感到公一郎不拘泥家中瑣事的泱泱氣度是那麼難得。她雖然不喜歡突然公布，但嬰兒在家裡，儘管距離有點遠，哭聲還是會傳到練琴室，曬在後院的許多嬰兒衣物也引人注意。與其引發別人好奇詢問後要一一答覆，不如以道歉延遲答謝開帙儀式的理由，先對弟子公布，接著回請清風會理事時再順便公布。布告由公一郎撰寫。

在公布席上，苗看到蘭子起身離去，一如先前的預測，十月以後就沒再看到蘭子。五十二歲的苗生女的消息，由弟子轉告她們的父兄，震驚上町一帶的舊武士家族，似乎沒有人相信這是真的。雖然聽過四十八歲老蚌生珠的罕有例子，但五十二歲應該已是人生將盡的年紀，聽到這個年紀還生孩子，十個人裡面十個人都只能說：

「真的？那多累啊！」

話就接不下去了。

因為是太罕見的例子，流言因而四起，熟悉琴塾內情的人悄悄傳述說：

「聽說是師父太討厭蘭子，很早就和後面巷子那個生孩子像種芋頭的車夫老婆約定好了的。」

---

❶日本三千年開一次花的想像植物。

雖然是悄悄話，卻根深柢固地傳播開來。即使不相信的人，想到九月底公布以後就完全不見身影的蘭子，也無法不把流言和苗忽然得子的事情聯想在一起。究竟這話能相信多少，沒有人知道，一律閉口不談。

沒有人向苗轉述這些流言。但那天以後，她也變得敏感，總會不經意感受到塾裡塾外的空氣。雖然心中發誓堅決不說，但還是有杯弓蛇影信心動搖的時刻，每當這種時候，她都要以更堅強的心志面對社會的厚牆。用掃帚和撣子打掃房間時，總會有灰塵飛舞一陣，不久塵埃落定，就能恢復清潔；院中那棵椎樹也一樣，陣風吹過時，果子落下，果子落盡後的樹幹只能靜靜等待春天。她只能這樣告訴自己，舒展心情。離開琴塾的蘭子想必還在屈辱的泥淖中痛苦掙扎，但她會有個幸福婚姻的，只要現在塞住耳朵，度過這段歲月。

蘭子離開琴塾，世間矚目的市橋塾第二代問題，完全落在苗的肩上。今後的二十年，在把稻子好好撫養長大以前，她必須忘記年齡地工作，置身在非但不能吐苦水，甚至連死都不能的際遇中。二十年，說起來簡單，但這襁褓中的嬰兒會笑、會爬、會鬧、直到上學，這一段生命陡坡，何其險峻。杜鵑在黃鶯巢中生蛋，黃鶯也會將蛋孵化，要把這不是己身所出的孩子調教成一絃琴名手，更是急速攀爬那座陡坡的艱困工作。即使屋外狂風怒號，一旦結下親子之緣，就非得賭命守護這孩子平安不可。當她心中有所動搖之時，總會不知不覺地合掌，心中默念：

「奶奶，請您保佑我！」

第四部

只是在天剛黑之時躺著略微休息一會，不知不覺竟迷迷糊糊睡著了。蘭子忽地驚醒，翻個身，剛才角落那邊一直叫個不停的蟋蟀聲，這回變成從門這邊傳了過來。心想：

「哎呦，這蟋蟀跑得滿快的。」

暫且聆聽一會，再度翻身向牆時，蟋蟀聲音又轉到這邊，像是少年拚命吹著橫笛，又像是遠遠的神樂聲，在房間裡低低迴響。

「唉呀，又來了。」

心緒被攪亂了，躺在被窩裡，睡衣下襬纏住小腿，試翻了兩、三次身，蟋蟀的聲音總是迎面而來。

「啊，這樣哦。」

她終於發現蟋蟀不只一隻這麼明顯的事。獨自睡在深沉黑暗中的寂寞，霎時湧上心頭，輕輕把睡衣的領子拉到鼻尖處。俗話說，世上最寂寞的莫過於「深秋夜半」，這幾年獨自生活後，她覺得真正寂寞徹骨的是寒冬夜半。白晝短的日子，天很快就黑了，取暖的柴火不足，養成早早上床的習慣。但在房間裡，依然覺得冷，天花板冷，牆壁冷，棉被中的小腿僵冷如棒，連枕邊的屏風山水畫彷彿都吹出蕭蕭的徹骨寒風。這時候，白開水就好，只要有個捧上一杯熱開水的人，不知會有多安慰。可惜，總是想著這個難望達成的心願，鬱鬱度過漫長的冬夜。

深秋夜半對老人來說，已可預感到那有如猛獸獠牙般可怕的冬寒。蘭子心想，這的確是真實的反應。扳指細數，這間曾經是哥哥書房的越前町老家副屋，已經承受七十多年的風雨，也躲過太平洋戰爭的劫火。房間到處有供蟋蟀出入的破壁並不奇怪。房子雖老，但自己不也早已過了六十一歲。蘭子嘀咕一聲，然後像最近變成習慣似的輕咳兩、三聲。

仔細聆聽，隔著中庭的樹叢，主屋的木板房那邊，姪子純一好像還沒睡，當然是聽不到他的聲音，而是那邊的燈光朦朧照到這邊的屋簷。以前，父母還年輕的時候，這棟宅邸處處有人整理照顧，過年時掛上最大型的稻草圈，賓客盈門，廚房也熱鬧明亮。那些日子究竟消逝到哪裡去了？很想說是一切只在剎那間。其實，前幾天以來，這分感慨就牢牢捉住她不放，因為昭和二十二年（一九四七）十月中旬的今天，在愛宕町廢墟中重建的高知廣播電臺，播出了她和市橋稻子共同演奏的一絃琴。

幸福歲月的腳步總是太快，飢寒日子過得總是又慢又長，蘭子度過的四十多年歲月，是屬於哪一種呢？電臺上門邀演時，她一時陷入自己還在市橋塾學琴的錯覺裡。逝去的歲月雖然平穩幸福，但從還踞在心底的思緒，覺得未必過去的心情皆如朗朗藍天。十月初，討厭訪客的純一踩著木屐跑來，告訴她高知廣播電臺人員來訪時，她驚訝得膝蓋顫抖，好奇他們怎麼找到落魄的自己？那時候，廣播電臺人員拜訪普通人家是相當罕見的事，難怪連純一也感到驚慌。蘭子匆匆走到主屋的客廳，兩名年輕的製作人說，為了紀念廣播電臺復興，計畫挖掘土佐的傳統才藝依序播出，他們手上的筆記本記載了許多有關一絃琴的摘要。他們聽說明治中期到大正年間、享譽全國的一絃琴演奏者如今還散居土佐各地，於是拜訪以前的市橋塾，見到市橋稻子，從她口中得知了蘭子的消息。他們邀請稻子演奏時，稻子很乾脆地婉拒：

「我並沒有正式學過一絃琴，只是聽過而已。」

但她推薦說，幸好家裡還有兩把躲過火劫的琴，可請以前在塾中名聲很高的岳田蘭子和仲崎雅美兩人演奏。

蘭子從年輕製作人的口中聽到市橋稻子、仲崎雅美這兩個早在四十年前就和自己無關的人名，感到許久不曾的激動，又聽到要用市橋塾留下來的琴和雅美一起到電臺演奏，沉眠心底的思緒一時翻湧而來，不知道該不該接受？

「真是與有榮焉，我欣然接受。」

她還是放下過往的一切恩怨，只因為這是期待已久的佳音。

在市橋塾學琴時日的事，不論多麼細瑣也忘不了，但她還是有即使壓抑那一切根深柢固的怨念也要接受電臺邀約的強烈意願。四十年來，琴塾關閉，一絃琴式微，以苗為首的前輩好友幾乎都已幽明異路，又正逢明治盛世時期想像不到的戰敗困頓，當此之時，倖存的人不能對一絃琴的復興裹足不前，何況，這事在她心中，猶如寒冬荒野中好不容易冒出的一株芽尖。比起要見不知變成什麼模樣的稻子和雅美的緊張，她對生平頭一遭的廣播經驗更加興奮，甚至忘記現在連招待來客的粗茶都沒有的拮据際遇，跟純一說：

「電臺廣播是用什麼機械？大概是很大的麥克風吧。」

回到副屋，不自覺拿起小鏡子，站在廊緣，對鏡照看。襯著一片必須修剪的茂密萩紅，是個頭髮半白垂在頸後的六十五歲女人臉龐。是什麼時候變成這滿頭霜髮模樣的？輕撫髮絲的手，因為早晚做麵疙瘩和芋粥，指節突出，只有細長清澈的丹鳳眼，仍和當年住在這裡的少女時代無異，彷彿不曾有過已流逝的層層堆疊的歲月。

十九歲那年秋天，在她認為那是最無情的決定琴塾繼承者的方式之後，蘭子幽居家中不出，不論誰來勸她，她都不肯再碰一絃琴。她當然不知道苗曾經中斷一絃琴二十年的事實，即使知道，也會舉出理由的不同，極力抹煞她與苗之間的相似性，完全否定曾經找出如家世相同、都是祖母撫養長大，以及其他種種共通點而醞釀希望的自己。岳田家也知道，這是這個心高氣傲的孩子生平第一次遭受的心靈打擊，小心翼翼地相待，但父親真正的想法，卻似乎是樂見這意外的結果。他偶而像是自言自語般說：

「第二代塾長其實很難做，當人家的養女，管理那麼大的琴塾，相當累的。」

他這樣說，是出於自己長年操勞費心的官吏經驗。母親則是向女兒抱怨：

「妳師父也是勞碌命，明明交給妳以後，自己就輕鬆了，偏偏選擇到五十多歲了還餵奶洗尿布，別人看了都替她難過。」

蘭子覺得沒有比附和母親數落師父更膚淺的事了，只是緊閉嘴唇，讓情緒殘渣沉澱在心底。

展子偶而來家裡玩，談起塾中之事時，蘭子不但毫無反應，還會輕輕告誡她，不要迎合自己的心情批判師父，更是毫無怨言，只說：

「我已經拿到證書，想改學其他的才藝了。」

身邊的人都不知道蘭子傷得有多深。再怎麼好強，一般不到二十歲的女孩是做不到這個地步的，一旁觀察的母親，想起曾在內城經歷女人爭鬥的婆婆，不禁感嘆：

「不愧是她祖母的愛孫啊！」

斷然放棄一絃琴的蘭子，在外人眼中，日常生活平和富足，上門求親的良緣也很多。她最後與高知市郊介良村的士族、岩淵家次子政猪談妥婚事，婚禮在明治三十七年春、政猪二十六歲、蘭子二十二歲時舉行。這段良緣並非媒妁之言，而是早春一日，蘭子帶著下女到久萬川堤邊摘草時，被策馬馳騁而過的岩淵家父親看中，回去立刻展開身家調查，務必要將蘭子娶為兒媳。在春風輕拂的河堤邊，採摘水芹、鴨兒芹和艾蒿，把指尖都染成綠色的美麗女子風姿，聽起來就是一幅迷人的光景。這段故事經過傳誦，後來高知的良家女子春天時都跑去久萬川堤邊採摘野菜了。這樁婚事美滿得讓人羨慕，政猪是從高知一中到金澤四高、再畢業於東京帝大，眉清目秀的男孩，此時在第六十五銀行的大阪分行上班，足可保證未來生活的幸福。岩淵家仔細調查過岳田家和蘭子，對家世和本人都無可挑剔，附近的青菜舖說她：

「真是沒話說的千金小姐，可是很冷淡，從沒見她笑過。」

這好像是她唯一的缺點。可是岩淵家父親聽了卻說：

「我們士族岩淵家，不要會對青菜舖老闆傻笑的下賤媳婦。」

當下決定，立刻進行婚事。蘭子得到眾人的祝福，接受多如雨點般的賀詞。

「好一對郎才女貌。」

在眾人豔羨中，她抱著祖母留下的首飾盒，在介良村的岩淵家行完婚禮後，隨同丈夫前往大阪。

蘭子不願再見、再聽到的一絃琴，母親則擅自決定，連同正曲譜本一起塞入行李，悄悄告訴她：

「在大阪那邊怎麼彈，高知這邊都聽不到，沒事。」

做母親的心想，客居朋友稀少的外地，這琴對她至少是個安慰。蘭子沒有理由拒絕，放在行李深處，遠離視線，變成毫不相關的共存。她願意妥協，也是體念今後難得相見的父母心。

在那之後的漫長歲月中，蘭子隨著丈夫工作的調動，輾轉遷居大阪、東京、名古屋、神戶、六甲、御影等地，到昭和二十年（一九四五）再回到岳田家以前，過著安穩無缺的生活。天皇年號由明治改為大正，再到昭和的動盪時期，太平洋戰爭終於爆發，但政猪的工作依然順利，頂著帝大畢業的頭銜，一直在都市地區擔任重要職位，最後在神戶擔任十年的分行經理後退休。常有人對蘭子說，很少有女人能像妳這樣平靜無波地度過幸福漫長的一生。政猪除了有點神經質外，完全沒得挑剔，也打從心裡疼愛這個所到之處必獲讚美聰明漂亮的妻子，蘭子也認定今生除他，再沒有別人了，專心一意地服侍政猪。回憶往事，在初度都市生活的大阪，充滿了新鮮的驚喜，所見所聞都很稀奇，市區電車、百貨店、麵包、餅乾等都是高知沒有的東西，每天都有增加新知識的喜悅。還有令人難忘的明治天皇崩殂的七月三十日，就在東京四谷，他們夫妻一起遙對二重橋跪拜，一股無以言喻的悲傷令她哀哀啜泣。還記得那天黃昏時下起一陣暴雨，在名古屋、六甲等地生活和交往的人，都深深刻印在心底。政猪每到一處任職，都有寬敞的宿舍和下女，他出差不在的時候，蘭子和同事太太們相約去學才藝或遊山玩水，日子過得自己都覺得有些奢侈。

但是現在想起來，這種洋溢幸福感覺的時期，究竟有多長呢？應該只限於新婚兩、三年那段每天都感到新奇快樂的時期吧，之後，總是處在剛剛冒出頭的不安黑色芽尖隨著時間經過而生長擴大的威脅下。這個芽尖就是她一直沒有生養小孩。剛開始時還輕鬆想著以後就會有，等到故鄉的兩家頻頻催促，年齡也將屆三十之時，自己也開始焦慮了。蘭子後來時常在想，如果之前沒有與苗的糾葛，也許她早就抱養一個孩子了，或者，如果她連續生養幾個孩子，也不會到死以前都還在和苗較勁。雖不後悔自己走過的路，但婚後三年、五年過去，看著依然沒有懷孕動靜的身體，心裡也發寒地感到「這究竟是什麼因緣啊？」同時，新婚歲月中已忘記的對苗的種種想法，也漸漸甦醒過來。

蘭子認為少女時代會受騙的原因，一切都是因為苗沒有子女，想到那就像不祥因果般報應到自己身上時，就無法輕鬆抱養小孩、步上苗的後塵。沒有小孩的羈絆，她常回土佐的娘家、婆家探望，也因為遠居他鄉，親朋好友間書信往來頻繁。尤其是展子，一直詳細告知她琴塾的情況。苗交遊廣闊，一定也能聽到蘭子的消息，雖然兩人關係完全斷絕、不再相見，但蘭子一直有她們依舊在看不見的空間中窺探彼此的感覺。

展子也在蘭子出嫁的翌年招贅，嫁給了來自東京的醫生。起初也會在信中抱怨：

「不是土佐男孩，總覺得不習慣。」

展子連續生了三個孩子，還是能輕鬆愉快地去市橋塾，每隔幾年隨夫回東京時，也會順路到蘭子家小住。

琴塾沒有什麼變化，公一郎和苗都很健康，稻子也順利成長，會走路後，帶到練琴室時，會規矩坐好，聽弟子們彈琴。弟子們喜歡逗弄稻子，趁苗和代理師父不在時灌輸她各種知識，有一次，一個調皮的弟子模仿當時流行的機械人猿滑稽的動作。

「稻子，做這個動作看看！」

小小年紀的她生氣拒絕。

「不要。」

可見苗平日的身教之嚴。

琴塾原則上不舉辦發表會，但明治三十八年春（一九〇五）、高知劇院落成紀念時，舉辦了一場日俄戰爭募款演奏會，弟子全部登臺，苗也演奏自己喜歡的《雪》和《夕陽》，帶給聽眾超過多年前那曲《殘月》的感動。之後，展子的消息漸漸斷絕，秋深時節，她回信給蘭子，報告近況。

「我快要生了，還挺著大肚子去練琴。因為先生說這對胎教很好，是為了給肚子裡的孩子聽。」

接著，她開玩笑地寫著「號外」：

「大師父準備過六十大壽，正在整修牙齒，金牙每天增加中。我們這些調皮的人一哼起『獅子口』的鑼鼓點，大師父就愉快地開口而笑。」

蘭子看了，立刻想起公一郎的臉。

「唉，留著八字鬍的獅子口。」

她哪裡知道，這是最後一次聽到公一郎在世的消息。

最先通知她公一郎死訊的，是母親園子。

「中島町的大師父、公一郎先生近日僅因微恙，遽然去世。苗君悲嘆不淺，今後為專心撫養六歲的稻子，且已失去最大後盾，備感心虛，因而斷然關閉琴塾。

「自妳退塾以後，兩家疏於往來，乍聞大師父不幸惡耗，與汝父匆匆前往弔問。」

沒有重點的文字，詳情不得而知。蘭子呆坐在廊緣，久久無法回神。

公一郎的死、琴塾關閉，這兩個完全意想不到的事實一起湧到眼前，不知如何面對。表面上，蘭子已經和市橋家沒有任何關係，但在不為人知的內心深處，苗和公一郎還是沉重地堵在眼前。因為那分沉重，蘭子的失望也大，渴望知道更詳細的狀況時，產後終於恢復體力的展子寄來一封長信。

根據信中所述，公一郎清早上班時，突然倒在跪送他出門的妻女肩上，昏迷兩天後，沒有留下隻言片語，溘然長逝。平常很冷靜的苗也慌了手腳，不只拚命纏著弟子田井瑞子的父親高知醫院院長和展子的父親土佐醫院院長求助，還一直守在枕畔質問丈夫：

「老爺，您已經喪失意志了吧？如果您還有意志，不會留下六歲的稻子就倒下。」

她甚至半夜深更跑到井邊沐浴淨身祈求神助。

水面已結著一層薄冰的十二月夜半，入室弟子靜，聽到師父在椎樹下的陰暗水井邊、專心一意祈求丈夫平安、打起井水從頭澆下的水聲，不禁也渾身顫抖，但願師父至誠感天，大師父能夠痊癒。可惜事與願違，公一郎終究連眼皮都不曾動過、嘴角不曾開過，結束他五十九歲的一生。葬禮盛大，冠蓋雲集，花圈迤邐不絕。那天，苗已回復常態，裝扮整齊，帶著稻子，跪在棺前懇切陳述：

「老爺，長久以來蒙您照顧，苗能有今天，都是老爺之賜。」哀慟之中依然端立的身影，引起在場者深深的感動。

過了年，七七四十九忌日結束後，苗召集所有弟子。

「從明治二十二年、弟子七、八人創始的這個琴塾，能夠發展到今天的規模，背後是有大師父支持，大家都應知道吧。現在，失去這位最佳理解者，琴塾再繼續下去已無意義。或許這是任性自私的處置，但還是讓我到此為止，關閉琴塾吧。我相信，即使關閉以後，在這裡的學習過程也會留存在各位心中，往後一定會有所幫助的。」

這時，角落裡有人發出啜泣之聲，隨即像水庫潰堤般，弟子同聲大哭。苗沒有哭，只是落寞地微笑，心中大概還交織著琴塾十八年歷史的悲喜。展子最後寫道：

「我雖然是成績不好、不得師父歡心的懶弟子，但是看到中島町緊閉大門的琴塾時，師父最後說的那些話，便悠悠回到心裡。蘭子也是一樣吧，總有一絲青春埋在市橋塾裡的感慨。其他弟子好像很懷念過去，經常拜訪師父，我昨天也拿了外子從東京帶回的特產藤村羊羹去探望。師父還很健朗，不知是不是我神經過敏，感覺她的白髮一下子增加好多。」

蘭子反覆展讀鵝毛筆寫的幾張信箋，胸中激動異常，字跡在眼中不停搖晃。那是很難用一句話形容的複雜思緒。心中哀悼公一郎的死，但也有著對苗的敵意，想只切割這分敵意，又很難不忽略占據她心的公一郎身影。或許這是稱為初戀都顯得淡而無心的感情，但這是認為談論男人就是低賤、從來拒而不談的她，青春時代唯一常駐心中的人。直到今天，依戀如昔，告訴自己那人已非此世之人時，心痛如絞，可是想到最後見到那天他眉開眼笑宣布嬰兒繼承琴塾的模樣，心中又有無限怨懟。

苗在床邊質問垂死之人：

「老爺，您已經喪失意志了吧。」

蘭子知道，這句話完全是針對自己而來。

不用問也知道，苗和公一郎兩人對稻子的教育目標，是「超越岳田蘭子的優秀孩子」。失去了可以依靠的對象，從今以後，苗不只要用盡心力活得長久，還要忘記自我般地為稻子鋪排比蘭子更輝煌的進路。即使血脈相承的親生兒女都未必任憑父母擺布的現在，五十七歲的苗要把養女稻子按照己意塑造成功，不是件簡單的工作，蘭子背脊感到一陣寒意。本來，公一郎去世後，不必放棄培養第二代塾長的目標也行，但苗乾脆地結束興盛的琴塾，可見她對稻子的期望，是遠遠超過琴師的身分地位。雖然不知道是什麼，但蘭子還是覺得很可怕，並且有所覺悟，「那是衝著我而來的，我絕不走上與那人同樣的路。」

那一夜，市橋塾出現在蘭子的夢中。有大家在玩捉迷藏、躲在杜鵑花盛開的假山後的情景，有公一郎的背影，看見他的狗尾草圖案和服腰帶散開了，在地面拖行，蘭子想幫他綁好，但正猶豫要不要觸碰男人的身體之時，場景突然一暗，在寬敞的練琴室中央，苗在訓誡小小的稻子，雖看不清楚她們的臉，但是苗說的話從天邊一角字字句句傳入蘭子耳中。

「稻子，妳已經六歲了，該懂得母親的話吧。父親過世了，市橋家只剩下我們。妳將來要繼承市橋家，即使妳是女孩，我也要把妳教養成不輸父親的有用之人。所以關閉這個琴塾，專心教養妳。我年紀大了，不能什麼都做，所以決定放棄追二兔、不得一兔的愚昧，養育妳不是件簡單的事，我必須全力以赴。」

稻子猛點短髮垂肩的小腦袋，像舞臺劇中的童星那樣聲音宏亮地說：

「是，母親，稻子會努力學習，成為像父親一樣傑出的人。」

苗的這句「不輸你父親的人」和「不輸岳田蘭子的人」重疊，蘭子感受到那意志的堅決，醒來後心悸不已，渾身是汗。

「這是個預言夢！」

如同蘭子確信的一樣，後來，展子等人陸續寄自土佐的消息，大都提到苗對稻子的嚴格教養。在市橋家的寬廣邸宅內，很早就在這裡工作的下女阿糸和老園丁，以及她們母女靜靜度日，苗的生活重心全在稻子身上。曾經像佛像一樣莊嚴嫻靜的苗，自從稻子讀小高坂小學後，不辭辛勞地每天戴著老花眼鏡看她的教科書，整天責罰用的扇子不離手，熱心教導她女人須知的各種禮儀素養。年幼的稻子也很耐磨，一如母親期待地成長。偶而去看望她們的弟子，雖然覺得沒有琴聲的大宅裡好像少了什麼，但是看到苗的誠心付出有了回報、一直維持第一名聰明的稻子，還是放心而歸。稻子小學畢業後，以第一名的成績考上改名為縣立第一高等女校的縣立女中，蘭子聽到這個消息，是在住過東京和名古屋、丈夫又回到神戶任職時。

每次聽到這種消息，蘭子都感覺像被當頭澆下一桶冷水，暫時陷入沉思中，無法動彈。自從那個夢後，她只要閉上眼睛，總是不可思議地清楚看見苗現在的生活，可以輕易感受到苗那種「萬一把稻子養成平庸無用的女孩」，或是「稻子萬一偏離了正途」的焦慮，因而認為，苗一定在心裡還想著她，藉此振奮自己衰竭的氣力，

「我還不老，我還沒輸。」

把這當作唯一的動力而活。

多麼深的執著啊！蘭子想起那個白蛇圖案的許願牌，即使經過這麼多年，不對，是時間經過愈久，虛空中交戰的兩顆心就愈發激烈。可是，蘭子能對抗苗的執著的，僅僅是「堅決不彈一絃琴」，把所有

的憾恨積藏在心裡而已。而且這又因為和政猪的日常生活無所欠缺而更感遺憾，有時候會想，難道這注定是今生唯一的慘烈失敗嗎？

稻子進入第一高女後，未曾鬆懈，維持超群的優異成績，於大正八年（一九一九）考上東京的津田英學塾，是四國地區唯一的金榜題名者。當時女孩子到東京讀書的例子很罕見，土佐的報紙把這佳音當作新聞大肆報導了一番。蘭子是偶然在故鄉寄來的包裹包裝紙上看到的。報導非常詳盡，這時候的苗仍很健康，和稻子千里迢迢前往東京，幫她辦好入學手續和安排住宿。報導下方的小欄還描述，歸途車中，苗聽到高知縣議員等人的連番讚詞，毫不激動，還顯示她的決心。

「沒看到那孩子嫁個好女婿、安穩繼承市橋家以前，我還不能輕鬆。」

蘭子看完報導，倒抽一口冷氣，終於明白苗的遠大目標。她要栽培稻子超越蘭子，必須看得很遠，絕不只滿足於領導土佐的一個音樂塾。稻子不但已和小學第一名、第一高女第一名的蘭子並駕齊驅，還進一步到東京深造，而且學的是外國語。這遠非土佐一般人想像得到的進路，已經遙遙領先了蘭子，如果讓苗直接說出心底的話，一定是這樣嘲諷：

「怎麼樣？蘭子，度不過這點難關，是沒資格繼承市橋家的哦。想繼承琴塾的妳，還差得遠哩！」

蘭子想到在稻子結婚以前，苗都會把她放在心上，這分至死都在努力爬坡似的氣魄，讓她感到畏怯。

蘭子認為稻子就讀津田塾，是苗對她唱出的第一首凱歌，她心底的悶火無法不再度燃起。但在平靜無波的生活中，也只能努力學習其他才藝以排解愁緒。也是在這段期間，她新學了三絃和十三絃箏曲，插花方面也獲得小原光風的雅號。

政猪任職的所有地方中，在御影住得最久，與最後的任職地神戶很近，夫妻都很喜歡這裡，於是建造了一棟小小的終老住居。回想之時，蘭子總會感慨為何歲月過得如此之快？在幽靜的住宅區一角，新家的院子裡栽植四季輪流盛開的花草，陽光充足的走廊上，政猪坐在藤椅上抽著菸斗欣賞庭院花草，蘭子端過茶去。假日搭乘阪神電車到三宮，吃完牛肉壽喜燒後，也不忘給下女買些銅鑼燒帶回去。還有，平常日子的下午，和同事太太們聚會，其中有第一旅團長母親等大有來頭的人，大家以琴、三絃和橫笛一起合奏《六段》、《黑髮》，再長的白晝也很快就天黑。

那時，身邊的人常對她說：

「蘭子是沒看過辛苦這兩字的人。」

但在漫長的旅外生活中，先是疼愛蘭子的馬術達人公公去世，接著娘家父親過世，之後，婆婆與娘家母親也不勞蘭子看護而相繼離世，一樣遭遇到常人的不幸。只是，按世人的說法，這是最最順利送走父母的方式，旅居外地的女兒、媳婦不必擱下家務返鄉照顧，兩家父母即安穩仙去。

蘭子對自己在別人眼中看來過得幸福，絕無異議，甚至不隱藏對丈夫的感謝之意，但心裡依然有著無子的遺憾。由於那個想法總是立刻又連結到苗的身上，也就無法逃離怨念的束縛，隨著年歲漸增而更添焦慮，有時無處發洩還遷怒下女。雖然世間不停讚賞獨力送非親生女兒到東京讀書的苗，但若蘭子仔細聆聽，可以清楚聽到苗氣喘吁吁爬坡的聲音。看見苗為了跟她賭一口氣、為了向世間展現志氣，過著這樣苛酷的晚年，她心中的這個想法漸漸堅定：

「我這一生沒有孩子也無所謂，我死都不要像她一樣。」

蘭子三十五歲後，親戚中有人不時提起養子的話題，這時，政猪總會先安慰她。

「我們多少攢了些財產，等到我們腰腿都不行了，再收個養子照顧老後吧。」

他這樣呵護妻子唯一的遺憾，比什麼都能安慰蘭子。

蘭子透過第一高女校友會「千鳥會」的會訊，得知稻子以優異成績自津田塾畢業後，回到土佐母校擔任英語教師。大正年代已進入後半，世人對職業婦女的看法還很嚴苛，但是校友會訊還是以驚喜感嘆的語氣，報導市橋稻子頂著輝煌學歷、領先時代擔任教職的大事。土佐砸過來的石頭還不只這個，不久，會訊又報導「極受學生喜愛的市橋老師」結婚，丈夫是任職新時代產業、汽車公司的東京帝大菁英，雖然是入贅，但稻子婚後辭職隨夫住在東京。不僅如此，稻子很快就懷孕，因為是頭胎，特地回鄉，在田井瑞子弟弟經營的高知醫院平安產下一女。這些消息都寫在瑞子寄來的賀年卡片上。

為了市橋家長保安泰，七十六歲的苗還是精神奕奕地照顧孫女。在苗精準得一如預期栽培稻子光大門楣的意志之前，蘭子除了緊咬牙根，無話可說。所謂「遺恨十年」，恩恩怨怨總會隨著歲月流逝而消散，但是苗的意志緊繃二十年之久，蘭子的對抗意識也日益加深，都是因為沒有子嗣的因緣吧。苗走到這個地步，終於可以卸下肩頭重荷，露出發自內心的安詳笑容。想到這裡，蘭子更加憐恤自己長年以來迭遭砸石痛擊的日子。然而，不論身在多麼痛苦的炎熱地獄，蘭子心中仍有一絲清涼，那就是對方已攀爬人生高坡到了盡頭，只剩一條死路，而自己卻還有前途等待開創。這個想法，多少能讓她舒展心氣。

苗在昭和五年（一九三〇）二月突然去世。蘭子得知消息，是在四月以後，她是直接聽展子說的。那時，展子送第三個兒子到東京讀書，順路走訪御影。她毫無顧忌地閒話往事，聊到苗最後那段時光，看見蘭子表情霎時僵硬，趕緊輕描淡寫地道歉：

「啊呀，我沒通知妳嗎？抱歉、抱歉。」

順便把市橋家近況詳細告訴蘭子。

苗是在立春那天病倒，兩天後在睡夢中往生，享壽八十一歲。一直住在東京的稻子剛好回鄉生第三胎。那天，苗在客廳縫抹布，突然對稻子說：

「總覺得身體發冷，幫我鋪床吧。」

平常衣著整齊的她也沒換睡衣，只是脫掉外套，直接躺進被窩裡，從此不再起來。因為她從來沒提過身體的問題，稻子也沒多想。她說身體發冷，稻子以為只是感冒，幫她暖了腳和房間，讓她安穩睡下。只見她發出微微的鼾聲睡著，就這樣不再睜開眼睛，直到呼吸停止。

苗在倒下以前，生活起居都能健康自理，氣力也充實，因此，稻子和身邊的人都完全忘記她的年齡。平常住在東京、未能盡孝養之責的稻子備感傷痛，哭著說：

「母親一句話也沒有留下。」

守靈夜的席上，稻子悠悠訴說對母親的懷念。公一郎死後，苗守著這棟宅邸和財產，勤儉度日。直到現在，還是一個冬天只添一雙襪套，院子裡栽植藥草，養雞織布，廚房裡醃漬自家梅子的梅干壺近五十個。看到她的傷心淚，誰會認為她們母女不是親生的呢？

展子壓低聲音，談起只有當時知道真相者之間的話題。

「戶籍上登記的是親生女兒，稻子本身一定不知道，母女感情好得不得了。」

葬禮雖然盛大，但仍然如展子的形容：

「今非昔比啊。」

曾經號稱弟子上千，但來的人都可以數得出來。關閉琴塾之初，弟子們還各自組織幾個一絃琴同好會，常常以琴會友。但是大家都結婚生子後，環境改變，自然放棄了這個消遣，展子的一些密友，孩子學才藝時也都趕時髦去學鋼琴和小提琴。

以前和蘭子相較，有「牡丹君」之稱的展子，現在變得豐腴多肉，以充滿自信的語氣轉述土佐的種種消息。當她離去後，蘭子像是洩了氣般，一時無法著手日常的工作。是什麼樣的偶然？讓苗的臨終和公一郎如此類似。突然倒下、昏睡兩天後，不勞他人之手即安詳過世。反觀四十八歲的自己，不禁想到，這似乎是沒有親生子女的夫妻最理想的臨終。稻子悲嘆母親沒有留下隻言片語，但是蘭子心想，苗還會有什麼遺言呢？聽說她是桑樹大宅的祖母撫養長大，再嫁良緣，因夫而貴，成為土佐的名女人，開設琴塾後，贏得各方尊敬，力排眾議，抱養女兒繼承琴塾，這一切一切都像打穩定樁似的確實成功了。展子說得沒錯，現在流行鋼琴等西洋音樂，稻子如果繼承琴塾或許將悽慘以終，但是苗的眼光何其遠大，都能看到這一步，她可以說是心滿意足地瞑目了。

蘭子曾經以為，只要那個人死了，自己心中的一切糾葛就會隨之消弭。但是展子離去後，她從失神狀態漸漸恢復清醒時，意外地發現，心中並沒有暢快清空的感覺。或許是糾葛三十年的歲月太長所致，其人雖已歸土，但無形的怨念依舊漂浮在未來的永劫之中。尤其是她沒有子嗣的現實，眼看就要五十了，臉上偶而閃現即將來臨的年老歲月的苦澀。

知道苗過世的消息一年後，蘭子突然起意拿出一絃琴，這可說是斷然踏出繞圈打轉人生的一步吧。

而且，土佐現今一絃琴式微的狀況，讓她心情大為輕鬆。當年苗決定「一生不再彈琴」，是源於自己內心的幽暗，蘭子的決心，或許只是等待時機，當心目中的對手不在現世時，心中也微微打開一個透風的小洞。出嫁那天，母親塞進衣箱的琴，每次更放衣物時都覺得礙手礙腳，看到就有氣。但經過了三十年再拿出來時，摒除種種雜念，竟然有幾許懷念。這把琴和苗那把藏在衣箱底、二十年不見天日的琴不同，因為衣箱不時打開，可以呼吸透入的空氣，嵌上貓腳架組好琴臺，把垂著流蘇的櫻花扇面琴放上去，琴立刻甦醒過來，三十年的時間距離瞬間消失，遙遠的學琴時光出現眼前。琴絃取用三絃琴的一根絃即可，蘆管以前是緊緊套住手指，現在有點鬆，試彈之下，十二音譜有點走音。

打上記號，修正音譜，已經斑駁的譜本抄寫在筆記本上，搜尋記憶，連續彈奏《姬松小松》、《今樣》、《須磨》、《年尾》幾曲後，勤練十二年的無數琴曲一一清晰記起，長年練就的手與唇先頭腦而動的靈巧，連自己都忍不住驚嘆。雖說學習愈早愈不易忘，但八歲學的《今樣》，經過這一大段空白後的四十九歲現在，依然能熟練地彈奏，只能說是天生有此才能。這麼想後，忘我地這首也彈，那首也彈，有存疑的地方再從頭開始，很快就琴路大開，終於找回累積所有記憶的原有自信。

她沉迷彈奏一段時間後，心神悠悠清醒，卻感覺有一點不起勁。年幼時只有這個可學，但社會開放已久，不但常有機會欣賞鋼琴、小提琴等西洋音樂外，也學了三絃和古箏，因此，現在彈奏這個單調的只有一根絃、每首曲子都感到寂寞的一絃琴，心情也變得消沉。而且，每首曲子的結構都似是而非，沒有三絃和古琴那種逐步突破複雜技巧時的喜悅，感覺略有不足。另一個不足的感覺，是在無人理解一絃琴的地方獨自彈琴的無聊。以前彈琴，總是在三百個少女聚集、杜鵑花庭園圍繞的市橋塾練琴室中歡樂合奏；在家彈奏時，也有父母聆賞讚美。即使一人獨奏時，也是為了準備即將來臨的盛大演奏，哪像現在這樣，彈給一起合奏音樂的其他太太聽時，反應都是：

「啊，好土的音色。」

「感覺像小孩子的玩具耶。」

在得不到有物以稀為貴價值認同的地方獨自彈奏，總感覺很寂寞。展子說一切都是時代潮流，蘭子並沒有對抗時代潮流、在御影地方推廣一絃琴的熱情，也就漸漸消失，只是偶而拿出來彈彈，保持不忘而已。

住在都市裡，對世局的動盪也敏感。不久之後，日本在中國大陸發動的戰爭漸漸擴大，世局動盪中，她以分行經理夫人的身分關照出征的行員、縫製慰問袋，因為沒有子女牽絆而勢必承擔更多的幕後工作一大堆，不只是一絃琴，連沉浸音樂的閒暇都愈來愈少。丈夫退休後，轉任印刷公司的副董，但沒多久，又逢二度退休，且因攝護腺肥大引起併發症，在大阪的大學醫院住院一個月左右後，於昭和十八年（一九四三）正月，留下六十一歲的蘭子而過世。

蘭子回顧前程，四十歲時有四十歲的感慨，五十歲時有五十歲的感慨，但最感悲傷孤獨的，就是在這個時候。在人生的向晚時刻，又逢內地遭受空襲消息不斷傳來的不安時節，膝下無子、丈夫又先走的心虛無依，難以形容，一時不知所措。不知有多少次心想，這條命苟活亦不足惜，不如追隨亡夫而去。

這時，故鄉的岩淵家，公公已死，伯嫂離婚，長姪戰死，處在無法接回寡婦蘭子的狀態。岳田家也一樣，長年擔任教職的哥哥尚雄猝死後，體弱多病的嫂嫂勉力持家，只祈求出征的獨子能平安歸來，已經出嫁的蘭子也不好厚著臉皮回來麻煩她。風中獨行的寂寞，雖是徹骨的悲哀，但蘭子決定扎根在御影，畢竟這裡還有一、兩個談得來的好友。而且，隨著戰事吃緊，各家的兒子都上戰場去了，她也能稍稍壓抑悲嘆獨居寂寞的心情。但當本土開始遭受空襲後，都市人都疏散到鄉下投靠親戚，蘭子一時還下不定那個決心，日日夜夜抱著丈夫的牌位奔向防空洞。結果，昭和二十年（一九四五）七月，御影的家悉遭焚燬。

蘭子回到越前町後，夢中依稀清楚看見那夜空襲的劫火。沒有月亮也沒有星星的夜晚，B29的編隊遠離後，隨著解除空襲的警報聲走出防空壕時，已經延燒到浴室的大火夾雜著劈里啪啦的爆炸聲猛往上竄，她無計可施地呆立院中，任憑火焰炙臉。眼睜睜看著充滿夫妻三十九年共同生活種種回憶的住家在眼前化為灰燼，無限心疼。看到放在壁龕旁的小小一絃琴瞬間被火舌吞噬時，感到說不出的悲傷。或許，她那時感受到的是自己身體一部分被燒掉的痛楚，那是八歲起一直陪在身邊不離的東西，因此失去的感受特別深刻。

蘭子失去房子後的託身之處，只有同年七月空襲中化為焦土的高知市內奇蹟般倖存的岳田老宅，懷中揣著丈夫留下的股票，一路啃著炒米，終於回到老家，是在戰爭即將結束、她六十三歲那年夏天。回家一看，瓦頂板心泥牆多處崩塌，院中雜草叢生，姪子純一的太太和兩個孩子住在主屋，幾乎不能走路的嫂嫂住在副屋，蘭子只能侷促地借住在主屋的屋簷下，每個月還要付給姪媳婦以前從來沒有想過的房租。四十年旅居在外，不知婆媳姑嫂心酸的她，沒想到會在娘家遭此痛苦。但要說怨言，住在這屋子裡的人也各自積壓了不少，她也不想挑起爭端，在這家中也就愈來愈沉默了。

純一退伍返鄉，跟太太商量後，太太帶著兩個孩子回娘家住，嫂嫂搬回主屋，蘭子搬進副屋，總算能過著像樣的獨居生活了。沒有多久，被兒子刻薄地說是「哭中風」的嫂嫂死了，老屋裡只剩下她和似乎遺傳哥哥躁鬱症傾向的姪子，在感慨種種際遇之前，她得先思考那些股票已經形同廢紙，今後要如何養活自己？丈夫過世以來，她的心如冬山般蕭索，沉浸在鳥不語、樹不搖的思緒中。雖已六十多歲，為了活下去，她非走出來不可。純一很討厭蘭子出入前門，但她的謀生之道只剩下御影時代拿到的插花執照，於是戰爭結束的翌年，在大門口很低調地掛起「小原流華道教授」的看板。

蘭子絕不認為生平第一個拿人報酬的職業不太順利是個挫折，她知道原因在於戰後的物資缺乏，以及抽象派藝術抬頭，她也知道學生背後評論她：

「老師太沉默，感覺好冷淡、不親切。」

以終戰為界，人們的想法已經改變，像蘭子那樣以一把安重剪和一個插花器出發，在竹筒插入一枝葭草，或在葫蘆中插一朵牽牛花的淡泊風格，不得年輕學生的喜愛，她們紛紛走向還使用花草以外素材做出華麗造型的花藝老師。蘭子半認命地接受，她打不過社會的潮流。她也很清楚，自己並不想改變天生的性格，或許那也是生來不曾向人低頭、生活有人服侍的人落魄之後必當承受的批評。她自認絕對不是不親切，只是羞於隨便向人示好的心情，至今仍牢牢束縛著她，討厭工作以外的廢話，也拒絕藉著無傷大雅的八卦來加深親近感。該來上課的學生一個、兩個地減少，當她把多餘的花材浸在水缽裡時，落寞得手腳無力，不覺低聲嘀咕：

「我也老了。」

在這種感情脆弱的時候，必定想起的人，依然是苗多過亡夫。想到自己如今走著的六十三、四歲人生，正是那個人帶著剛進女中的稻子、毫不鬆懈攀爬漫長高坡的中途，就不可思議地感到四肢源源湧出力量、激起類似鬥志的亢奮來。年輕時下定決心不要像師父那樣後，蘭子不曾後悔過，也有心理準備，心甘情願承受這理所當然的孤獨地獄的命運。即使現在有老了的感覺，也不能示弱，因為苗八十一歲才過世。釐清這還梗在心頭的糾結後，知道在輸給苗的心情下，她就是想死也不能死。在一絃琴已絕、稻子也出人頭地的現在，她沒有任何手段能反擊苗，心中僅存的些許鬥志，是至少可以活得比苗久。

回想起來，短暫的插花老師生涯結束時，是她心情最低落的時候。因此，高知廣播電臺的突然邀演，雖然感到驚喜，但心底也似乎預感這一天的到來。本來，睽隔四十多年後再在人前彈琴，受邀時回答「複習一段時間後再說」也不奇怪，但她當場毫不猶豫地接受，或許是御影生活無聊時不時碰觸一絃琴的自信所致。

那時，蘭子聽到仲崎雅美的名字，雖有一塊小骨刺到咽喉的感覺，但不能斷言完全沒有懷念。在依靠父母生活的時代，彼此的命運前景難料，但是到了現在這個年紀，際遇已定，或可拋棄無謂的虛榮炫耀，坦誠交談。世道已變，苗和琴塾已遠，曾經視為敵手的雅美，或許也有彼此共通的倖存勇者的感慨。不過，播送琴曲和一般歌謠不同，是電臺頭一次嘗試，為了慎重，兩位製作人後來常來探訪，從他們的話中，知道雅美消息杳然，不得已，當天由稻子和蘭子一起演奏。說不得已，是因為稻子一直不願意出演，堅持「如果要我上場，就必須先跟岩淵太太學習」。

製作人只好花時間說服她，說蘭子沒有異議。

蘭子聽說雅美下落不明，期待再會的膨脹心情萎縮的同時，有著「也好」的放心感。奉公人町一帶燬於戰火，雅美娘家也無從查找，傳言她可能死於空襲。若能見面，雖有敞開胸襟話從前的餘裕，但如果要藉廣播再興一絃琴，蘭子希望自己是第一人，她有點擔心雅美在過去的歲月中勤練不懈，以精益求精的琴技出現。

與雅美的琴風相較，稻子自稱風格爽朗，且不是以琴手為志而學琴，因此，蘭子可以輕鬆面對。不過，蘭子對稻子，還有著不同於對雅美的心結。稻子應該已經四十七歲，在汽車公司任職的丈夫現居副社長職位，四個子女都順利長大，把市橋家的繁榮化為了真實。她在東京久原有座豪宅，空襲頻繁時帶著孩子疏散到中島町的老家，住在這棟幸運躲過戰火的大宅，等候東京舊地重建的新家落成，目前也發揮她的語文專長，不時幫忙擔任駐日美軍的通譯。戰爭結束後，以前的富裕人家一個個趨於沒落，市橋家不但子孫繁昌，也依舊維持過去的生活，的確了不起。而且，稻子繼母親之後，也成為高知的名女人，擔任人們羨慕的通譯工作。對於這點，蘭子還是有點不服氣。展子口中的稻子，是「不會恃才傲物，很平易近人」、「讓人感覺心胸開闊，教養良好的爽快人」，總是讚不絕口。但在蘭子心中的隱密之處，還是無法抹煞她是「生孩子像種芋頭的車夫之子」的蔑視，也認為在她與苗的長期親密母女關係中，一定聽說過蘭子年輕時的種種事情。

能上電臺演奏比什麼都高興，但和稻子合奏，她未必能心平氣和。就在她不斷的自我解闢中，電臺安排稻子學琴的日子到了。那天，蘭子心想，至少副屋周圍的庭院不要顯得髒亂荒蕪，於是頭上罩著毛巾，抬起從牆邊蔓延到走廊下的大波斯菊，拔掉下面的雜草時，忽然看到一叢纖瘦的秋海棠。

「秋海棠，怎麼長在這裡？」

她非常詫異，想到之前在庭院中搜尋插花教材時沒有看到，卻在稻子初訪這棟房子的今天看到它開花。以前，父母健在時，院中的一草一木都照顧得很好，秋天一到，淡紅色的秋海棠一叢叢開在踏石周圍，也曾安慰過蘭子遭受那個痛心打擊之後的日子。她想起在那因挫敗心情鬱悶的時日，會將紙門打開一條細縫，終日望著花朵的淒清風姿。從那時起，秋海棠成為蘭子最喜愛的花，她把被師父排斥的心情轉到這又名斷腸花、性喜陰涼的花朵姿態上，憐愛有加。花朵靠著細長的莖，在岳田家庭院活過漫長的歲月，熬過空襲的肆虐，靜靜地保住幽幽一命。蘭子憐惜地摘下一撮，放進小竹籠，擺在走廊邊裝飾。

稻子準時穿過院門，直往副屋。

「打攪了。」

聲音輕快。蘭子回頭一望，是個滿面笑容的婦女捧著琴包站在廊前。蘭子瞬間驚訝得全身像凍結一般。

「啊，師父！」

她連眨幾次眼，鎮靜心情後，才看出那是和苗完全不像、面貌圓潤可愛的人。

稻子和藹地寒暄，不但很快緩和現場的氣氛，語言用的也是以前的土佐腔。

「真是不好意思，我沒跟母親學到什麼，只在父親過世、我六歲以前學過一點，我本來就沒有音樂天分。雖然婉拒電臺的邀請，但是他們說為了陪襯岩淵太太，務必做陪，只好要求先來就教。這個厚顏無恥的要求，想必給岩淵太太添麻煩了，請多關照。」

她雙手扶地一拜，行弟子禮。蘭子鬆了一口氣，心情也瞬間開朗，立刻便進入練習，先察看那兩把琴。

稻子拿出空襲大火後倖存的琴，確實都是塾裡的琴，但不是白龍也不是手毬，而是蘭子也用的那種鶯啼梅枝圖案的學習琴。綳上絃，手指一撥，音色沉滯，清楚顯示是收藏了很長一段時間。稻子也帶來了正曲譜本，在挑選演奏曲目時，她左一句「不知道」，右一句「不會彈」，最後終於選定《今樣》、《須磨》和《年尾》三曲。如同稻子一開始說的，她的琴就只能彈到那個程度。合奏時，在塾中浸淫十二年、完全熟悉琴韻的蘭子耳中，再怎麼偏袒也聽不出這是具有資質的音色，蘭子感覺自己體內緩緩湧起一股歡喜的浪潮，漸漸擴散。稻子的琴不論彈多少遍，都只會讓蘭子心情愉快，因為其中感覺不到一絲威脅。

稻子老實承認，拔下蘆管時說：

「我天生愚鈍，現在就是布巾纏頭、發奮學習也沒有用。要是小時候多努力一點就好了。」

接著開朗地一笑，說：

「真是抱歉，我也只能注意那天不出錯就好。」

蘭子被逗得露出微笑，突然說出有些疏忽的話：

「學習才藝，端看小時候用心與否。」

稻子回去後，蘭子坐在走廊，發了一陣子的呆。想起展子說「稻子是爽快的人」那句話的意義。稻子會向電臺推薦蘭子和雅美，大概是聽琴塾裡的人或母親談過，但她隻字不提往事，始終尊敬、體諒、迎合蘭子，這分智慧即使是來自充足的自信，但對現在的蘭子而言，還是值得感謝。稻子肯定是憑著這分智慧，引導著市橋家走向繁榮，在她面前，知情者都情願無悔地抹煞她和苗不是親生母女的記憶。

十月十六日傍晚，向整個高知縣現場轉播的這場演奏，得到意想不到的絕佳效果，收到各式各樣的聽眾迴響。那天電臺派車送蘭子回家，進門後打開謝禮紙包，是個金漆寫著「高知放送局」的白色陶製菸灰缸。

「唉，理髮師溶肥皂泡的東西！」

蘭子一股氣上來。

「女人獨自生活，怎麼會需要這種東西呢？」

用力往榻榻米一丟，菸灰缸順勢一滑，從走廊掉到院子裡。

如果讓自己打分數，今天的演奏是有九十五分的成績，會對菸灰缸發脾氣，是因為旁人視兩人琴技同等的焦躁。就連臺長連連「太精采了」的誇讚聲中，也聽不出兩人琴技的高下之差，只是一個勁兒的讚美，讓她感到委屈。以前，琴塾有公一郎、苗，以及雲海為首的眾多善聽之人，即使多人合奏，他們都能一一聽出各人的技巧。這次只有兩人合奏，演奏的功勞由兩人均分。蘭子聽著蟋蟀的叫聲，在被窩裡盡情伸展兩腿，嘆息道：

「可能會彈一絃琴的人少了，擁有聽力的人也跟著少了。」

小睡片刻後精神飽滿，蘭子伸手打開紙門，金泥似的晚秋之月掛在牆邊的橘子樹梢，定睛凝望，像是遙遠記憶中祖母的鏡子。和服帶綁在前面的祖母工作時討厭忙亂，她把鍋子放到火爐上後，總是閒閒地安撫不斷催促的祖父：

「雖然是悶火，也能煮湯，不要這樣催促，靜待時間到來。」

往事清晰如昨，不覺心中一動，或許長久如悶火般的自己也終於等到時機了。

雖然受不了別人玉石混淆的誇讚，但是生平第一次走進廣播電臺、那扇厚重大門後的鮮紅地毯、如海底般的靜寂、正式播出前的緊張、忘我彈奏時的恍惚感和之後的愉悅鬆懈，以及進入會客室接受茶點招待時來自各方的讚美話語，想起來就興奮莫名，那分感受回到四十多年前，和琴塾模範生時的自己重疊。在御影時，沒有人理解她的琴技，所以提不起勁，但是土佐這塊土地擁有一絃琴繁花燦爛盛開時的歷史，第一次演奏，就得到這麼多人熱烈回應，就像當年為回應別人期待而努力練琴般，蘭子的彈琴熱突然升高起來。不久，製作人送來一疊聽眾的來函，其中有一、兩個是記憶不那麼清晰的琴塾後輩，讓蘭子更加起勁。

此外，聽到廣播的展子，突然出現在回到土佐後、因無家感到羞愧沒有通知任何人的蘭子面前，中斷了四、五年的友情恢復從前，也為蘭子壯膽不少。曾經在御影家中共枕暢談整夜的展子，又胖了一圈，她急於辯解：

「這是吃番薯吃胖的，糧食困難嘛，什麼好東西都吃不到。」

土佐這裡只是醫院被燒掉，醫生倒不愁沒飯吃，許多暴發戶的病患送來米麥穀物，似乎過得比以前還好。

展子棄琴已久，對琴沒有依戀，但鼓勵蘭子堅持下去，在戰後的土佐再興當年市橋塾的盛況，並轉述十年前過世的雲海在週日市集偶然遇到她時的懇切拜託。

「那位桔梗君岳田蘭子後來還彈一絃琴嗎？那孩子一定要彈琴，如果妳見到她，請轉告她，我衷心期望她到死都不停止練琴。」

展子直到現在才想起這段傳話，不只是因為個性散漫，也因為戰爭中一絃琴的記憶悉遭埋葬，聽到蘭子的演奏後才被挑起。

蘭子霎時興奮起來，難道長久蟄伏在苗陰影下的自己終於盼到了春天？但是回到現實，在這百業荒廢的戰後，要如何振興一絃琴，前景仍是一片漆黑。首先，自己手邊連琴都沒有，籌辦練琴室也毫無頭緒，向來嘴拙的她也沒有招收學生的本事，即使收了學生，如果像教插花那樣，學生一下子就膩了、不來了，也是丟人現眼。夜裡輾轉難眠，總是想起苗開辦琴塾的經過、全盛時代的日子，還有發起組織支持琴塾的清風會，再想到自己兩袖清風的悲涼。想到自己的時代好不容易萌芽了，卻還是輸給苗不成？胸口揪痛不已，需要好幾天的時間來平息。她一心想著，我要琴，我要琴啊！心念起時，便愛戀地撫摸烤手用的桐木小火缽。她以「撫摸無絃之琴的感覺」撫摸桐缽，桐木的紋理更讓她平添難過。在這般焦慮中，突然想到大概還由稻子保存的白龍時，又血氣激昂起來。不管多渴望琴，也不碰觸苗的愛用之物，這分氣概還在蘭子心中，而且日益堅定。但只徒在家中坐，也得不到琴，於是前往松葉屋。位在細工町的店家曾經一手承包琴塾的一絃琴製作，但現在管理這木板臨時搭建店面的，是對往事一無所知的老闆兒子，不過因為開樂器行，還是能告訴她一些消息，總算值得慶幸。

「聽說週日市集偶而有些舊貨。好人家的老人死了，七七四十九日過後，家人必定拿出來賣。」

蘭子在週日市集找到的第一把琴，和她原有的那把一樣是櫻花扇面圖案，製作粗糙，龍尾有點扭曲，而且是中間可以摺疊的摺疊琴。聽說這種琴攜帶方便，是維新時期武士們常用的琴。這把音色不準的琴連同琴臺要五十圓，蘭子掏空錢包，當場買下。回家一彈，不準的音律雖可修正，但扭曲的龍尾與琴臺合不攏，始終發出嘎嗒嘎嗒的噪音。雖然可以在下面墊布，自己玩賞，但不能拿到人前獻醜，終究還是需要一把符合自己的演奏用好琴。結果蘭子拜訪和岩淵家有關係的鹿兒神社神官，拜託他幫忙物色製琴用的木頭，就算不是桐木也行。

翌年，蘭子同時接到兩個好消息。由稻子居中介紹，駐紮在朝倉四十四團址的美軍霍華上尉邀請她演奏，以及展子說動財閥須田家的夫人學琴。稻子很快就要搬回東京，特別拜託她務必答應。蘭子煩惱是否就用這把龍尾扭曲的琴時，須田家透過展子送來一把琴，做為友誼的見證，這對她的身心不知是多大的激勵啊。

蘭子記得那是生命中難得幾回的感激。打開展子抱來的琴包時，繫著白色流蘇的紫檀琴臺，紋理斐然的琴身也是用紫檀鑲邊，精緻的手工令人咋舌，翻轉琴背一看，是鮮明滲入眼中的圓形圖案烙印。蘭子一時說不出話來，按捺住全身的顫抖。根據展子的說明，這是以前輔佐土佐藩的大川家分家轉送給須田家，須田夫人已經有了一把學習琴，於是豪爽出讓。

「所謂物得其所，這把琴對我來說，負擔過重，承受不起，還是讓給適合的人吧。」

展子回去後，蘭子感慨萬端，雙手撫摸這從今天起就是自己分身的琴，壓抑不住一湧而出的熱淚。當年是多麼渴望這個圓形圖印琴啊，一個勁兒地認為，只要有了這琴就能繼承琴塾，不惜洩露藏身在墓園的紋之助身影。回想起來，可能就是因為那件事，她的彈琴命運急轉直下。沒想到，以為圓形圖印琴討厭自己、因此不能像苗那樣走運的她，卻在人生斜陽時刻不如意的生活時得到此琴，對她來說，這是一大光明。琴身的桐材和沒有接縫的紫檀琴臺都是不曾見過的良品，音色想必極佳，正想試彈時，突然一念虔誠，後退三尺，端正坐好，靜靜一拜，心中默禱：

「謝謝你終於來到我身邊，真的謝謝你。我將把餘生託付於你，請勿讓我徬徨無依，要永遠永遠守護我。」

祈禱之時，蘭子漸漸明白以前苗提醒弟子在練琴前向琴一拜的意義。那時，她們只當作是禮儀的一部分而沿襲這個習慣，現在回想起來，苗可能也像她現在的心情一樣，抱著與琴共生專一的信念吧。雖是小小的一絃琴，如果不傾注全副心神，演奏便無法動人。在戰後不自由的生活中生出這種看法，也算是嘗遍辛苦後的功德吧。

深感須田夫人的好意，蘭子縫製了一個裝蘆管的小袋子送給她。料子是行李底部翻出來的綠色綢緞，繡上萩花。蘭子本就手巧，以前雖然有下女侍候，但身邊的小飾品如外套繩、襪套、和服帶釦、手提袋等，都是自己花費時間精力縫製。因此，戴上老花眼鏡，一針針繡出白色的小朵萩花，也是一樂。袋子的繫繩是用淺褐色的絲線細膩搓成，加上胡桃核磨成的絃馬，須田夫人收到後非常高興。

駐日美軍霍華上尉很早就對日本古典音樂有興趣，還聲稱自己也能哼出淨琉璃的輕快旋律。他聽到那年秋天的廣播後，便熱心請稻子說明，也曾經請稻子帶去一絃琴，簡單演奏給他聽。因為他一直希望能聆聽正式的演奏，於是稻子便來拜託蘭子。蘭子曾在神戶久住，不覺得外國人稀奇，但彈奏土佐古傳音樂給戰勝國的軍人聽，多少還是讓她有些得意。這分得意中，也包含了師父苗雖是土佐的代表，但不是外國人之間口耳相傳的日本代表，縱然日本是戰敗國，但自己也要秉持毫不卑屈的氣概。霍華對短髮高雅老婦端坐彈奏的異國古琴之聲，非常感動，透過稻子，數度要求安可，並要求蘭子簽名紀念。蘭子慢慢磨好墨，在彩色紙上以蒼勁的行書寫下：

賀有繁昌之今日，岩淵蘭子。

霍華動作誇張地表現他的喜悅，數度要求握手，更振奮了蘭子的心情。

雖然年近古稀，但蘭子不曾像此時如此珍惜生命過。她預感自己只要健康地活著，就能開展更佳的前途，夜夜苦思。躺在床上，在虛空中寫著珍惜生命的字眼、那種心焦，光是喃喃自語地起個頭，思緒便更深一層。苗留下五十個梅干壺、心滿意足地死去，蘭子一定是緊咬嘴唇想著，在沒有醃漬一個可說是女人生活餘裕的梅干壺前，絕不能死。珍惜生命的想法愈深，愈是激勵自己，同時也發現，原原本本沿襲苗的琴風，何其愚蠢。她鮮明地憶起，以前來市橋塾講授國語的老先生說，如果不下功夫精研，就只是品嘗古人糟粕的悽慘。於是，蘭子翻開正曲譜本，一曲曲臨摹後，加上獨自的奏法。苗特別挑剔弟子的節奏，因此蘭子在御影時，和三絃及古箏合奏時都能搭配得宜。所以，她也不想擅自改變節奏，只是在段與段之間加入間奏，刪去類似的部分，吟唱部分也加添雅趣，漸漸形成略別於市橋流的岩淵流奏法。也是這個時候，她看到譜本最後的《漁火》。她努力尋思，沒有練過此曲的記憶，依照譜本摸索彈出，知道這是她不曾聽過的名曲。有好一段時間，她全神貫注挖掘《漁火》，不久，完成這岩淵流祕傳的一曲。當然，她並不知道，她深深寄意吟唱的最後一句「無明之夢莫醒轉」，和苗的吟唱有很大的差別。

高知市的戰後復興漸漸有成，蘭子再次得到公開演奏的機會，是在昭和二十五年（一九五〇）春、母校第一高女新建校舍落成典禮時。第一高女是高知女校的先驅，校友會的向心力也最牢固。對新建校舍一事，校友會積極參與，聽展子說，三月在高知市舉辦的南國土佐產業博覽會上，會員們輪流擺出紅豆年糕湯和烏龍麵的攤車幫忙募款。那是物資還不自由的時代，好不容易買到的一升紅豆，也要五個人花一個小時挑出摻在裡面的石頭。蘭子心想，自己沒有那個體力，至少可以幫忙一點餘興節目，正好會員中與市橋塾有關的人很多，希望蘭子演奏的呼聲很高。

當天，在容納一千五百人的新建禮堂裡，在座女性年齡不一，有去年剛進臨時搭建校舍就讀的年輕小學妹，也有比蘭子年長的第一屆畢業生，拄著枴杖、在孫女攙扶下現身的情景不少。蘭子淡妝短髮，穿著僅存的銀底四季花草圖案的綢緞和服，搭配織錦和服帶，走上舞臺。她沒用麥克風，清唱《土佐之海》和《四季山》後，演奏《刈菰曲》。禮堂是平緩的階梯式，聽眾俯瞰的舞臺上，短髮老婦面對小小的琴，身影典雅美麗，不覺喚起那些戰中戰後完全忘掉音樂、穿著棉布粗衫四處奔波的聽眾心裡優雅的思古之幽情。同樣是音樂，但這和戰後新貴虛榮學習的鋼琴、小提琴不同，這是沿襲土佐古老傳統之物，今天第一次接觸、聆聽此琴的人，或是曾經彈過的人，各個受到深深的感動。謝幕後，眾人低聲談論。

「好典雅的音色。」

「很高尚呢。」

「該說是神祕吧，一點也不像是這世上的音樂。」

「我感覺到禪味。」

「那種清寂、沉穩的音色，深深透進心裡。」

這些評論成為不久後前進至下一階段的穩固基礎。

因為這場演奏的契機，不久之後，一絃琴保存會和後援會組成，蘭子接受居中奔走的第一高女國文教師川崎的訪問，商討招收保存會會員和教授一絃琴的事宜。

蘭子本來就無異議，立即以群棲在高知城白鷺的印象，決定會名是「白鷺會」，親自制訂規約，審閱會員招收要點。要開始教琴，還有兩個難關要過。一是確保練琴室，經過川崎先生的奔走，提供目前由市府管理的寺田寅彥舊宅。市府在這位戰火中過世的地球物理學者兼散文家宅邸舊址搭建臨時住宅，川崎陪同蘭子前往勘查。蘭子站在刻著「寺田寅彥邸址」的石碑前，感覺一股不可思議的緣分，觸動心房。

這裡正是琴塾宣布繼承人那天、她驚愕失望之餘、渾渾噩噩走來、蹲在岸邊凝望水流的地方，那時，這屋裡的老婦人曾出聲搭話。那個秋陽西斜的黃昏時刻、橫樑木門旁茂密丹桂怒放送香的光景回到眼前，她想起當時門上的木牌確實寫著「寺田」，那位高雅的老太太就是有才子之譽的寺田寅彥的母親嗎？河水如今已乾涸，堤岸變高，但她還記得當時豐沛的水量，還有岸邊成串的白色薏苡。那時，她身心蒙受痛擊，如果沒有那位老太太搭話，很可能就那樣一直凝望流水直到天明。這樣看來，寺田老太太雖不至於是救命恩人，但至少有指點蘭子徬徨失落的魂魄回家方向的功勞。而今，寺田邸再度援助自己，這分因緣，何其難得。

邸內的建築並非原邸復原，只有兩間可以小型集會的廳室和廚房，四周繞有迴廊，和市橋塾改建前的練琴室有相似之趣。邸內的樹木大多燒燬，那棵丹桂已不在，只有假山那邊還剩幾株臥龍梅、夾道松和紫木蘭。蘭子對這分湊巧，歡喜至極。心想，以後要將這座寺田邸當作自家，珍愛這棵松樹與梅樹，偶而也給它們喝喝酒。

蘭子迎向有如穿過漫長幽暗隧道後漸見光明的狀況，心想要振奮身心全力以赴。苗四十歲開辦琴塾，比較起來，蘭子六十八歲才起步，雖然晚了許多，但慶幸的是，她沒有病痛。齒根雖鬆，但牙齒俱全，戴上老花眼鏡，還可以穿針引線，腰腿健朗，日常生活不假人手，最重要的是，她希望年年歲歲沉浸在一絃琴的無窮樂趣中，也想努力招收更多學生，絕不認輸。蘭子為展現放手一搏的決心，毅然把白髮染黑，像丈夫在世時那樣，每天早上花很長的時間，梳起前面蓬起的髮髻。鏡中的容顏像換個人似的年輕起來，散發出市橋塾關閉四十五年後再度復活的新琴塾之長的魅力。

這段期間，展子臥病在床，蘭子梳著新髮型去探望。

「好漂亮啊，姊姊，」

展子像以前那樣稱呼她，然後幽幽感嘆。

「我因病衰老，姊姊卻染了頭髮恢復年輕，這或許就是我倆人生的分岔路口。」

沒想到一語成讖，展子的病情一逕惡化，入秋不久，即因尿毒症過世。蘭子為她上香後返家，獨坐房中，想著比展子遺體、甚至比冰還冷的天人永隔。和父母、兄長以及丈夫的死別雖然悲痛，但失去可以互訴老後衷曲的好友，更足以萎縮好不容易振奮起來的心。展子的丈夫和三個兒子都是醫生，仍然無法挽回她的生命，人的命數真是既定的嗎？年老的意義就是要忍受死別的悲痛嗎？雖然她有符合年齡的理解，但還是心情低落了好一陣子。

另一方面，琴塾透過校友會開始招收會員，在還沒解決練習琴這第二個難關之前，就先招收第一屆會員，報名者僅十人。蘭子清楚記得這天的情景，因為前一天還期待能與市橋塾的盛況相提並論，結果只來了十個人，而且都是老人，讓她相當失望。寺田邸的練琴室不如市橋塾寬敞，期待裡面擠滿各色錦帶綢服的少女、輕聲嬌笑、朝氣蓬勃的夢想也跟著碎滅，面對眼前一排嫻靜的老女人，唯覺黯然。其實想起來，這不像其他才藝，將來有望成為老師，只是出於個人興趣而學，勢必只能招來已讓孩子當家、不問家事的有閒人，年齡也與她相仿。其中，最年輕的甲野袚代也已三十七歲。袚代因為年輕，照顧了蘭子的臨終，但三十七歲才開始學琴，還是太遲。光是要讓這十個人記得初步的曲子就煞費苦心，蘭子感到心中的期待急速萎縮。好不容易開始是長久宿願的教琴生涯，卻如此沒有把握，雖然委屈，還是只能以這普通的練琴室和十個學生為基礎，緩緩跨出蝸牛般的步伐。

會員都沒有琴，因此，開始教琴時極不方便。蘭子擔心龍尾扭曲的琴會讓她們記錯音階，故不使用，但也不能把圓形圖印琴借給她們練習，不得已，只好讓會員用硬紙板做成琴的形狀，綁上縫衣線，反覆練習按徽。配合老師彈奏、在紙板上模倣按徽的乏味動作，以及沒有聲音的散漫練習，讓初期的十個會員，在一年之間陸續脫隊而去，最後只剩下一色友惠、筒井百合子和袚代三人也不無道理。不過，每週兩次的練琴日，又陸續有新人加入，不知經過多久，才固定為七、八人。蘭子心想，即使勉強，各人還是得有自己的琴，因此想在寺田邸裡隨時備置三、四把練習琴。

蘭子積極尋琴，松葉屋不能訂製，只有到週日市集等人拋售，因此，她也養成清早逛週日市集的習慣。想買琴的會員陪著她，一路逛到舊城門附近的舊貨店。琴很少以原本的姿態出現，都是和掛軸詩箋一起兜售，有時候還像散落的木片綑成一束放在那裡。

戰後整理老家倉庫，即使發現祖父母彈奏的一絃琴，知道這是寶貝的孫輩已經很少，用在其他地方或賣到舊貨店的還好，不知道是什麼東西而拿去當柴火燒洗澡水的也不稀奇。雖然也有保持原狀的，但不知為什麼，這段時間看到的都是摺疊琴，不是上下不符，就是音調亂得無法復原。

要得到好琴，只能找擁有者割愛，除了託人向戰前的豪門世家打聽外，也會有人聽說白鷺會的存在而主動送來。蘭子最先幫袚代選擇的琴，是由一位像是佣人的老先生拿來的。

「希望別問出處，但一定要收錢。」

琴背有許多大大小小的蛀孔，但象牙鑲嵌的梅花圖案還很牢固，一百圓的價格是稍微貴些，但蘭子如數照付。袚代非常珍愛這把琴，到鋸木場要來木屑，裹上漿糊，填補蛀孔，再用紅茶渣反覆擦拭，雖然外表幾乎看不到蟲蛀的洞孔，但不論怎麼彈，音色都不好。

畢竟是和琴手述說物件來歷而出售的方式不同，常常以為自己找到了好琴，但事實上多半少了絃馬、絃軸和蘆管等附件。有一段時期，蘭子還鼓勵會員自己動手做。絃馬的材料以象牙、牛骨、玳瑁、竹子、胡桃殼、桃核等為佳，定好形狀後，仔細用砥石摩擦，浸泡一夜再擦亮後，配合琴面弓起的情況，穩定安上。若能搭配抹香鯨牙齒做的蘆管和絃馬，最是理想，但這種材料稀有昂貴也難得，只能以廉價品湊合，將縫紉機底線的線軸切成半月形，也足堪使用。

陸續蒐集而來的琴，製作的人和年代不一，很多是也不知市橋塾成立以前狀況的蘭子無法判定的，其中可能夾雜著京都、大阪那邊過來的琴。以圖案來說，像蘭子在御影被燒掉的那把櫻花扇面的最多，其次是鶯棲梅枝、子規戲卯花、童子騎牛、鷹凌勁松、松竹梅、金魚圖、汲水製鹽圖、昆蟲籠子、葫蘆花等，引動女兒心的可愛柔和圖案，優雅的風情，很難相信是很久以前的嚴肅武士彈奏的東西。

高知市內陸續出現古琴的地方，都在築屋敷、大川筋和西町一帶，都是藩政時代武家大宅群聚的地方，擁有者多半是以前的世家名門，由現在擔任校長、畫家、公司社長等重要職位的子孫捐贈或割愛。蘭子就得到戰後不久倒閉的土佐新聞社社長割愛的母親遺物，最幸運的是，那圖案正是自己日後若想新製時一定會採用的秋海棠。這把琴像是特別訂製的，非常精巧，十二音階是以螺鈿刻上自己名字的單音（to sa、ka ta ma chi、ya ma si ta so yo，土佐、片町、山下素代）為記號，珊瑚花瓣和象牙蘆管磨得透亮，山下素代生前是多麼鍾愛此琴，清晰可見。陸續蒐集到精緻的古琴後，感覺一絃琴雖然一時式微，但仍彷彿能從中看到往昔的盛況，蘭子的心情不覺又亢奮起來。

隨著琴的數量增加，一絃琴保存會的學琴方式也漸趨正式，得到後援會的助力，每年秋天舉辦定期演奏會，不只高知電臺每年一度向全縣和四國地區轉播蘭子的演奏，市府觀光課也頻頻邀請她為外縣來賓演奏。演奏的次數和宣傳程度，是比以前的苗更多、更廣，但蘭子心中總覺得有些不足，有時候還閃過一絲落寞。不用問也知道，她是感嘆自己距離苗當時擁有的權勢還很遙遠。

娛樂極少的從前，在高知一地，從街邊小販到車夫都知道一絃琴，現在收音機時常播放，但不知道岩淵蘭子是一絃琴演奏者的人還是很多。即使可以理性地自我安慰「時代不同了」，但這七、八個學生在她眼中，還是不夠熱心，自己使盡全力認真教授，她們卻常用今天家裡有人生病、親戚有喜事等，她以前根本不敢在師父面前提起的私人事由隨便請假，有時甚至只面對一、兩個人，在寺田邸消磨時間。

會員年紀都大了，不像那光是澆水就能盡情吸收的小樹，她們的體力不濟，蘭子還可諒解，但她們記憶力差和練習不足，讓她有些焦慮。雖說年紀愈大氣愈長，但是已知餘生如何的人，比較沒有耐心，因而偶有感覺焦躁、整天心情不悅的時候。

不去寺田邸教琴的日子，蘭子大抵在越前町的副屋中悠閒度過。有時候翻撿多餘的碎布，縫成帶子，看著不滿意，又拆解開來。有時候挽起袖子，刷洗木屐、用竹籤繃緊漿過的布，更換金魚缽的水。去買電燈泡時，街角的小狗會跟著回來，餵牠一頓飯後，又送回原來的地方。一個人生活雖然自由，但也會掛念在主屋那邊哀嘆不如意的純一，學生偶而送東西來時，也會興沖沖分送一些過去。雖然很少和有點憂鬱傾向的純一懇切談話，但蘭子還是盡她所知、片片段段談起奠定岳田家風的祖母桂子。桂子和純一之間，相隔了那麼多年，無由知道彼此。但是看到純一只在舊曆辰日剪指甲、堅守不吃別人送的蛤蜊的習慣，就覺得血緣真是不可思議的東西。桂子從內城帶回家中的規矩都還存在，蘭子本身即使在夏天也不忘記身上抹粉、人前淡妝，最愛吃的點心還是糖球。當她老人怕麻煩的心態興起、懶得染髮時，想到以裝扮整齊為第一家訓而成長的過往，立刻打起精神動手的勤快勁，追根究柢，都是來自祖母。

戰後復甦的一絃琴，把高尚優雅的印象深植在現代人心裡，雖是琴本身所致，但彈奏者蘭子的氣質也發揮很大的作用。年紀雖老，依然不失美麗氣質，沉默不說謊詞，心地善良，行事也不踰矩，旁人說她的「不易接近，難以親暱」，反而為一絃琴帶來一種神祕的提升效果。

昭和二十八年（一九五三）六月，入梅較早的土佐，路上不時降下急驟大雨。大家想早點結束琴課，開始整理收拾的時候，後援會的川崎先生來到寺田邸。平常安靜的川崎先生難得這麼興奮，坐在蘭子面前，迫不及待地說：

「恭喜岩淵女士，這還是內部消息，您獲選為高知縣的第一個無形文化財了，是有關一絃琴的彈奏技法。」

蘭子一時不明白這個陌生的「無形文化財」名詞，但可以理解是她的一絃琴技巧獲得認同，學生們同聲歡呼。蘭子為教琴而戴上的老花眼鏡霎時白茫茫一片，看不到任何東西。不曾在人前掉淚的她，此時也只能向一湧而出的淚水低頭，任憑它們啪嗟啪嗟落下，自己卻毫無所覺。傳達訊息的是川崎先生，但聽在蘭子耳中，那是充滿莊嚴氣息的天籟，感覺自己等待這個聲音好久好久。或許她心中早已預知這個聲音的來到，就在那把圓形圖印琴來到手邊的時候，或是開始染髮、心情振奮的時候，心中的期待已開始萌芽。即使如此，「高知縣第一個」的說法，讓她還像是在做夢，想著熬過漫漫長冬後的樹木終於開花了。這分喜悅，除了自己，沒有人知道。她就這樣一路想著，完全不記得那天在雨中是怎麼回到家的。可以確定的是，她走出寺田邸大門時，心中充滿勝利感，還想著要繞路經過中島町的琴塾舊址，朝著那個方向前進。

市橋家搬回東京時，賣掉這棟豪宅，當時，稻子想保存練琴室，請苗娘家西町的澤村家空出一塊土地，原樣重現練琴室。雖然苗已過世，建築也已不在，但蘭子還是想到琴塾遺址展現一下今天這個心靈動章。可是在雨中，她實在沒有那個體力，很快就打消念頭，沒去中島町。她離開寺田邸，越過小橋，沿著監獄的高牆來到公園，發現這條路正是離開琴塾那天失魂落魄反方向走過的路，那間小祠的白蛇圖案許願牌同時浮現眼前。沒多久，她又轉了方向。心情紊亂，心想經過琴塾遺址固然好，但是今後想必來客頻繁的副屋，門窗也必須修繕，也還模糊記得一路上被汽車按了好幾次喇叭。回到家時，才發現沒買糊門窗的紙，木屐的皮繫帶斷裂，半身和服都濕透了。

這是喜悅的迷亂。擦乾頭髮和腳，換上乾爽的衣服，喝了熱岸豆茶，心情才平靜下來，望著梅雨滋潤後更添茂密的庭院，喜悅再度滲滿身體每個角落。院子裡常有像是老鷹的大鳥迷途闖入，雨中的薄暮時分，聽到啪沙啪沙的聲音，她拿起架上的一個饅頭扔向牆邊的樹叢。

「你又來啦。今天就吃這個，在那兒睡一晚吧，因為這家裡有喜事。」

說完，不自覺地笑了。笑過以後，愈想愈好笑，手捂著口，身體向前傾地笑出聲來。她擦掉眼尾滲出的淚水，心想自己究竟多久沒有這樣放聲大笑了？是從丈夫過世以前很久很久、好像是從十六歲那年的新春佳節、聽到展子轉述她要當琴塾繼承人以來吧？婚姻生活非常幸福，但有好笑的事情也只是微笑，不會有笑翻天的舉止，應該還是因為被那緊揪心情的強力符咒鎮住之故。

聽川崎先生說，榮獲指定的無形文化財，不是珍貴的琴，而是彈奏者岩淵蘭子的琴藝。這樣，蘭子即可以「一絃琴的岩淵蘭子」稱號走遍天下，學生數目雖然遠比苗少，但從獲得政府認同的高度來說，她的成就是超越苗的。想到這裡，心中積壓五十二年的鬱悶委屈一掃而空，深深憐惜自己過去幾度得知土佐市橋家喜訊時只能暗自神傷的歲月。

一如蘭子的預期，日子立即變得熱鬧起來。七月底，在寺田邸舉辦獲獎紀念公演時，縣市貴賓和採訪媒體雲集，蘭子好整以暇地連續彈奏三首曲子後，拉近旁邊的筆硯，在短箋上瀟灑落筆，出示在座賓客。

久屈岩下無名草，今日榮光照見來。

詩箋在座中傳閱，全場在這典雅的一絃琴、彈奏的高雅老婦、即興吟詠和歌的才思及優美的字跡上，清楚看見明治時代土佐上層人家的生活與教養，不由得發出讚嘆之聲及喝采。報紙在介紹珍貴的一絃琴技法同時，也高度讚揚蘭子「即席吟詩，揮筆寫就」的才華。大概沒有一個人知道，寄寓在那苦思數夜得來的句子「久屈岩下無名草」中的五十多年憾恨。

蘭子躊躇滿志，體內充滿了新的熱情。晨來睜眼，都會覺得陽光可貴而歡喜，前些時看似蕭條落寞的庭院花草，也像在祝福自己般昂首怒放。她不時對那些花草喃喃自語：

「終於熬到這一步了。」

為自己能無災無病地接受這項榮譽而高興。從這時起，她不僅在小筆記本上寫「一絃琴日記」，有空時也會去參加高知市中央公民館的夏季講座，去看文化電影，主動和社會接觸。日記裡隨時寫下片片段段的心境。有積極過日子的時候，

「想看書，去圖書館。」

「整天寫譜，肩膀僵痛。」

也有自我安慰的時候，

「今天心情特別悠閒，看到燕子的雛鳥。」

「要來紫千振、杜鵑花、碇草的根，種在院子裡，期待來日開花。」

也有心情激動的寫照，

「邸內的枇杷和柚梅被偷了，不能原諒。」

「洗腳以後，心情不佳，暫且小睡。」

日記是蘭子死後才付印，但她寫的時候大概已意識到將來會公開吧。

蘭子的名聲並不只於高知市內，翌年三月，又榮獲文部省指定為「人間國寶」，同年十一月，高知電臺向全國播送蘭子的演奏，她自己也知道，聽的人愈多，愈能激發她類似鬥志的力量，展現精采的演奏。獨自練琴時微細柔弱的聲音，在舞臺上面對電臺的麥克風時，會像要逼向什麼人，或是像許多白刃交鋒般，把全身力道砸向琴身。保存會的川崎先生常說：

「岩淵女士的演奏，練琴時和正式演出時判若兩人。」

蘭子聽了，覺得自己是直到現在還把聽眾當作市橋師父，用盡渾身力量彈出所有的怨懟。

不久，文部省來錄製永久保存用的錄音帶，和榮獲高知縣指定無形文化財時一樣，蘭子用圓形圖印

琴彈奏《土佐之海》等十八首曲子後，終於不避忌諱，當著眾人的面掏出手帕拭淚。

「年紀大了，淚腺也脆弱。」

她自言自語似的道歉，心中原諒自己，壓抑不住這「終於達到巔峰」的激動，至少可以流流眼淚吧。土佐的岩淵蘭子如今已是日本的岩淵蘭子，獲頒連苗也不曾得到的「人間國寶」輝煌榮譽。蘭子心中充滿「苗雖然拒絕讓我繼承琴塾，但我走的路果然是對的」的想法。能夠含悲忍辱、克服無子的孤獨走到今天，都是為了對抗苗的幻影，世上的聽眾正為這樣的我毫不吝惜地揮舞勝利旗幟。

榮獲國家指定為人間國寶以後，訪問土佐的外賓很多人是專程來拜訪蘭子，在她晚年的七、八年間，來探望她、聽她演奏的名人超過百位。有作家今東光，也有版畫家棟方志功，感動之餘，為她作詩，由她譜曲共樂。秩父宮王妃在聽完演奏後還會殷殷垂詢，讓她受寵若驚。從她終戰那年返回高知開始教琴到過世以前，最充實、完成度也最高的演奏，是在七十一歲榮獲高知縣指定為無形文化財之後的四、五年間，這和市橋苗五十二歲在開帙儀式時感動滿座的演奏沒有一點相似嗎？兩者都氣力十足，苗是全力以赴、向琴塾內外展現實力，蘭子是向天下高歌唯我一人的榮耀，兩人都應該是燃燒內心深處不為人知的幽深怨懟之火。只是，苗的演奏是隨著完成度提高而回歸一絃琴原本的精神，加深孤獨之趣。比較起來，蘭子的演奏，是場面愈大、音色愈增華麗豐富、回聲召喚回聲的獨自彈奏。然而在今天，已經無人知道其中的差異，只有曾經與她合奏過的稻子略感訝異而已。稻子雖然沒有正式學琴，但母親的琴聲永留耳朵深處，她聽得出來，雖然覺得「岩淵女士的彈法和市橋流有點不同」。

但她沒有立場可以指摘，因為蘭子可以自信滿滿地反駁：

「這是岩淵流，我編出來的。」

所以稻子也不想獨唱異論。

午夜夢迴，蘭子覺得自己可以面對長久以來一直逃避的苗的幻影怡然微笑了。如果說還有欲望，那就是務必要活得超過苗得償所有願望而死的八十一歲。她還有心爭鬥，想盡量長保這老有所成的滿足。如果現在死了，實在太不盡興。她常這樣鼓勵自己，要和在兒孫圍繞中度過溫馨晚年的苗比較，不管死亡是以什麼方式逼向自己而來，能把它推走一天是一天，就是不想走下人間國寶的位子。

昭和二十九年（一九五四）春，文部省發放「人間國寶」年金那天，甲野袚代招呼其他學生，齊聚寺田邸，再由蘭子領頭，一起前往升形弘小路的縣教育委員會。從寺田邸到教育委員會只是投石之遙，蘭子並沒有吩咐大家務必陪同，只是大家奉她為師四、五年了，自然知道這個人到任何地方都希望有人作陪。而且，老師連續兩年得到好消息，也是學生的喜悅。第一次榮獲縣府指定無形文化財而接受採訪時，幾乎是全員列席，紀念演奏會時幫忙暖場的袚代，也有意不讓老師孤單前往領取年金。那天估計時間差不多了，一行人浩蕩出門。春意正盛的南國天空已像仲夏時節般豔陽高照，沒走幾步路，額頭已微微出汗。繞過綠葉茂密的公園，教育委員會就在眼前，在陰涼的建築內部問過接待處後，發現蘭子好像聽錯了時間，還要等一個小時。沒辦法，只好暫時先回去，一行人又魚貫返回寺田邸。

袚代事後回想，聽錯時間這一點細微的瑕疵，可能就是蘭子衰老的最初徵兆。雖然她的姿勢還很挺拔，腿力還夠，但在看慣平日一絲不苟的老師的袚代心中，還是覺得有點不對勁。她觀察走在前面的蘭子，染梳整齊的髮髻，舊綢和服裹住的纖細肩膀，看到印花帶子尾端的裂縫，想到蘭子現在的生活。

「和服和帶子都很舊了。」

想到蘭子說今天領到的錢都要放定存，這樣手邊不會拮据嗎？但是站在學生的立場，也不能介入。說起來，第一屆的甲野、一色和筒井三人，是為數不多的學生中，和蘭子感情不錯的幾個，但也只限於琴藝。經過這許多年，師生間的距離並沒有縮短，直到現在，對於老師的生活，她們也不敢輕率進言。

每週二、四的練琴日，最年輕的祓代總是提前一個小時先到，清掃大廳，燒水泡茶。蘭子就近從越前町緩步而來，直接走到壁龕前，也不慰勞學生的準備，直接上課。教琴時也不熱心投入，而是淡淡地口述，讓她們記住後。不是籠統地說：

「吟唱時字句要清晰，讓人聽懂，助詞的部分要特別清楚。」

就是泛泛提醒大家：

「手隨吟唱之心而動。《秋之調》就化為蟲精，《後之月》和《翁遊》就是醉酒的心情，《雪》的後半段則是悲傷虛無。」

學生記憶不佳，進度遲緩，她不會動怒，但也不誇讚任何人。祓代後來回想，自己被誇過一次，也只是說她把琴照顧得很好。蘭子似乎喜歡彈琴給人聽，甚於教琴，學生雙手置膝、聽她獨奏入神的時間很多。

因為不罵人，就說她性情溫柔，那也不盡然，或許是她那冷冷的感覺，反而更吸引學生。對於細瑣事，她都不做也不說，每年一次的發表會，也是決定演奏曲目後，有關開銷、來賓、媒體等一概不聞不問，只是默默喝茶。祓代看著她那永遠泛著淡淡櫻花色澤的臉頰，心想，老師真的很習慣讓人伺候。蘭子七十歲大壽時，祓代召集所有曾經設籍的學生共同出錢，買了一塊嗶嘰料子，通宵縫好送上時，蘭子只冷冷回應一句：

「我不穿嗶嘰料子，年輕時就討厭。」

讓祓代沒趣得緊咬嘴唇。

都七十多歲了，老師怎麼還這麼不圓滑，說一句謝謝也沒有損失啊！

祓代雖然有怨，但也因為蘭子的口拙，反而更全面信賴她。而且，還由衷佩服她不論多麼匱乏也不接受品味不高的嗶嘰料，寧可繼續頑固穿著或有縫補的舊衣的氣派。蘭子現在的生活之資，只有微薄的老人年金和教授一絃琴的收入，獨居老人生活再節儉，每天還是必須吃飯，在人前露臉的機會變多後，也需要相應的雜支。從一開始就陪在蘭子身邊的祓代，不必問也知道老師的荷包有多深。現在固定來寺田邸的學生頂多七、八人，加上沒有正式停學的，也不過十五、六人，幾乎都是捨不得為自己花錢的高齡家庭主婦。來學琴也不是為了將來謀生，只是因為學費便宜，來做個消遣，如果為了老師生活而大幅提高學費，恐怕統統都不來了。何況，有些年紀比祓代大的學生，平常對蘭子的高姿態就迭有怨言。

「年輕人的固執隱忍還算可愛，可是老人啊……」

所以，也很難向這些人說出要照顧老師生活的話。戰前的情況不知道，在這個民主的時代，批評老師也不犯法，連祓代自己有時候也想同聲唱和。

當然，祓代並沒聽到蘭子親口抱怨生活，可能在她那清廉的性格反面，喜好華麗的部分更多，因此壓抑住所有的心酸。對於蘭子的過去，祓代只聽到好的部分，但她認為，出生以來一直住在陽光下的老師，一定像那種照不到陽光就急速枯萎的植物，所以今天要去教育委員會，雖然不是練琴日，她也招呼其他學生前來助陣，為蘭子做出符合獲頒人間國寶場合的面子。

回到寺田邸略事休息，一行人又魚貫揮汗出門。這次時間剛好，蘭子恭敬行禮，從事務局職員手中接過紅白色紙包，學生們鼓掌道喜，一一再向蘭子祝賀，然後又一起前往弘小路的郵局。在這裡，蘭子也是坐著不動，由祓代替她填寫文件。

「老師，印鑑。」

蓋過章後，「老師，這樣可以嗎？」

讓蘭子確認後，送到窗口辦理。拿到定存單後，收進蘭子的手提袋。今天的陪伴任務終於完成，眾人當場解散。

歸途的電車中，祓代心想，凡事喜歡擺架子、都要人熱鬧作陪的老師，今夜一定有個好夢。一次給付的三萬圓年金，將來也會用做生活費吧，卻整筆存到郵局裡，看到今天這樣不嫌費事的蘭子，心中不由閃過一絲悲哀。還記得校友會大會那天，舞臺上典雅的琴固然可愛，彈奏者獨特的端莊風情更是迷人，尤其是那興奮紅潤的臉龐美得如夢似幻，從那天起，自己也迷路闖進這易入難精的一絃琴之路。

祓代聽說蘭子讀書時就像九條武子❶那樣集萬千仰慕於一身，婚後偶而返回高知時，女學生像追星族似的跟在她的座車後面。祓代認為自己和那些女學生不同。她父親是中學老師，在三個姊妹中排行第二的她，第一高女畢業後，和在電力公司上班的丈夫住在關西，戰後回到高知平靜無波的生活中，和蘭子的相遇，可以說是一大轉折點吧。

她被蘭子吸引，被琴吸引，起意學琴。因為在會員之中特別年輕，總以該由年輕人任事的理由包辦所有雜事。惱人的事雖多，總是能夠堅持下去，或許來自她略胖體格的悠哉性情。學生時代的綽號就是「慢半拍的祓代」，動作悠閒，不會鑽牛角尖，人緣很好，再複雜的話經過她的嘴，都會變得圓融無礙，這是她的優點。只是，沒有子嗣這點，奇妙地和苗及蘭子共通，不知是因為沒有孩子而能專心投入一絃琴呢?還是因為被一絃琴迷惑，所以老天不賜給她們孩子?真是無人能知、不可思議的一致偶然。苗求神拜佛後，靠著養女從石女的悲哀深淵爬了上來，蘭子抱著鐵石之心與孤獨對抗，比較起來，祓代雖年過四十，還沒那麼焦慮煩惱，是因為完全不知道前兩者心中的苦澀吧。

---

❶才貌雙全的大正三美人之一，為活躍的教育家、詩人兼社會運動家。

關於照顧蘭子的生活，結果還是只能找第一屆的三個同學協商。可是她們都有各自的牽絆，比蘭子還大兩歲的一色友惠，腰腿漸漸不行；比蘭子小五歲的筒井百合子，要幫上班的女兒照顧外孫，跟當家的主婦一樣忙碌；袚代雖然沒有子女牽累，但要照顧臥病在床的婆婆，也忙得不可開交。而且大家生活並不寬裕，簡而言之，只能盡一己之力。一色友惠在家做了餅或紅豆飯，就送一些到越前町；筒井百合子假日休息時，會來幫蘭子換貼拉門的紙張；袚代則把需要縫縫補補、拆解的東西帶回家，弄好以後再送回。常常在練完琴後，三人會同個方向走一小段路，邊走邊聊。

「老師好像把這些事情都視為理所當然。」

「不管送什麼東西，她都沒什麼高興的樣子。」

總是吐嘈同樣的事情後，又回到同樣的結論。

「她好像有自然接受別人服侍的心態。」

「好奇怪哦，儘管她不會高興，我們還是覺得不伺候不行。」

自我安慰一番後，在電車道話別。

三人之中，一色友惠最年長，還聽過一些舊事，她說以前不是士族的女兒就不能接觸一絃琴時，袚代忽然有所領悟。有一次上完課，她輕鬆地問：

「老師，有人跟我說，一絃琴保存會的會員必須是第一高女畢業，不會有這種事吧？」

那時，袚代以為平常總是嘆息學生很少的蘭子會振振有詞地說：

「怎麼會有那種歧視？任何學校畢業、不管年紀多大，只要想學，都請他們來學吧。」

可是，蘭子的表情像喉嚨哽住似的沉默了半晌，簡單回她一句：

「因為規約上什麼也沒寫。」

現在可以推測出，蘭子當時的沉默中，含有對學生不只是士族和第一高女畢業，也夾雜眾多高等小學畢業平民弟子的不服與不滿，袚代感覺自己和蘭子的距離又遠了一步。就她所見，蘭子七十一歲榮獲縣府指定為無形文化財後，架子一年比一年大，沉默寡言的程度也愈來愈厲害，也漸漸顯露衰老之兆。電車坐過站，弄錯上課日，忘記帶蘆管，常走的路途也會迷路。蘭子本身對這失智現象有所自覺，有時會說出難得示弱的話語。

「最近感覺好衰弱，身子撐不住，隨時得躺下來。」

奇怪的是，與失智症的進行正好相反，她的琴藝漸臻完美之境，那是她的心魂遠離日常俗世塵囂、深棲一絃琴之中的緣故嗎？練琴也變得更熱心，在家裡彈唱得廢寢忘食、直到有客來訪才忽然清醒的日子不少。蘭子展現的極致演奏，是七十三歲那年春天、應文部省保護委員會邀請錄製永久保存用錄音帶時。陪侍一旁的袚代聽得心神激動，為之懾服。錄音是借用RKC高知電臺的錄音室進行，一共收錄《初春》、《須磨》、《秋山路》、《秋日七草》、《年尾》、《須賀曲》、《松竹梅》、《初秋月》、《後之月》、《明石》、《翁遊》、《春晨》、《野地之錦》、《土佐之海》、《伊勢之海》、《四季山》、《鴛鴦》、《漁火》等十八首曲子，分兩天錄製完成。從蘭子六十八歲那年春天開始一直跟隨在旁、應該已經很熟悉她琴聲的袚代，當時感受到一種近乎恐怖的氣魄、令人窒息的力道，瞬間閃過一種不祥的預感。

「難道老師將命盡於此？」

琴走怒濤之勢，歌聲既粗且緊，不停堂皇而華麗的自我主張，完全想像不到是出自一名纖瘦老婦之手。

蘭子那曾經讓苗感覺是千百隻小鳥婉轉輕啼的演奏，在五十多年後的現在，加上一念執著的力量，變成聲震屋樑劇力萬鈞的音色。袚代當然不知道平日嫻靜對琴的老師為何如此激動，只在心中暗自忖度她的琴聲聽起來有如竭盡全身力量，把滿腔憤怒砸向什麼。

在這之後，蘭子短暫維持同樣的氣力，在袚代陪伴下，前往大阪、神戶旅行演奏了兩、三次。但她的衰頹之勢漸漸表露，七十七歲大壽時，學生們送上五千圓和插著南天竹的馬頭魚為她賀壽。在這天以後，實際上她幾乎沒有教琴了。但奇怪的是，當學生提出要求：

「老師，請您彈某某曲好嗎？」

她都能清楚回應。

「好，知道了。」

節奏、吟唱都極其正確地示範一遍。但她對學生的演奏好像完全無法理解，或許該說是毫不關心，常在教琴途中自己彈將起來，瞬間進入忘我境界。

「老師好像只知道自己的事了。」

袚代感嘆之餘，在生命中從來不曾為某件事堅持意志奮力一搏的她眼中，蘭子此後到過世之間的七、八年生活，猶如一生唯僅一次的奮鬥。

蘭子可以獨自前往寺田邸的時候還算好，八十歲後，她兩腿衰弱無力，無法外出，必須仰仗市府社會福利局的居家照護。知道她米缸已空、存款餘額只剩一圓的袚代，有時候連自己都覺得是在當兩個家。友惠已經必須拄著枴杖，難得出現。百合子偶而牽著孫子同來，坐坐就走。在這種情況下，袚代常常像打仗似的收拾好自己家裡，手提袋裝著圍裙就趕往寺田邸，月底時把學費整袋送到越前町，偶而有觀光客想看餘興演奏時，她就召集能夠公開演奏的學生，自己也上場，然後把演出費用直接交給蘭子。

就她的觀察，獨居老人即使頭腦癡呆，還是有某些堅持。蘭子還沒臥床不起，有時候也能自己煮飯，已經不染的白髮，仍然對鏡梳得服服貼貼。只是完全沒有辨識他人的能力，經常混淆時空。一看到祓代就問：

「阿姐，煮飯了沒？」

「阿姐，東西曬乾了沒？」

威嚴的口氣聽來好笑。她還對難得來的友惠說：

「阿姐，那樣偷懶不行呦，來幫我揉揉肩膀。」

友惠聽了生氣：

「我們的誠意她一點也不感激，這麼沒有判斷嗎？」

掃興地拄著枴杖踩著院中踏石回去了。

昭和四十二年（一九六七）秋，祓代被病況急遽惡化的婆婆綁住，脫不開身，守在家裡約一個星期後，憂心忡忡地趕往越前町，如同她擔心的一樣，眼前是一副不忍卒睹的慘狀，她一時不知所措，兀然呆立。

傳聞中連睡姿都優雅的蘭子，麥芒似的銀髮披落枕上，虛無的眼睛望著天花板，墊被濕透，便溺污物臭氣熏天，幾乎滲到榻榻米下的木板，讓人無法呼吸。沾著飯粒的碗筷散落枕邊，房間到處是骯髒的衣物堆，衣櫥的抽屜全部打開。那幅景象完全顛覆蘭子過去給人的印象，祓代才脫口說出：「老師，這樣子太慘……」便立刻打住，無非是想到一樣沒有子嗣的自己的將來。她定下心來，大聲呼叫：

「老師！」

蘭子的黑眼珠緩緩移動，但視線對不準祓代的臉，在虛空中游移一會後又回到天花板。該如何幫助還有氣息的蘭子？祓代瞬間神思昏亂，突然想到主屋那邊的純一，但他也是憂鬱症纏身，窩居在一個房間裡，看到人便破口大罵。袚代另作打算，好不容易才想到社會福利局，鎮定思緒後奔向最近的公共電話。

社會福利局當天即把蘭子送進附近的醫院，她的意識一直沒有恢復，接受安寧照護三個月後的十二月二十五日，安詳結束八十五歲的一生。報紙大肆報導蘭子住院的消息後，來自各地的慰問金與禮物紛至沓來，孑然一身的人臨死前，卻是意想不到的寬裕。躺在床上、心情好的日子，蘭子總是低聲哼著琴曲。仔細聆聽，聲音雖有斷續，但節奏完全正確。袚代親眼見證她這鍛鍊的結晶。袚代沒有趕上蘭子的臨終，但在蘭子過世的前一天，她推門而入時，清楚聽見以前都叫人家阿姐的蘭子衝著她說：

「奶奶，我是蘭兒。」

當時，袚代隱隱感覺，蘭子呼叫的那個人來召喚她去的時機已近。

蘭子過世時表情平靜，嘴角微微上揚，那是達成比苗多活四年、在學生守候下以一絃琴演奏者岩淵蘭子的身分辭世的滿足笑容嗎？納棺時，袚代不讓老師在人前顯得邋遢，如同她生前一樣，幫她換上御影時代留下的那件銀灰色綢緞和服，梳好頭髮，擦上淡淡胭脂。她忍不住熱淚盈眶。蘭子那細長的雙眼緊閉，不再睜開，這雙眼睛看過的漫長人生中任一碎片，袚代都不曾聽聞，她深深感到，「老師真是太倔強了。」

袚代聽到蘭子那個最盛時期有如怒佛化現的演奏時，暗思其中可能有些因果，但是蘭子一逕保持沉默，什麼也不說，所有與琴糾葛的故事都帶進墳墓裡。袚代想到這個，更加感嘆，即使貼心地為她送終，依舊沒能縮短彼此間的距離。

市府辦的葬禮簡單隆重，符合蘭子人間國寶的身分。臘月逼近的時刻，很多人專程趕來送她最後一程。寒風淒冷，但陽光明亮如春，在蘭子演奏的錄音帶播放聲中，弔客依序上香祭拜，袚代站在學生代表的位置上答禮時，總覺得祭壇上的老師遺像不時對她眨眼。相片是蘭子榮獲指定為人間國寶時照的，非常適合她的典雅髮型，嘴角微揚，是她少見的柔和表情。相片前方，擺著要捐贈給市立鄉土館的圓形圖印和秋海棠兩把琴，以及長期使用後呈現麥芽糖般濃郁光澤的象牙蘆管。袚代心想十七年來的師徒歲月，始終不曾聽老師口中說出：

「誰來繼承我吧。」這樣的話。

蘭子一定是決定讓自己精研雕琢的岩淵流奏法僅止於自己這一代，那或許是一個傑出之人持續到最後的矜持吧。在那人死後，一切成空。袚代雖然這樣想，但奇怪的是，她沒有悲嘆，只是不時望著香煙穿過黃菊白菊之間，爬上祭壇，繚繞在遺像四周。

後記

我第一次聽到一絃琴，是難以忘懷的昭和三十七年（一九六二）秋、在高知的寺田寅彥邸聆賞人間國寶秋澤久壽榮女士的演奏。我生於土佐，長於土佐，自以為對土佐之事大抵皆知，沒想到依然有我完全不知道的世界，對該地保存那種高雅樂器的一縷水脈傳承至今，驚喜同時，也不禁深深感動。

從那時起，我就迷上了一絃琴。這並不是為了寫入小說而發現它的意義，只是喜歡玩弄樂器的我，想加深自己對一絃琴的理解。邇來十二年間，我埋頭續寫沒有許諾任何人的長稿，寫了又改，改了又寫。此稿今天能夠得見天日，是昭和四十八年（一九七三）獲頒太宰賞後，講談社的松本道子才鼓勵我把它寫出來。

之所以耗費這麼長的時間，是因為腦中有些蒙上霧靄的地方，那片霧靄得以散開，是在土佐送來一絃琴、我自己看譜摸索彈出《今樣》和《須磨》以後。

思想起來，如此氣長隨性的工作，在我的寫作生涯中沒有幾件。因此讓我更加眷戀，感覺這本書中，埋入了我十七年間的轉變。

書成以前，得到許多人的協助。我也拜讀土佐詩人吉本青司寶貴的研究作品《一絃琴》，大獲啟發。採訪秋澤女士的後繼者、稻垣積代女士時，也獲得大力協助，在此由衷致謝。

昭和五十三年（一九七八）九月　宮尾登美子

後記〈新版〉刊行之際

自己親手完成作品的命運，好像有幸也有不幸，但《一絃琴》可以說是最最幸福的作品。

我聽到由一根絃彈出的一絃琴音色、立志要把它寫入小說，是在昭和三十七年。邇來十七年間，五度重寫，撕掉一千多張稿紙，終於寫成，又獲得直木賞，是我特別眷愛的作品。

昭和四十年（一九六五）夏，我起意拜訪書中的稻子，求教一絃琴的事情。當時的我生活赤貧，連帶伴手禮的錢都沒有。

於是典當僅有的一件大島綢和服，買了甜瓜，拜訪住在久原的稻子女士。那是一棟蟬聲聒噪的豪宅。

稻子女士談起對亡母苗女士的回憶，然後在茶几上為我彈奏一絃琴。

那天以後，我常不自覺地模仿彈奏一絃琴，反覆推敲之中，益加鍾愛原稿，當講談社要求出書時，因為惋惜自己要和原稿分手，不覺緊緊抱在胸前拿到出版社，這些事想起來都覺懷念。

初版在昭和五十三年（一九七八）問市，直到今天，讀者不絕。這次換上美麗新裝，再現書市，說這是作品的最大幸運，並不為過。

初版後不久，本書即被搬上舞臺。

首演是在松竹劇院，由第二代水谷八重子扮演年輕時候的苗，第一代八重子則扮演美代，這也是她最後一次舞臺演出。

接著在帝劇舞臺，由司葉子演出苗的一生，蘭子則由翁倩玉扮演，本劇巡迴各地演出，在司葉子的故鄉鳥取縣，相當轟動。

也是在這時，ＮＨＫ將它改編成連續劇，讀者不妨趁著搬上螢光幕的機會，再讀一遍《一絃琴》如何？

這部費時多年寫就，也長年受到讀者喜愛的作品，一定能夠再度喚起讀者的懷念吧。

平成十一年（一九九九）錦秋　宮尾登美子

一紘琴

作　　者——宮尾登美子
譯　　者——陳寶蓮
封面設計——蔡南昇
企畫編輯——許鈺祥
責任編輯——劉素芬、張海靜
內文排版——林鳳鳳
行銷企劃——郭其彬、夏瑩芳、王綬晨、
　　　　　　邱紹溢、呂依緻
副總編輯——張海靜
總 編 輯——王思迅
發 行 人——蘇拾平
出　　版——如果出版社／大雁文化事業股份有限公司
地　　址——台北市中正區重慶南路一段121號5樓之10
電　　話——(02)2311-3678
傳　　真——(02)2375-5637
部落格 http://blog.roodo.com/asif
台灣發行——大雁出版基地
地　　址——台北市中正區重慶南路一段121號5樓之10
電　　話——（02）2311-3678
傳　　真——（02）2375-5637
E-mail andbooks@andbooks.com.tw
劃撥帳號 19983379
戶　　名 大雁文化事業股份有限公司
香港發行——大雁（香港）出版基地・里人文化
地　　址——香港荃灣橫龍街78號正好工業大廈25樓A室
電　　話——（852）2419-2288
傳　　真——（852）2419-1887
E-mail anyone@biznetvigator.com
印刷 成陽印刷股份有限公司
出版日期 2011年9月 初版
定價 280元
ISBN 978-986-6702-85-3

國家圖書館出版品預行編目資料

一紘琴／（日）宮尾登美子著，陳寶蓮譯．——初版——臺北市：如果, 大雁文化出版：大雁出版基地發行，2011. 09
面；　公分
原書名：一絃の琴

ISBN 978-986-6702-85-3(平裝)

861.57　　100011822

如果